Tuya hasta el Amanecer

TERESA MEDEIROS

TUYA HASTA EL AMANECER

Titania Editores

ARGENTINA - CHILE - COLOMBIA - ESPAÑA
ESTADOS UNIDOS - MÉXICO - URUGUAY - VENEZUELA

Título original: *Yours Until Dawn*
Editor original: Avon Books, Nueva York
Traducción: Elena Barrutia G.

Aribau, 142, pral. – 08036 Barcelona
www.titania.org
atencion@titania.org

ISBN: 84-95752-99-9
Depósito legal: B. 41.202-2006

Fotocomposición: Zero preimpresión, S. L.
Impreso por: Romanyà-Valls – Verdaguer, 1 – 08786 Capellades (Barcelona)

Impreso en España – *Printed in Spain*

Para Michael, una de mis mayores bendiciones es ver tu dulce rostro todas las mañanas al despertarme.

Para mis propios ángeles, ya sabéis quiénes sois.

Para todos los ángeles misericordiosos de la residencia de Western State. Que Dios os bendiga por todo lo que hacéis para cuidar a mi madre.

Y para mi querido Dios, que curó al cojo e hizo que el ciego viera.

¿Quién ha amado alguna vez sin que fuera amor a primera vista?

CHRISTOPHER MARLOWE

Capítulo 1

Inglaterra, 1806

Querida señorita March,

Le ruego que me perdone por tener el atrevimiento de ponerme en contacto con usted de un modo tan poco convencional...

—Dígame, señorita Wickersham, ¿tiene alguna experiencia?

En algún lugar de la extensa mansión jacobina sonó un golpe tremendo. Aunque el corpulento mayordomo que estaba realizando la entrevista se encogió y el ama de llaves que permanecía atenta junto a la mesita de té soltó un chillido audible, Samantha ni siquiera parpadeó.

Lo que hizo fue sacar un taco de papeles del bolsillo lateral de la desgastada maleta de cuero que tenía a sus pies con uno de sus guantes blancos.

—Estoy segura de que encontrará mis cartas de referencia en orden, señor Beckwith.

Aunque era mediodía, en el modesto salón había una luz abismal. Los rayos de sol que entraban por las rendijas de las gruesas cortinas de terciopelo se reflejaban en la suntuosa alfombra turca de color rubí. Las velas esparcidas por las mesas llenaban las esquinas de sombras temblorosas. La habitación olía a cerrado, como si no la hubieran ventilado durante siglos. De no haber sido por la ausencia de festones negros sobre las ventanas y los espejos, Samantha habría jurado que una persona muy querida había muerto recientemente.

El mayordomo cogió los papeles y los desplegó. Mientras el ama de llaves estiraba su largo cuello para mirar por encima de su hombro, Samantha rezó para que la débil luz jugara a su favor y les impidiera ver bien las firmas garabateadas. La señora Philpot era una mujer atractiva de edad indeterminada, tan elegante y delgada como redondo era el mayordomo. Aunque no tenía arrugas en la cara, el moño negro que llevaba en la nuca estaba cubierto de canas.

—Como puede ver, trabajé durante dos años como institutriz para lord y lady Carstairs —le informó Samantha mientras el señor Beckwith hojeaba rápidamente los papeles—. Cuando continuó la guerra, me uní a otras institutrices como voluntaria para atender a los marineros y los soldados que volvían heridos del mar o del frente.

El ama de llaves apretó un poco los labios. Samantha sabía que aún había gente que creía que las mujeres que cuidaban a los soldados eran poco más que cantineras. Criaturas indecentes que ni siquiera se ruborizaban al ver a un desconocido desnudo. Al sentir que el calor le subía por la cara, Samantha levantó un poco más la barbilla.

El señor Beckwith la examinó por encima de sus gafas de montura metálica.

—Debo confesar, señorita Wickersham, que es un poco más joven de lo que habíamos pensado. Un trabajo tan arduo requiere más... madurez. Quizá una de las otras aspirantes... —Se detuvo al ver que Samantha arqueaba las cejas.

—Yo no veo ninguna otra aspirante, señor Beckwith —señaló ajustándose las gafas en la nariz con un dedo—. Con el generoso sueldo que ofrecían en el anuncio, esperaba ver fuera una larga cola.

Entonces se oyó otro golpe, más cerca aún que el último, que sonó como si una especie de bestia fuera hacia su guarida.

La señora Philpot rodeó rápidamente la silla haciendo crujir sus enaguas almidonadas.

—¿Un poco más de té, querida?

Al inclinar la tetera de porcelana le temblaba tanto la mano que el té se derramó en el plato de Samantha y cayó sobre su regazo.

—Gracias —murmuró Samantha frotando la mancha con el guante subrepticiamente.

El suelo se estremeció visiblemente bajo sus pies, al igual que la señora Philpot. El rugido amortiguado que siguió fue aderezado con una retahíla de juramentos incomprensibles. Ya no había ninguna duda. Alguien —o algo— se estaba acercando.

Lanzando una mirada de pánico a la doble puerta dorada que conducía a la cámara contigua, el señor Beckwith se puso de pie con su frente prominente brillando de sudor.

—Puede que no sea el momento más oportuno...

Mientras le devolvía a Samantha las cartas de referencia, la señora Philpot le quitó la taza y el plato de la otra mano y los depositó en el carrito del té con un ruidoso repiqueteo.

—Beckwith tiene razón, querida. Tendrá que perdonarnos. Es posible que nos hayamos precipitado... —La mujer obligó a Samantha a levantarse e intentó alejarla de la puerta empujándola hacia los ventanales que conducían a la terraza, que estaban cubiertos por unas gruesas cortinas.

—¡Mi bolsa! —protestó Samantha lanzando una mirada de impotencia a la maleta por encima del hombro.

—No se preocupe —le aseguró la señora Philpot rechinando los dientes en una amable sonrisa—. Uno de los criados la llevará a su coche.

Mientras crecía el estruendo de los golpes y las blasfemias, la mujer clavó las uñas en la resistente lana marrón de la manga de Samantha para que se moviera. El señor Beckwith las rodeó rápidamente y abrió uno de los balcones, inundando la penumbra con el radiante sol de abril. Pero antes de que la señora Philpot pudiera hacer salir a Samantha cesó el misterioso alboroto.

Los tres se volvieron a la vez para mirar las puertas doradas al otro lado de la habitación.

Durante un momento no se oyó nada excepto el suave tictac del reloj francés que había sobre la chimenea. Luego llegó un ruido muy extraño, como si hubiera algo arañando las puertas. Algo grande. Y furioso. Samantha dio un paso involuntario hacia atrás; el ama de llaves y el mayordomo intercambiaron una mirada aprensiva.

Al abrirse las puertas dieron un fuerte golpe a las paredes opuestas. Pero enmarcado por ellas no había una bestia, sino un hombre, o lo que quedaba de él después de deshacerse de la capa de barniz de la distinción social. El pelo oscuro y desaliñado le caía por debajo de los hombros. Hombros que casi llenaban la anchura de la puerta. De sus estrechas caderas colgaban unos pantalones de ante que marcaban todas las curvas de sus musculosas piernas. Su mandíbula estaba ensombrecida por una barba de varios días que le daba un aire de pirata. Si hubiera tenido un machete entre los dientes, Samantha habría huido de la casa temiendo por su honor.

Llevaba calcetines, pero sin botas. Alrededor del cuello tenía un pañuelo flojo y arrugado, como si alguien hubiera intentado anudarlo varias veces y se hubiera dado por vencido. A su camisa de lino le faltaban la mitad de los botones, revelando un trozo de pecho bien musculado con un fino vello dorado.

Allí plantado en el umbral de la puerta, inclinó la cabeza en un ángulo extraño, como si estuviera escuchando algo que sólo él podía oír, aleteando su aristocrática nariz.

Samantha sintió un hormigueo en la nuca. No podía librarse de la sensación de que lo que estaba buscando era su olor. Cuando casi se había convencido de que era ridículo empezó a caminar hacia delante con la gracia de un depredador natural, derecho hacia ella.

Pero un banco abarrotado de cosas se interpuso en su camino. Aunque intentó lanzar un grito de advertencia, se tropezó con el banco y cayó al suelo.

Mucho peor que la caída fue cómo se quedó allí tumbado, como si no tuviera ningún sentido especial levantarse. Nunca.

Samantha se quedó paralizada mientras Beckwith corría a su lado.

—¡Señor! ¡Pensábamos que estaba echando una siesta!

—Siento decepcionaros —dijo el conde de Sheffield con la voz amortiguada por la alfombra—. A alguien se le ha debido olvidar arroparme.

Mientras se libraba de su sirviente y se levantaba tambaleándose, el sol que entraba por la ventana abierta le dio de lleno en la cara.

Samantha se quedó boquiabierta.

Una cicatriz reciente, aún enrojecida, dividía en dos la esquina de su ojo izquierdo y bajaba por su mejilla como un rayo, tensando la piel a su alrededor. Había sido la cara de un ángel, con esa belleza masculina reservada para los príncipes y los serafines. Pero ahora estaba marcada para siempre con el sello del diablo. Samantha pensó que quizá no fuese el diablo, sino Dios que tenía celos de que un simple humano pudiese ser tan perfecto. Sabía que debería parecerle repulsivo, pero no podía apartar la vista. Su belleza truncada era más irresistible que su perfección.

Llevaba su desfiguración como una máscara, escondiendo detrás de ella cualquier signo de vulnerabilidad. Pero no podía hacer nada para ocultar el persistente desconcierto de sus ojos verdes como la espuma del mar, con los que estaba atravesando a Samantha.

Aleteó de nuevo las ventanillas de su nariz.

—Aquí hay una mujer —anunció totalmente convencido.

—Sí, señor —dijo animadamente la señora Philpot—. Beckwith y yo estábamos tomando el té en un pequeño descanso.

El ama de llaves volvió a tirar a Samantha del brazo, suplicándole en silencio que escapara. Pero la mirada ciega de Gabriel Fairchild le había dejado clavada al suelo. Empezó a moverse hacia ella, ahora más despacio pero con la misma determinación que antes. En ese momento Samantha se dio cuenta de que era una tontería interpretar su prudencia como un signo de debilidad. Su desesperación le hacía aún más peligroso, sobre todo con ella.

Continuó avanzando con tanta resolución que incluso la señora Philpot se refugió en las sombras, dejando a Samantha sola frente a él. Aunque su primer impulso fue irse de allí se obligó a quedarse con la cabeza alta. El temor inicial de que podría abalanzarse sobre ella estaba infundado.

Con una misteriosa percepción, se paró a tan sólo un metro de ella olfateando el aire con cautela. Samantha no podía imaginar que la fresca fragancia de limón que se había puesto detrás de las orejas pudiera atraer tanto a un hombre. Pero la expresión de su cara mientras llenaba los pulmones con su perfume hizo que se sintiera como en un harén esperando el placer del sultán, y su piel se estremeció como si estuviera tocándola por todas partes sin levantar un dedo.

Cuando empezó a rodearla giró con él, siguiendo un instinto primitivo que no confiaba en que estuviera detrás de ella. Por fin se detuvo, tan cerca que pudo sentir el calor animal que irradiaba de su piel y contar cada una de las pestañas de punta dorada que bordeaban esos ojos extraordinarios.

—¿Quién es ella? —preguntó mirando justo por encima de su hombro izquierdo—. Y ¿qué quiere?

Antes de que alguno de los sirvientes pudiera articular una respuesta, Samantha dijo con firmeza:

—*Ella*, señor, es la señorita Samantha Wickersham, y ha venido a solicitar el puesto de enfermera.

El conde desvió su mirada vacía hacia abajo, frunciendo los labios como si le pareciese divertido que su presa fuera tan pequeña.

—¿Quiere decir niñera? ¿Alguien que pueda cantarme para que me duerma, me dé de comer en la boca y me limpie... —vaciló el tiempo suficiente para que los dos criados se encogieran de miedo— ...la barbilla si se me cae la baba?

—No tengo voz para cantar nanas, y estoy segura de que es perfectamente capaz de limpiarse la barbilla —respondió Samantha tranquilamente—. Mi trabajo consistiría en ayudarle a adaptarse a sus nuevas circunstancias.

Él se acercó a ella aún más.

—¿Y si no quiero adaptarme? ¿Y si quiero que me dejen solo para que pueda pudrirme en paz?

La señora Philpot se quedó boquiabierta, pero Samantha se negó a escandalizarse.

—No tiene que ruborizarse por mí, señora Philpot. Puedo asegurarle que estoy acostumbrada a los arrebatos infantiles. Cuando trabajaba como institutriz a mis pupilos les gustaba probar los límites de mi paciencia cogiendo rabietas cuando no se salían con la suya.

Al ser comparado con un niño de tres años, el conde bajó la voz hasta que se convirtió en un gruñido amenazador.

—¿Y debo suponer que les quitó ese hábito?

—Con el tiempo adecuado, y paciencia. Y parece que en este momento tenemos esas dos cosas.

Cuando se volvió de repente hacia el señor Beckwith y la señora Philpot Samantha se asustó.

—¿Qué les hace pensar que ésta será distinta de las otras?

—¿Las otras? —repitió Samantha arqueando una ceja.

El mayordomo y el ama de llaves intercambiaron una mirada de culpabilidad.

El conde se dio la vuelta de nuevo.

—Supongo que no le han hablado de sus predecesoras. Veamos, la primera fue la vieja Cora Gringott. Estaba casi tan sorda como yo ciego. Hacíamos una buena pareja. Me pasaba la mayor parte del tiempo buscando a tientas su trompetilla para hablarle por ella. Si no me falla la memoria, creo que duró menos de quince días.

Empezó a pasearse de un lado a otro por delante de Samantha dando exactamente cuatro pasos hacia delante y cuatro pasos hacia atrás con sus largas zancadas. Resultaba fácil imaginarle paseando por la cubierta de un barco con ese dominio, su pelo dorado al viento y su mirada penetrante fija en el horizonte.

—Luego vino esa muchacha de Lancashire. Era tan tímida que apenas hablaba susurrando. Ni siquiera se molestó en cobrar su sueldo o en recoger sus cosas cuando se marchó. Se fue gritando en mitad de la noche como si le persiguiera un loco.

—Me lo imagino —murmuró Samantha.

Tras una breve pausa continuó paseándose.

—Y la semana pasada perdimos a la querida viuda Hawkins. Parecía más fuerte y más inteligente que las otras. Antes de salir de aquí muy enfadada le recomendó a Beckwith que contratara a un cuidador de animales, porque era evidente que su amo debía estar en una jaula.

Samantha se alegró de que no pudiera ver que estaba torciendo los labios.

—Ya ve, señorita Wickersham, que soy un caso perdido. Así que puede volver a la escuela o la guardería de donde vino. No hace falta que pierda más su precioso tiempo. Ni el mío.

—¡Señor! —protestó Beckwith—. No es necesario que sea rudo con la joven dama.

—¿Joven dama? ¡Ja! —Al extender una mano el conde estuvo a punto de decapitar un ficus que parecía que no habían regado en más de una década—. Puedo decir por su voz que es una criatura avinagrada sin una pizca de dulzura femenina. Si hubiéseis querido buscarme una mujer, en Fleet Street podríais haber encontrado una mejor. ¡No necesito una enfermera! Lo que necesito es un buen...

—¡Señor! —gritó la señora Philpot.

Puede que su amo fuese ciego, pero no estaba sordo. Su súplica escandalizada le hizo callarse con más eficacia que un golpe. Con el fantasma de un encanto que debía haber sido su segunda naturaleza, giró sobre un talón e hizo una reverencia a un orejero justo a la izquierda de donde estaba Samantha.

—Le ruego que me perdone por mi arrebato infantil, señorita. Le deseo un buen día, y una buena vida.

Reorientándose hacia las puertas del salón, avanzó hacia delante negándose a andar más despacio o ir tanteando su camino. Podría haber alcanzado su destino si no se hubiera golpeado la rodilla con la esquina de una mesa de caoba con tanta fuerza que Samantha hizo un gesto de compasión. Lanzando un juramento, dio a la mesa una violenta patada y la estrelló contra la pared. Le costó tres intentos encontrar los pomos de marfil, pero por fin consiguió cerrar las puertas detrás de él con un golpe impresionante.

Mientras se retiraba a las profundidades de la casa, los ruidos y las blasfemias esporádicas se fueron desvaneciendo.

Tras cerrar suavemente la ventana, la señora Philpot volvió al carrito y se sirvió una taza de té. Luego se sentó en el borde del sofá como si fuera una invitada, entrechocando ruidosamente la taza contra el plato.

El señor Beckwith se hundió pesadamente a su lado. Sacando un pañuelo almidonado del bolsillo de su chaleco, se secó el sudor de la frente antes de lanzar a Samantha una mirada contrita.

—Me temo que le debemos una disculpa, señorita Wickersham. No hemos sido del todo sinceros.

Samantha se acomodó en el orejero y cruzó las manos enguantadas sobre su regazo, sorprendida al descubrir que también ella estaba temblando. Agradecida por el refugio que proporcionaban las sombras, dijo:

—Bueno, el conde no es el pobre inválido que describían en su anuncio.

—No ha sido él mismo desde que volvió de esa maldita batalla. Si le hubiera conocido antes... —La señora Philpot tragó saliva con sus ojos grises llenos de lágrimas.

Beckwith le dio su pañuelo.

—Lavinia tiene razón. Era todo un caballero, un auténtico príncipe. A veces pienso que el golpe que le dejó ciego también le afectó a la mente.

—Al menos a sus modales —dijo Samantha secamente—. Su ingenio no parece haber sufrido ningún daño.

El ama de llaves se pasó el pañuelo por su estrecha nariz.

—Era un chico brillante, siempre tan rápido con los números y las respuestas. Era raro verle sin un libro debajo del brazo. Cuando era pequeño tenía que quitarle la vela a la hora de acostarle por miedo a que metiera un libro en la cama y quemara las mantas.

Samantha se estremeció al darse cuenta de que también le habían privado de ese placer. Era difícil imaginar una vida sin el consuelo que podían proporcionar los libros.

Beckwith asintió con los ojos brillantes por los recuerdos de tiempos mejores.

—Era la alegría y el orgullo de sus padres. Cuando se le ocurrió la absurda idea de alistarse en la Marina Real, su madre y sus hermanas se pusieron histéricas y le suplicaron que no fuera, y su padre, el marqués, le amenazó con desheredarle. Pero cuando llegó el momento de embarcar se reunieron todos en el muelle para darle su bendición y despedirse de él.

Samantha estiró uno de sus guantes.

—No es muy frecuente que un noble, sobre todo siendo el primogénito, decida hacer una carrera naval, ¿verdad? Pensaba que el ejército atraía a los ricos y a los que tenían títulos nobiliarios, mientras que la marina era el refugio de los pobres y los ambiciosos.

—No dio ninguna explicación —intervino la señora Philpot—.

Sólo dijo que tenía que seguir a su corazón dondequiera que le llevara. Se negó a comprar un rango como hacía la mayoría de la gente, e insistió en llegar ahí por sus propios méritos. Cuando recibieron la noticia de que le habían ascendido a teniente a bordo del *Victory* su madre lloró de alegría, y su padre estaba tan orgulloso que estuvo a punto de reventar los botones de su chaleco.

—El *Victory* —murmuró Samantha. El nombre de ese barco había sido profético. Con la ayuda de otras naves derrotó a la armada de Napoleón en Trafalgar, destruyendo el sueño del emperador de dominar los mares. Pero el precio de la victoria fue muy elevado. El almirante Nelson ganó la batalla, pero perdió su vida, como muchos de los jóvenes que lucharon valerosamente a su lado.

Sus deudas estaban saldadas, pero Gabriel Fairchild seguiría pagando el resto de su vida.

Samantha sintió un arrebato de ira.

—Si tiene una familia tan fiel, ¿dónde están ahora?

—Viajando por el extranjero.

—En su residencia de Londres.

Después de responder al unísono, los sirvientes intercambiaron una mirada de vergüenza. La señora Philpot suspiró.

—El conde pasó la mayor parte de su juventud en Fairchild Park. De todas las propiedades de su padre, siempre fue su favorita. Tiene una casa en Londres, por supuesto, pero teniendo en cuenta la crueldad de sus heridas, su familia pensó que sería más fácil que se recuperara en el hogar de su infancia, alejado de la curiosidad de la sociedad.

—¿Más fácil para quién? ¿Para él o para ellos?

Beckwith apartó la vista.

—En su defensa debo decir que la última vez que vinieron a verle los echó de la finca. Por un momento temí que ordenara al guarda que les soltara a los perros.

—Dudo que fuera tan difícil librarse de ellos. —Samantha cerró un momento los ojos e hizo un esfuerzo para recuperar la compostura. No tenía ningún derecho a juzgar a su familia por su falta de lealtad—. Han pasado más de cinco meses desde que resultó herido. ¿Le ha dado su médico alguna esperanza de que pueda recuperar algún día la vista?

El mayordomo movió la cabeza con tristeza.

—Muy pocas. Sólo hay uno o dos casos documentados en los que se ha logrado subsanar una pérdida tan grande.

Samantha inclinó la cabeza.

El señor Beckwith se levantó. Con sus mejillas carnosas y su expresión abatida parecía un bulldog meláncolico.

—Espero que nos perdone por malgastar su tiempo, señorita Wickersham. Sé que ha tenido que alquilar un coche para venir aquí. Y estaré encantado de pagar de mi bolsillo su regreso a la ciudad.

Samantha se puso de pie.

—Eso no será necesario, señor Beckwith. De momento no voy a volver a Londres.

El mayordomo intercambió una mirada de desconcierto con la señora Philpot.

—¿Disculpe?

Samantha se acercó a la silla que había ocupado en un principio y cogió su maleta.

—Me quedaré aquí. Acepto el puesto de enfermera del conde. Ahora, si son tan amables de pedir a uno de los criados que recoja mi baúl del coche y mostrarme mi habitación, me prepararé para comenzar con mis obligaciones.

Aún podía olerla.

Como si quisiera torturarle recordándole lo que había perdido, el sentido del olfato de Gabriel se había agudizado en los últimos meses. Cuando pasaba por las cocinas podía decir al instante si Étienne, el cocinero francés, estaba preparando un fricandó de ternera o una cremosa besamel para tentar su apetito. El mínimo rastro de humo le informaba si el fuego de la desierta biblioteca había sido avivado recientemente o estaba apagándose. Mientras se derrumbaba en la cama en la habitación que se había convertido en una guarida más que en una alcoba, le asaltó el rancio olor de su propio sudor pegado a las sábanas arrugadas.

Era allí donde había regresado para curar sus heridas, donde daba vueltas por las noches, que sólo se distinguían de los días por su silencio sofocante. Entre el crepúsculo y el amanecer a veces se sentía como si fuera el único ser vivo en el mundo.

Gabriel apoyó el dorso de la mano sobre su frente y cerró los ojos siguiendo un viejo hábito. Al entrar en el salón identificó inmediatamente el agua de lavanda que usaba la señora Philpot y la loción capilar de almizcle que se echaba Beckwith en el poco pelo que le quedaba. Pero no reconoció la fresca fragancia que perfumaba el aire. Era un aroma dulce y agrio, suave y atrevido a la vez.

La señorita Wickersham no olía como una enfermera. La vieja Cora Gringott olía a naftalina, y la viuda Hawkins a las almendras amargas que tanto le gustaban. Pero la señorita Wickersham tampoco olía a la solterona marchita que parecía cuando hablaba. Si el tono de su voz era indicativo, sus poros deberían emanar una mezcla venenosa de col podrida y cenizas.

Al acercarse a ella descubrió algo más sorprendente aún. Bajo ese limpio aroma cítrico había un olor que le volvía loco y nublaba lo poco que le quedaba de sus sentidos y de su buen juicio.

Olía a mujer.

Gabriel gruñó apretando los dientes. No había sentido ningún deseo desde que se despertó en ese hospital de Londres y descubrió que su mundo se había vuelto oscuro. Sin embargo, el dulce olor de la señorita Wickersham le hizo evocar una confusa mezcla de vagos recuerdos: besos robados en un jardín iluminado por la luna, roncos murmullos, la piel satinada de una mujer bajo sus labios. Todos los placeres que nunca volvería a conocer.

Cuando abrió los ojos descubrió que el mundo seguía envuelto en sombras. Puede que lo que le había dicho a Beckwith fuese cierto. Puede que necesitara los servicios de otro tipo de mujer. Si le pagaba lo suficiente es posible que fuese capaz de mirar su cara destrozada sin sentir repugnancia. Pero ¿qué más daba que lo hiciera?, pensó Gabriel soltando una ruda carcajada. Nunca lo sabría. Mientras cerraba los ojos y se imaginaba que era el caballero de sus sueños, él podía suponer que era el tipo de mujer que susurraría su nombre y le haría promesas de lealtad eterna.

Promesas que no tenía ninguna intención de cumplir.

Gabriel se levantó de la cama. ¡Esa maldita mujer! No tenía derecho a tentarle tan amargamente y a oler tan bien. Menos mal que había ordenado a Beckwith que la echara. Así no tendría que volver a preocuparse por él.

Capítulo 2

Querida señorita March,

A pesar de mi reputación, puedo asegurarle que no tengo la costumbre de entablar correspondencia clandestina con todas las jóvenes hermosas que me gustan...

Al día siguiente, mientras Samantha bajaba a tientas por la curvada escalera que conducía al corazón de Fairchild Park, casi se sentía como si se hubiera quedado ciega. No habían abierto ni una sola ventana de la mansión, como si la casa, al igual que su amo, se hubiera sumido en el reino de la oscuridad eterna.

Al pie de las escaleras había una vela que daba la luz suficiente para ver que las huellas que había dejado en la barandilla estaban cubiertas de polvo. Haciendo una mueca, las quitó con su falda. Con el tono pardo del cachemir dudaba que nadie se diera cuenta.

A pesar de la sofocante penumbra era imposible ocultar por completo la legendaria riqueza de los Fairchild, que había hecho que la noble familia fuera la envidia de todo el mundo. Intentando no sentirse intimidada por el despliegue de tantos siglos de privilegio, Samantha bajó de las escaleras al vestíbulo. La casa se había modernizado desde los tiempos de los paneles oscuros y los arcos Tudor de sus sombrías raíces jacobinas. Las sombras bailaban sobre el reluciente mármol italiano de veta rosada bajo sus pies. Todas las molduras y las cornisas, todos los relieves de flores y jarrones que adornaban los revestimientos de madera habían sido dorados o bronceados. Incluso la modesta alcoba que la señora Philpot había asignado a Samantha tenía una vidriera sobre la puerta y tapices de seda en las paredes.

Beckwith había insistido en que su amo era «un auténtico príncipe». Contemplando la opulencia que le rodeaba, Samantha suspiró. Quizá no fuese tan difícil reclamar ese título si uno había crecido en un palacio.

Resuelta a encontrar a su nuevo paciente, decidió emplear una de sus propias armas. Inclinando la cabeza hacia un lado, se quedó quieta y escuchó.

No oyó gritos ni golpes, sino el tintineo musical de platos y vasos. Un sonido que acabó siendo menos musical cuando hubo una explosión de cristales rotos seguida de un juramento salvaje. Aunque Samantha hizo una mueca, en sus labios se perfiló una sonrisa triunfante.

Recogiéndose la falda, atravesó el salón donde se había realizado su entrevista y salió por la puerta opuesta siguiendo el ruido. Mientras recorría las estancias desiertas tuvo que esquivar varias señales del paso del conde. Sus sólidos botines crujieron sobre la porcelana rota y las astillas de madera. Al detenerse para enderezar una delicada silla Chippendale, la cara agrietada de una figurita china se rió de ella.

La destrucción no era sorprendente dada la inclinacion de Gabriel a deambular por la casa sin tener en cuenta su falta de visión.

Luego pasó por debajo de un bonito arco. La ausencia de ventanas en el comedor negaba a la cavernosa estancia incluso un resquicio de luz. Si no hubiera sido por las velas que resplandecían a ambos extremos de la majestuosa mesa, Samantha podría haber pensado que se encontraba en la cripta familiar.

Un par de criados con librea custodiaban el aparador de caoba bajo la atenta mirada de Beckwith. Ninguno de ellos pareció darse cuenta de que Samantha se encontraba en la puerta. Estaban demasiado ocupados observando todos los movimientos que hacía su amo. Mientras el conde daba un codazo a una copa de cristal empujándola hacia el borde de la mesa, Beckwith hizo una discreta señal. Uno de los criados corrió hacia delante para coger la copa antes de que pudiera caerse. Alrededor de la mesa el suelo estaba lleno de trozos de cristal y porcelana, evidencia de sus anteriores fracasos.

Samantha observó los anchos hombros y los musculosos brazos de Gabriel, sorprendida una vez más de que fuera un hombre imponente. Seguro que podía romperle el delicado cuello con los dedos pulgar e índice. Si era capaz de encontrarla, por supuesto.

Su pelo brillaba con la luz de la vela, peinado sólo con unos dedos impacientes desde que se había levantado de la cama. Llevaba la misma camisa arrugada del día anterior, pero ahora estaba manchada de grasa y chocolate. Y se había subido las mangas de cualquier manera hasta los codos para no arrastrar los volantes de los puños por el plato.

Se llevó una loncha de bacón a la boca, rasgó un trozo de la carne tierna con los dientes y luego buscó a tientas el plato que tenía delante. Samantha frunció el ceño al ver la mesa. No había ningún cubierto a la vista. Lo cual podía explicar por qué Gabriel estaba cogiendo los huevos cocidos de una fuente de porcelana con la mano. Después de zamparse los huevos se metió un panecillo a la boca. Luego se pasó la lengua por los labios, pero no consiguió quitarse la miel que tenía en la esquina de la boca.

Aunque se sentía como una especie de espía, Samantha no podía apartar la vista de esa gota dorada de miel. A pesar de su terrible falta de modales en la mesa, había algo muy sensual en su forma de comer, en su determinación para aplacar su apetito, maldiciendo todo tipo de convenciones. Mientras cogía una chuleta y empezaba a morder la carne directamente del hueso, el jugo le caía por la barbilla. Parecía un antiguo guerrero que acabara de derrotar a sus enemigos y de raptar a sus mujeres. A Samantha no le habría sorprendido que le agitara el hueso y gritara: «¡Más cerveza, muchacha!»

De repente se quedó paralizado y olfateó el aire con una expresión feroz. Samantha también abrió sus fosas nasales, pero lo único que pudo oler fue el apetitoso aroma del bacón.

Dejando la chuleta en el plato, dijo con una calma inquietante:

—Beckwith, deberías haberme informado de que acabas de traer unos limones frescos para mi té.

Al ver a Samantha el mayordomo abrió bien los ojos.

—Me temo que no, señor. Pero si quiere iré a buscarlos inmediatamente.

Gabriel se lanzó sobre la mesa intentando coger al mayordomo, pero Beckwith ya había desaparecido por la otra puerta con la cola de su chaqueta detrás de él.

—Buenos días, señor —dijo Samantha sentándose en una silla enfrente de él pero lejos de su alcance—. Tendrá que perdonar al señor Beckwith. Es evidente que tenía algo urgente que hacer.

Frunciendo el ceño, Gabriel volvió a sentarse en su silla.

—Esperemos que incluya falsificar algunas cartas de referencia y hacer sus maletas. Luego podrán regresar juntos a Londres.

Ignorando el sarcasmo, Samantha sonrió amablemente a los inmóviles criados. Con sus mejillas coloradas, sus narices pecosas y su pelo castaño rizado, ninguno de los dos parecía tener más de dieciséis años. Al mirarlos mejor se dio cuenta de que además de ser hermanos eran gemelos.

—Me muero de hambre —dijo—. ¿Podría desayunar algo?

Incluso sin ver, Gabriel debió percibir la indecisión de sus sirvientes. Después de todo, no era normal que una empleada comiera en la mesa de su amo.

—¡Servid a la dama, estúpidos! —vociferó—. No sería muy hospitalario permitir que la señorita Wickersham se fuera con el estómago vacío.

Los criados se apresuraron a obedecerle, y estuvieron a punto de chocarse mientras ponían un plato de porcelana y unos cubiertos de plata delante de Samantha y llenaban una bandeja del aparador. Lanzando a uno de ellos una sonrisa reconfortante por encima del hombro, aceptó una fuente de huevos, varias lonchas de beicon y un panecillo. Tenía la sensación de que iba a necesitar todas sus fuerzas.

Mientras el otro criado le servía una taza de té humeante le dijo a Gabriel:

—Ayer pasé la noche instalándome en mi habitación. Supongo que no le importará que haya esperado hasta hoy para comenzar con mis obligaciones.

—No tiene ninguna obligación —respondió él volviendo a llevarse la chuleta a los labios—. Está despedida.

Ella alisó una servilleta de hilo sobre su regazo y tomó un pequeño sorbo de té.

—Me temo que no tiene autoridad para despedirme. No trabajo para usted.

Gabriel bajó la chuleta, formando con sus cejas doradas una nube tormentosa sobre el puente de su nariz.

—¿Disculpe? Debo estar perdiendo oído también.

—Al parecer el señor Beckwith me ha contratado siguiendo las instrucciones de su padre. Por lo tanto mi patrón es Theodore Fairchild, marqués de Thornwood. Hasta que él me informe de que mis servicios como enfermera ya no son necesarios, me esforzaré para satisfacerle a él con mi trabajo, no a usted.

—Bueno, es una gran suerte, ¿verdad? Porque lo único que me satisfaría a mí sería su partida inminente.

Utilizando un cuchillo y un tenedor, Samantha cortó un trozo de beicon.

—Entonces me temo que está condenado a seguir insatisfecho.

—Me di cuenta en el momento en que oí su voz —murmuró.

Negándose a dignificar el insulto con una réplica, Samantha se metió el beicon entre los labios.

Apoyando los dos codos sobre la mesa, él lanzó un violento suspiro.

—Dígame, señorita Wickersham, como mi nueva enfermera, ¿qué tarea le gustaría asumir primero? ¿Le gustaría darme de comer, por ejemplo?

Mirando el blanco destello de sus dientes mientras mordía otro trozo de chuleta, Samantha dijo:

—Dado su... entusiasmo desenfrenado por la comida, me preocuparía un poco acercar tanto los dedos a su boca.

Uno de los criados sufrió un ataque de tos repentino, y su hermano le dio un codazo en las costillas.

Gabriel cogió el último trozo de carne de la chuleta y tiró el hueso al plato, fallando su objetivo por completo.

—¿Debo suponer que no aprueba mis modales en la mesa?

—No sabía que la ceguera impidiera usar cubiertos y servilletas. Le daría lo mismo comer con los pies.

Gabriel se quedó paralizado. La piel tensa alrededor de su cicatriz palideció, haciendo que la marca del diablo pareciera más impresionante aún. En ese momento Samantha se alegró de que no tuviera un cuchillo.

Echando un largo brazo sobre la silla de al lado, inclinó todo su cuerpo hacia el sonido de su voz. Aunque sabía que no podía verla, su atención era tan intensa que Samantha tuvo que contener el impulso de encogerse.

—Debo confesar que me intriga, señorita Wickersham. Su tono es culto, pero no logro identificar su acento. ¿Se crió en la ciudad?

—En Chelsea —respondió dudando que hubiera tenido muchas oportunidades de frecuentar el modesto barrio al norte de Londres. Al tomar un trago demasiado generoso de té se quemó la lengua.

—Tengo curiosidad por saber cómo una mujer con su... *carácter* ha venido a solicitar este empleo. ¿Qué le llevó a responder a dicha llamada? ¿La caridad cristiana? ¿Un deseo irresistible de ayudar a sus semejantes? ¿O tal vez su entrañable compasión por los más débiles?

Cogiendo una cucharada de huevo de su copa de porcelana, Samantha dijo con resolución:

—Le entregué al señor Beckwith varias cartas de referencia. Estoy segura de que las encontrará en orden.

—Por si no se ha dado cuenta —repuso Gabriel con un tono burlón en su voz—, no he podido leerlas. Quizás usted pueda informarme de su contenido.

Ella dejó a un lado la cuchara.

—Como le expliqué al señor Beckwith, trabajé durante casi dos años como institutriz para lord y lady Carstairs.

—Conozco a la familia.

Samantha se puso tensa. ¿Hasta qué punto los conocería?

—Cuando se reanudaron las hostilidades con los franceses leí en el *Times* que muchos de nuestros nobles soldados y marineros estaban sufriendo por falta de atención. Así que decidí ofrecer mis servicios a un hospital local.

—Sigo sin entender por qué ha dejado de cuidar niños para curar heridas sangrientas y dar la mano a hombres que han perdido la cabeza por el dolor.

Samantha hizo un esfuerzo para eliminar la pasión de su voz.

—Esos hombres estuvieron dispuestos a sacrificarlo todo por su país. Así que yo también puedo hacer un pequeño sacrificio por mi parte.

Él resopló.

—Lo único que sacrificaron fue su buen juicio y su sentido común. Se vendieron a la Marina Real por un trozo almidonado de paño azul y unos galones dorados en los hombros.

Ella frunció el ceño horrorizada por su cinismo.

—¿Cómo puede decir algo tan cruel? ¡Incluso el rey le felicitó por su valor!

—Eso no debería sorprenderle. La Corona tiene una larga historia recompensando a locos y soñadores.

Olvidando que no podía ver, Samantha se levantó a medias de la silla.

—¡No son locos! ¡Son héroes! ¡Héroes como su propio comandante, el almirante lord Nelson!

—Nelson está muerto —dijo él con tono rotundo—. No sé si eso le convierte en un héroe o en un loco.

Derrotada por el momento, volvió a sentarse en su silla.

Gabriel se levantó, utilizando los respaldos de las sillas para rodear la mesa. Mientras sus poderosas manos se aferraban a la madera tallada de su asiento, Samantha se quedó quieta mirando hacia delante con una respiración agitada y audible para ambos.

Él se agachó tanto que sus labios estuvieron a punto de rozar peligrosamente la parte superior de su cabeza.

—Estoy seguro de que sus intenciones son sinceras, señorita Wickersham. Pero por lo que a mí se refiere, hasta que recobre el juicio y renuncie a su empleo sólo tiene una obligación. —Sus suaves palabras eran más contundentes que un grito—. Mantenerse alejada de mi camino.

Con esa advertencia la dejó, y al pasar junto al criado éste se adelantó para ofrecerle su brazo. Aunque suponía que no debería sorprenderle que decidiera andar a ciegas por la oscuridad en vez de aceptar una pequeña ayuda, se encogió cuando en algún lugar de la casa resonó un fuerte golpe.

Samantha no tenía nada que hacer, excepto pasear por las estancias oscuras de Fairchild Park. El silencio era casi tan opresivo como la penumbra. No había el bullicio que se podría esperar de una próspera casa de campo de Buckinghamshire. No había criadas pasando plumeros por los zócalos y las barandillas, ni doncellas subiendo las escaleras con cestas de ropa limpia, ni lacayos acarreando leña para alimentar las chimeneas. Todos los hogares por los que pasaba estaban fríos y oscuros, con sus rescoldos reducidos a cenizas. Los querubines tallados de los mantos de mármol de las chimeneas la miraban con tristeza, con sus regordetas mejillas manchadas de hollín.

El puñado de sirvientes que se encontró parecía andar por allí sin ninguna tarea especial entre manos. Al verla se ocultaban entre las sombras sin levantar la voz por encima de un murmullo. Ninguno de ellos parecía tener prisa para coger una escoba y barrer las astillas de los muebles y los trozos de porcelana que cubrían los suelos.

Samantha abrió unas puertas dobles al final de una sombría galería. Las escaleras de mármol conducían a un inmenso salón de baile. Durante los oscuros meses de invierno no había tenido mucho tiempo para fantasear, pero ahora no pudo evitar cerrar los ojos un instante. Se imaginó el salón envuelto en un torbellino de colores, música y alegres conversaciones, y se imaginó a sí misma deslizándose por el suelo reluciente en los fuertes brazos de un hombre. Podía verle sonreír mientras ella levantaba la mano para acariciar los galones dorados que adornaban sus anchos hombros.

Samantha abrió rápidamente los ojos. Moviendo la cabeza por su locura, cerró de golpe las puertas del salón de baile. Era culpa del conde. Si le permitiera realizar el trabajo para el que había sido contratada, podría mantener su traicionera imaginación bajo control.

Mientras caminaba por un amplio salón, prestando tan poca atención como Gabriel a su alrededor, se golpeó el pie con una consola volcada. Lanzando un grito de dolor, saltó sobre un pie masajeándose los dedos doloridos a través del estropeado cuero de sus botas. Si hubiera llevado unas zapatillas de piel de cabrito probablemente se habrían roto con el golpe.

Mirando las rendijas de sol que intentaban atravesar el sofocante peso de las cortinas de terciopelo, Samantha apoyó las manos en las caderas. Puede que Gabriel hubiera decidido enterrarse en ese mausoleo, pero ella no.

Al captar un destello blanco por el rabillo del ojo, se dio la vuelta y vio a una criada con cofia saliendo de puntillas por la puerta.

—¡Eh, muchacha! —la llamó.

La criada se detuvo y se volvió muy despacio con una reticencia palpable.

—¿Sí, señorita?

—Ven aquí, por favor. Necesito que me ayudes a abrir estas cortinas. —Gruñendo por el esfuerzo, Samantha empujó un pesado banco con brocados hacia la ventana.

En vez de correr a ayudarla, la criada empezó a retroceder retorciendo sus pálidas y pecosas manos y moviendo la cabeza consternada.

—No me atrevo, señorita. ¿Qué diría el señor?

—Podría decir que estás haciendo tu trabajo —respondió Samantha subiendo encima del banco.

Cada vez más impaciente con las excusas de la criada, levantó los brazos, cogió dos puñados de tela y tiró con todas sus fuerzas. En vez de abrirse hacia los lados, las cortinas se soltaron de sus enganches y cayeron en una nube de terciopelo y polvo, haciendo estornudar a Samantha.

La luz del sol entró por las puertas de los ventanales, dando a las motas de polvo un brillo fascinante.

—¡No debería haberlo hecho! —gritó la criada parpadeando

como los animales que pasan mucho tiempo bajo tierra—. ¡Voy a buscar inmediatamente a la señora Philpot!

Limpiándose las manos en la falda, Samantha saltó del banco e inspeccionó su trabajo con satisfacción.

—Me parece bien. Porque me gustaría tener una pequeña charla con ella.

Con otro grito contenido, la asustada muchacha salió a toda prisa de la habitación.

Cuando la señora Philpot entró solemnemente en el salón poco después, encontró a la nueva enfermera del conde en un precario equilibrio sobre una delicada silla Luis XIV. El ama de llaves sólo pudo mirar horrorizada mientras Samantha daba un fuerte tirón a las cortinas que estaba sujetando, que se cayeron sobre su cabeza enterrándola en una nube de terciopelo verde esmeralda.

—¡Señorita Wickersham! —exclamó la señora Philpot levantando una mano para protegerse los ojos del sol deslumbrante que entraba por las ventanas—. ¿Qué significa esto?

Bajando de su atalaya, Samantha sacudió los gruesos pliegues de tela. Luego, siguiendo la escandalizada mirada del ama de llaves, asintió pesarosamente al montón de cortinas que había en el suelo.

—Sólo iba a abrirlas, pero al ver tanto polvo pensé que no sería una mala idea airearlas un poco.

Con la mano en el llavero que llevaba en la cintura como si fuese el puño de una espada, la señora Philpot se irguió.

—*Yo* soy el ama de llaves de Fairchild Park. *Usted* es la enfermera del señor. Airear cosas no entra dentro de sus competencias.

Mirando a la mujer con cautela, Samantha abrió la ventana. Una suave brisa con olor a lilas entró en la habitación.

—Puede que no. Pero el bienestar de mi paciente sí. Que su amo no pueda ver la luz no significa que tenga que quedarse sin aire fresco. Limpiando sus pulmones podría mejorar su estado... y su disposición.

Por un momento la señora Philpot pareció quedarse intrigada.

Animada por sus dudas, Samantha comenzó a dar vueltas por la habitación escenificando sus planes con entusiasmo.

—He pensado que primero los criados podrían barrer los cristales y retirar los muebles rotos. Luego, después de guardar todo lo que se pueda romper, podríamos poner los muebles grandes contra las paredes para dejar un camino en cada habitación para que el conde ande sin problemas.

—El conde pasa la mayor parte del tiempo en su alcoba.

—¿Y le culpa? —preguntó Samantha parpadeando con incredulidad—. ¿Cómo se sentiría usted si cada vez que saliese de su habitación se arriesgase a romperse la espinilla o a abrirse la cabeza?

—Fue el señor quien ordenó que las cortinas permaneciesen cerradas. Y quien insistió en que se dejara todo como estaba antes... —El ama de llaves tragó saliva, incapaz de terminar—. Lo siento, pero yo no puedo ir en contra de sus deseos. Ni puedo ordenar al personal que lo haga.

—Entonces, ¿no me ayudará?

La señora Philpot negó con la cabeza con una expresión de arrepentimiento en sus ojos grises.

—No puedo.

—Muy bien —asintió Samantha—. Respeto su lealtad a su amo y su dedicación a su trabajo.

Con esas palabras giró sobre sus talones, fue a la siguiente ventana y empezó a tirar de las pesadas cortinas.

—¿Qué está haciendo? —gritó la señora Philpot mientras las cortinas caían en cascada.

Samantha echó la brazada de terciopelo sobre el montón y después abrió la ventana para que entrara el sol y el aire fresco. Luego se volvió hacia la señora Philpot limpiándose el polvo de las manos enérgicamente.

—Mi trabajo.

—¿Sigue con ello? —susurró una de las criadas a un criado de mejillas sonrosadas mientras entraba en las amplias cocinas del sótano de Fairchild Park.

—Me temo que sí —respondió él robando una salchicha humeante de su bandeja y metiéndosela en la boca—. ¿No lo oyes?

Aunque había oscurecido hacía casi una hora, los ruidos misteriosos continuaban en el primer piso de la casa. Desde la mañana no habían cesado los golpes, los gruñidos y el roce ocasional de un pesado mueble al ser arrastrado por el suelo.

Los sirvientes habían pasado el día como la mayoría de los días desde que Gabriel había vuelto de la guerra: apiñados alrededor de la vieja mesa de roble frente a la chimenea del comedor de servicio, recordando tiempos mejores. Esa fresca noche de primavera Beckwith y la señora Philpot estaban sentados uno enfrente del otro, tomando una taza de té tras otra, sin hablar ni atreverse a mirarse a los ojos.

Tras un ruido especialmente estridente que les hizo encogerse a todos, una de las doncellas susurró:

—¿No creéis que deberíamos...?

La señora Philpot la miró como un basilisco, paralizando a la pobre muchacha donde estaba.

—Creo que deberíamos dedicarnos a nuestros asuntos.

Uno de los jóvenes criados dio un paso adelante, atreviéndose a preguntar lo que todos estaban pensando.

—¿Y si lo oye el señor?

Quitándose las gafas para limpiarlas con su manga, Beckwith movió la cabeza con aire triste.

—Hace mucho tiempo que al señor no le importa nada de lo que ocurre aquí. No hay ninguna razón para pensar que esta noche vaya a ser diferente.

Sus palabras envolvieron a todos en una nube de desaliento. Antes estaban orgullosos de su dedicación a la gran casa que les habían confiado. Pero sin nadie que viese cómo brillaba la madera por sus atentos cuidados, sin nadie que les felicitara por su eficacia para mantener los suelos limpios y las chimeneas con leña fresca, no había muchos motivos para salir de su abatimiento.

Apenas se dieron cuenta de que una de las criadas más jóvenes había entrado sigilosamente en las cocinas. Tras ir derecha donde la señora Philpot, hizo un par de reverencias sin atreverse a pedir permiso para hablar.

—No te quedes ahí subiendo y bajando como un corcho en el agua, Elsie —dijo la señora Philpot—. ¿Qué pasa?

Retorciendo el delantal con las manos, la muchacha hizo otra reverencia.

—Será mejor que venga y lo vea usted misma, señora.

Intercambiando una mirada de exasperación con Beckwith, la señora Philpot se levantó. Beckwith se apartó de la mesa para seguirla. Mientras salían de las cocinas, los dos estaban demasiado preocupados para darse cuenta de que el resto de los criados iban detrás de ellos.

La señora Philpot se detuvo de repente en lo alto de las escaleras del sótano, a punto de provocar una desastrosa reacción en cadena.

—¡Chsss! ¡Escuchad! —ordenó.

Todos contuvieron el aliento, pero sólo oyeron una cosa.

Silencio.

Mientras iban de una habitación a otra sus zapatos ya no crujían sobre astillas y cascotes. La luz de la luna entraba por las ventanas descubiertas, revelando que los suelos estaban limpios y los muebles rotos se habían separado en dos pulcros montones: uno con las piezas que se podían salvar y el otro para echar al fuego. Aunque seguían estando algunos de los muebles más grandes, en la mayoría de las estancias se había despejado un camino, con todos los objetos frágiles en lo alto de las repisas y las estanterías. Las alfombras con flecos o bordes con los que alguien pudiera tropezarse también se habían retirado contra la pared.

En un pálido claro de luna de la biblioteca encontraron a la nueva enfermera de su amo, profundamente dormida en un sofá. Los criados se agolparon a su alrededor mirándola desconcertados.

Las anteriores enfermeras del conde habían ocupado ese ambiguo estrato social reservado normalmente para las institutrices y los tutores. No se consideraban iguales al dueño de la casa, pero tampoco se dignaban a rebajarse relacionándose con los demás sirvientes. Comían en sus habitaciones y les habría horrorizado la perspectiva de utilizar sus suaves y blancas manos para barrer suelos o sacar pesadas cortinas al jardín para airearlas.

Las manos de la señorita Wickersham ya no eran suaves ni blancas. Sus pálidas uñas estaban rotas y sucias. En la mano derecha se le había formado una ampolla entre el índice y el pulgar. Tenía las gafas torcidas, y con sus ronquidos un mechón de pelo que se le había caído sobre la nariz subía hacia arriba antes de volver a bajar.

—¿Debería despertarla? —susurró Elsie.

—Dudo que pudieses —dijo Beckwith en voz baja—. La pobre está agotada. —Hizo una señal a uno de los criados más grandes—. ¿Por qué no llevas a la señorita Wickersham a su habitación, George? Que una de las criadas vaya contigo.

—Iré yo —dijo Elsie ansiosamente olvidando su timidez.

Mientras el criado cogía a la señorita Wickersham en sus fuertes brazos, una de las sirvientas corrigió suavemente el ángulo de sus gafas.

Cuando se fueron, la señora Philpot siguió mirando el sofá con una expresión indescifrable.

Acercándose un poco más a ella, Beckwith se aclaró la garganta con torpeza.

—¿Doy permiso al resto del servicio para retirarse?

El ama de llaves levantó despacio la cabeza con sus ojos grises llenos de determinación.

—Yo diría que no. Aún queda mucho por hacer y no voy a permitir que sigan holgazaneando y dejen su trabajo a sus superiores. —Chasqueó los dedos a los dos criados que quedaban—. Peter, tú y Phillip coged ese sofá y ponedlo contra la pared. —Intercambiando una sonrisa, los gemelos se apresuraron a levantar los extremos del pesado mueble—. ¡Cuidado! —les advirtió—. Si rayáis la madera descontaré la reparación de vuestros sueldos y vuestros pellejos.

Volviéndose hacia las asustadas criadas, dio una palmada que resonó en la biblioteca como un disparo.

—Betsy, Jane, traed un par de fregonas, unos trapos y un cubo de agua caliente. Mi madre siempre decía que no tiene sentido barrer si no vas a fregar. Y ahora que tenemos las cortinas quitadas será mucho más fácil limpiar las ventanas. —Al ver que las criadas no se movían, empezó a echarlas hacia la puerta con su delantal—. No os quedéis ahí con la boca abierta como un par de truchas. ¡Venga!

La señora Philpot se dirigió a una de las ventanas cerradas y la abrió.

—¡Ah! —exclamó expandiendo su pecho mientras aspiraba una

bocanada de aire nocturno con olor a lilas—. Puede que para mañana esta casa ya no huela como una tumba.

Beckwith corrió detrás de ella.

—¿Has perdido el juicio, Lavinia? ¿Qué vamos a decirle al señor?

—No vamos a decirle nada. —La señora Philpot señaló hacia la puerta por donde había desaparecido la señorita Wickersham con una astuta sonrisa en los labios—. Ella lo hará.

Capítulo 3

Querida señorita March,

Debo confesarle que desde que la vi por primera vez no he pensado en nada ni en nadie más...

Al día siguiente Gabriel bajó por las escaleras olfateando el aire a cada paso. Abrió bien las fosas nasales, pero no pudo percibir ni un leve rastro de limón. Puede que la señorita Wickersham le hubiera hecho caso y se hubiera ido. Con un poco de suerte no tendría que volver a soportar su impertinencia. Esa idea hizo que se sintiera curiosamente vacío. Debía tener más hambre de lo que pensaba.

Renunciando a cualquier intento de precaución, avanzó hacia el salón preparándose para el primer golpe en la espinilla con algún mueble inamovible. La verdad era que se alegraba por el dolor que le causaría. Cada nuevo arañazo o herida servía para recordarle que estaba vivo.

Pero no estaba preparado para el impacto que le esperaba. Mientras cruzaba el salón sin encontrar ni un solo taburete en su camino, un rayo de sol le dio de lleno en la cara. Gabriel se detuvo tambaleándose y levantó una mano para protegerse la cara de su deslumbrante calor. Cerró los ojos instintivamente, pero no pudo hacer nada para defenderse del alegre canto de los pájaros o de la brisa perfumada de lilas que le acariciaba la piel.

Por un momento creyó que estaba aún soñando. Que al abrir los ojos se encontraría en un prado verde bajo las sedosas flores blancas de un peral. Pero cuando los abrió seguía siendo de noche a pesar del traicionero calor del sol en su cara.

—¡Beckwith! —vociferó.

Alguien le dio un golpecito en el hombro. Sin pensarlo, Gabriel se dio la vuelta e intentó agarrar a su agresor. Aunque sólo cogió aire con las manos, el agrio olor a limón seguía haciéndole cosquillas en la nariz.

—¿No le han dicho nunca que es de mala educación esconderse de un ciego? —gruñó.

—Y parece que también peligroso. —Aunque a esa voz familiar le faltaba su aspereza habitual, tenía una cualidad que hacía que se le acelerara el pulso.

Esforzándose para dominar no sólo su temperamento, Gabriel dio varios pasos hacia atrás. Puesto que era imposible evitar el agradable calor del sol, giró deliberadamente el lado izquierdo de la cara para alejar el sonido de su voz.

—¿Dónde diablos está Beckwith?

—No estoy segura, señor —confesó su enfermera—. Esta mañana parece haber una curiosa enfermedad. El desayuno no está preparado y la mayoría de los criados están aún en la cama.

Gabriel extendió los brazos y dio un giro completo sin golpear ningún objeto en ninguna dirección.

—Entonces puede que la pregunta más apropiada sea: *¿Dónde están mis muebles?*

—Oh, no se preocupe. Siguen estando aquí. Pero hemos puesto la mayoría contra las paredes para que no se tropiece con ellos.

—¿Hemos?

—Bueno, sobre todo yo. —Durante un segundo sonó casi tan confundida como se sentía—. Aunque parece que los criados decidieron echar una mano cuando yo me fui a la cama.

Gabriel lanzó un suspiro cargado de una paciencia exagerada.

—Si todas las habitaciones son exactamente iguales, ¿cómo voy a saber si estoy en el salón o en la biblioteca? ¿O en el estercolero de la casa?

Durante un maravilloso momento consiguió dejarla sin palabras.

—¡No había pensado en eso! —dijo finalmente—. Quizá deberíamos decir a los criados que muevan unas cuantas piezas al centro de cada habitación para que sirvan de guías—. Su falda crujía mientras se paseaba a su alrededor ensimismada en sus planes. Gabriel giró con ella manteniendo el lado derecho hacia el sonido—. Si acolchamos las esquinas con edredones podría andar por la casa sin arriesgarse a hacerse daño. Sobre todo si aprende a contar.

—Puedo asegurarle, señorita Wickersham, que aprendí a contar cuando era pequeño.

Entonces le tocó a ella suspirar.

—Quiero decir a contar sus pasos. Si memoriza cuántos pasos da para ir de una habitación a otra, será capaz de orientarse sin problemas.

—Será un cambio reconfortante, porque desde que llegó usted no ha hecho más que desorientarme.

—¿Por qué hace eso? —preguntó Samantha de repente con una curiosidad auténtica en su voz.

Él frunció el ceño, esforzándose para seguir el ruido de sus pasos mientras andaba a su alrededor.

—¿Qué?

—Alejarse de mí cuando me muevo. Si voy a la izquierda, usted gira a la derecha. Y viceversa.

Él se puso tieso.

—Estoy ciego. ¿Cómo puede esperar que sepa hacia dónde voy? —Ansioso por esquivar sus preguntas, dijo—: Quizá sea usted la que deba explicar por qué alguien ha desobedecido deliberadamente mis órdenes y ha abierto las ventanas.

—He sido yo. Como enfermera suya, pensé que un poco de sol y de aire fresco podrían mejorar su... —se aclaró la garganta como si tuviese algo en ella— circulación.

—Mi circulación está bien, gracias. Y un hombre ciego no necesita sol. Recordarle todas las bellezas que nunca volverá a ver es bastante cruel.

—Puede que eso sea cierto, pero no es justo que envuelva a toda la casa en la oscuridad con usted.

Durante un rato Gabriel no pudo decir nada. Desde que había vuelto de Trafalgar, todo el mundo había estado andando de puntillas y susurrando a su alrededor. Nadie, ni siquiera su familia, se había atrevido a hablarle con tanta franqueza.

Se volvió completamente hacia el sonido de su voz permitiendo que los implacables rayos de sol le dieran en la cara.

—¿No se le ha ocurrido pensar que mantengo las cortinas cerradas no por mí, sino por ellos? ¿Por qué tendrían que mirarme a la luz del día? Yo tengo la bendición de la ceguera para protegerme de mi terrible desfiguración.

La reacción de la señorita Wickersham a sus palabras fue la última que esperaba. Se echó a reír. Su risa tampoco era como imaginaba. En vez de una risa aguda era una sonora carcajada que le hizo sentirse ridículo y a la vez le conmovió, demostrando que su circulación estaba incluso mejor de lo que pensaba.

—¿Es eso lo que le han dicho? —preguntó ella riéndose aún mientras intentaba recobrar el aliento—. ¿Que está «terriblemente desfigurado»?

Él frunció el ceño.

—No tiene que decírmelo nadie. Puede que esté ciego, pero no soy sordo ni estúpido. Pude oír a los médicos susurrando sobre mi cabeza. Cuando me quitaron las vendas oí a mi madre y a mis hermanas jadear horrorizadas. Y sentí las crueles miradas en mi piel cuando los criados me llevaron de la cama del hospital a mi carruaje. Ni siquiera mi familia se atreve a mirarme. ¿Por qué cree que me han encerrado aquí como si fuera una especie de animal en una jaula?

—Por lo que tengo entendido, fue usted quien cerró las puertas de la jaula y atrancó las ventanas. Puede que no sea su cara lo que teme su familia, sino su temperamento.

Gabriel buscó a tientas su mano, capturándola al tercer intento. Le sorprendió que fuera tan pequeña pero firme.

Samantha lanzó un grito de protesta mientras tiraba de ella. En vez de permitir que le guiara por la casa, la arrastró por las escaleras y el largo pasillo que albergaba la galería de retratos de la familia. De niño había aprendido todos los rincones de Fairchild Park, y ese conocimiento le servía aún. La llevó por la galería midiendo sus largas zancadas hasta que llegaron al final del pasillo. Sabía exactamente qué vería allí: un gran retrato cubierto con una sábana de hilo.

Fue él quien ordenó que taparan el retrato. No podía soportar que nadie lo mirase y recordara con tristeza el hombre que había sido. Si no fuera tan sentimental lo habría mandado destruir.

Después de buscar a tientas el borde de la sábana la quitó de un tirón.

—¡Aquí tiene! ¿Qué le parece ahora mi cara?

Gabriel retrocedió y se apoyó en la barandilla de la galería, permitiéndole que examinara el retrato sin echarle el aliento en la nuca. No necesitaba su vista para saber exactamente qué estaba viendo. Había mirado esa misma cara en el espejo todos los días durante casi treinta años.

Sabía cómo jugaban la luz y las sombras sobre cada plano bellamente esculpido. Sabía que tenía un hoyuelo muy atractivo en su rugosa mandíbula. Su madre siempre decía que le había besado un ángel mientras estaba aún en su vientre. Cuando una sombra de barba dorada empezó a oscurecer esa mandíbula, al menos sus hermanas no pudieron seguir acusándole de ser más guapo que ellas.

Conocía esa cara y el efecto que producía en las mujeres. Desde las tías solteras que no podían resistir la tentación de pellizcarle las mejillas sonrosadas cuando era un bebé hasta las jovencitas que se reían y se ruborizaban cuando las saludaba en Hyde Park y las bellas mujeres que se metían en su cama por poco más que una vuelta por el salón de baile y una sonrisa seductora.

Incluso dudaba que la remilgada señorita Wickersham pudiera resistirse a sus encantos.

Ella examinó el retrato en silencio durante un buen rato.

—Supongo que es apuesto —dijo finalmente con tono reflexivo—, si te gustan los hombres de ese tipo.

Gabriel frunció el ceño.

—¿Y qué tipo es ése?

Casi pudo oír cómo sopesaba sus palabras.

—A su cara le falta carácter. Es alguien a quien le ha venido todo con demasiada facilidad. Ya no es un niño, pero tampoco un hombre. Estoy segura de que sería un buen acompañante para un paseo por el parque o una noche en el teatro, pero no es alguien a quien me interesaría conocer.

Siguiendo el sonido de su voz, Gabriel le agarró el brazo a través de su manga de lana y lo giró hacia él con auténtica curiosidad.

—Y ¿qué ve ahora?

Esta vez no hubo vacilación en su voz.

—Veo un hombre —dijo con suavidad—. Un hombre con el rugido de los cañones resonando aún en sus oídos. Un hombre golpeado por la vida, pero no vencido. Un hombre con una cicatriz que le hace fruncir la boca cuando en realidad le gustaría sonreír. —Pasó la punta de un dedo por esa cicatriz, haciendo que a Gabriel se le pusiera la carne de gallina.

Sobresaltado por la intimidad de su tacto, le cogió la mano y la bajó entre ellos.

Samantha se libró de él mientras su voz recuperaba su tono enérgico.

—Veo un hombre que necesita desesperadamente afeitarse y cambiarse de ropa. ¿Sabe?, no es necesario que ande por ahí como si le hubiera vestido...

—¿Un ciego? —dijo con tono burlón tan aliviado como ella de volver a un terreno familiar.

—¿No tiene *valet*? —le preguntó.

Sintiendo un tirón en el pañuelo que había encontrado en el suelo de su habitación y se había puesto de cualquier manera alrededor del cuello, le apartó bruscamente la mano.

—Le despedí. No soporto que nadie ronde a mi alrededor como si fuera un inválido.

Ella decidió ignorar esa advertencia.

—No comprendo por qué. A la mayoría de los caballeros de su posición social sin problemas de vista no les importa estar con los brazos extendidos y que les vistan como si fueran niños. Si no soporta a un *valet*, al menos puedo decir a los criados que le den un baño caliente. A no ser que también tenga alguna objeción a bañarse.

Cuando Gabriel estaba a punto de señalar que lo único a lo que tenía objeciones era a ella, se le ocurrió una idea. Puede que hubiera otro modo de animarla a irse.

—Un buen baño caliente no estaría mal —dijo dando un tono suave a su voz deliberadamente—. Pero en el baño hay muchos riesgos para un hombre ciego. ¿Y si me tropiezo al entrar en la bañera y me doy un golpe en la cabeza? ¿Y si me resbalo en el agua y me ahogo? ¿Y si se me cae el jabón? No podría cogerlo. —Volvió a buscar a tientas su mano, esta vez llevándosela a la boca y poniendo los labios en la sensible piel de su palma—. Como enfermera mía, señorita Wickersham, creo que es usted quien debería bañarme.

En vez de darle una bofetada por su impertinencia como se merecía, Samantha apartó la mano y dijo con suavidad:

—Estoy segura de que mis servicios no serán necesarios. Uno de esos jóvenes criados estará encantado de cogerle el jabón.

En una cosa tenía razón. De repente a Gabriel le había apetecido sonreír. Mientras ella bajaba con resolución por las escaleras, fue lo único que pudo hacer para evitar reírse en voz alta.

Samantha sostuvo el candelero en lo alto, bañando el retrato de Gabriel Fairchild con un parpadeante velo de luz. La casa estaba oscura y silenciosa a su alrededor, dormida, como esperaba que estuviese su amo. Después de su encuentro el conde había pasado todo el día encerrado en la sofocante penumbra de su habitación, negándose incluso a salir para comer.

Inclinando la cabeza hacia un lado, Samantha examinó el retrato deseando ser tan inmune a sus encantos como había pretendido. Aunque estaba fechado en 1803 podrían haberlo pintado hace mucho tiempo. El leve toque de arrogancia en la sonrisa infantil de Gabriel estaba suavizado por el brillo burlón de sus ojos verdes. Ojos que miraban hacia el futuro y todo lo que traería con anhelo y esperanza. Ojos que no habían visto nada que no debieran ver y no habían pagado un precio por ello.

Samantha levantó la mano y pasó un dedo por su tersa mejilla. Pero esta vez no hubo calor ni sobresalto. Sólo el frío lienzo burlándose de su triste caricia.

—Buenas noches, dulce príncipe —susurró mientras tapaba el retrato con la sábana.

El suave verdor de la primavera cubría los prados ondulados. Unas esponjosas nubes blancas surcaban como corderos el cielo azul pastel. El pálido sol bañaba su cara de calor. Gabriel se apoyó sobre un codo y miró a la mujer que estaba durmiendo en la hierba a su lado. Una flor del peral se había posado sobre sus rizos. Sus ojos sedientos bebieron de la miel dorada de su pelo, la suave piel de melocotón de su mejilla, el húmedo coral de sus labios.

Nunca había visto un matiz tan delicioso... ni tan tentador.

Mientras acercaba sus labios a los de ella sus ojos se abrieron y sus labios se curvaron en una sonrisa somnolienta, haciendo más profundos los hoyuelos que adoraba. Pero cuando ella fue a unirse a él una nube pasó ondulando sobre el sol y su inevitable sombra eliminó todo el color de su mundo.

Envuelto en la oscuridad, Gabriel se incorporó de repente en la cama con el ruido de su respiración resonando en el silencio. No tenía forma de saber si era de día o de noche. Sólo sabía que le habían expulsado de su único refugio de la oscuridad: sus sueños.

Echando las mantas hacia atrás, sacó las piernas de la cama y se sentó. Tras apoyar la cabeza en las manos intentó recuperar el aliento y su sentido de la orientación. No pudo evitar preguntarse qué pensaría la señorita Wickersham de su aspecto. En ese momento no llevaba nada. Quizá debería ponerse un pañuelo limpio alrededor del cuello para no ofender su delicada sensibilidad.

Después de buscar a tientas un buen rato encontró la bata arrugada a los pies de la cama y se la puso. Sin molestarse en atarse el cinturón, se levantó y anduvo pesadamente por la habitación. Desorientado aún por su brusco despertar, calculó mal la distancia entre la cama y el escritorio y se dio un golpe en el pie con una de las patas de la mesa que hizo que le subiera un fuerte dolor por la pierna.

Reprimiendo un juramento, se sentó en la silla y buscó a tientas el tirador de marfil del cajón del centro.

Luego tanteó el interior del cajón forrado de terciopelo sabiendo exactamente qué encontraría: un grueso paquete de cartas atado con un lazo de seda. Mientras lo sacaba le llegó a la nariz una seductora fragancia.

No era colonia barata de limón comprada a un vendedor ambulante, sino un intenso perfume femenino con un toque floral.

Respirando profundamente, Gabriel soltó el lazo de seda y pasó las manos por el caro papel. Las hojas estaban desgastadas y arrugadas por todos los meses que había llevado las cartas junto a su corazón. Abrió una de ellas y trazó los elegantes rasgos de tinta con la punta del dedo. Si se concentraba lo suficiente quizá pudiera distinguir una palabra e incluso una frase familiar.

Palabras vacías. Frases sin sentido.

Apretó la mano un poco. Luego volvió a doblar despacio la carta, pensando que era ridículo que un hombre ciego guardara cartas que ya no podía leer de una mujer que ya no le quería.

Si es que le había querido alguna vez.

Sea como fuere, ató cuidadosamente el lazo alrededor de las cartas antes de meterlas de nuevo en el cajón.

Capítulo 4

Querida señorita March,

¿Puedo esperar que me permita cortejarla con palabras dulces?

Cuando Gabriel salió de su alcoba al día siguiente, desesperado por un breve respiro de su propia compañía, su suspicaz olfato sólo captó la mezcla de aromas del chocolate y el bacón. Los siguió con cautela hasta el comedor preguntándose dónde estaría la señorita Wickersham. Para su sorpresa, pudo desayunar en paz sin nadie que criticara su aspecto ni sus modales en la mesa. Comió apresuradamente y con menos delicadeza que de costumbre, esperando poder regresar al refugio de sus aposentos antes de que su autoritaria enfermera saltara sobre él.

Después de limpiarse la grasa de la boca con una esquina del mantel volvió a subir corriendo las escaleras. Pero cuando fue a abrir la puerta tallada de caoba que conducía a la habitación principal su mano sólo encontró aire.

Gabriel retrocedió, temiendo que con las prisas se hubiera equivocado en algún punto del camino.

Entonces una voz animada dijo:

—¡Buenos días, señor!

—Buenos días, señorita Wickersham —respondió apretando los dientes.

Dio un par de pasos tentativos hacia delante con su confianza mermada por el traicionero calor del sol en su cara, la suave brisa que le acariciaba la frente y el canto melódico de algún pájaro que estaba justo fuera de la ventana abierta de su alcoba.

—Espero que no le importe la intromisión —dijo ella—. He pensado que podríamos ventilar sus aposentos mientras estaba abajo desayunando.

—¿Podríamos? —repitió ominosamente preguntándose cuántos testigos iban a presenciar su asesinato.

—¡No esperaría que lo hiciera todo sola! Peter y Phillip están preparando su baño matutino mientras Elsie y Hannah cambian las sábanas de su cama. La señora Philpot y Meg están fuera aireando las colgaduras de su cama. Y Millie está limpiando su sala de estar.

El chapoteo del agua y el zarandeo de las sábanas confirmaron su afirmación. Gabriel respiró profundamente el aire contaminado por el dulce olor a limón y el almidón de la ropa. Mientras exhalaba oyó un crujido que venía de su vestidor, como el ruido que podría hacer una rata. Una rata rechoncha y calva que llevaba un chaleco.

—¿Beckwith? —vociferó Gabriel.

El crujido cesó y se convirtió en un silencio sepulcral.

Gabriel suspiró.

—Puedes salir, Beckwith. Puedo oler tu loción capilar.

Unos pasos lentos le informaron de que el mayordomo había salido arrastrando los pies del vestidor. Antes de que su enfermera pudiera explicar qué hacía allí, Beckwith dijo:

—Como no quiere tener un *valet*, señor, la señorita Wickersham ha sugerido que ordenemos su ropa por prendas y colores. Así podrá vestirse solo sin la ayuda de un criado.

—Y tú has sido tan amable de ofrecerte a realizar esa tarea. *¿Eh, Bruto?* —murmuró Gabriel.

Además de invadir el único santuario que le quedaba, su enfermera había reclutado a sus sirvientes para tomar el mando. Se preguntó cómo se había ganado su lealtad con tanta rapidez. Puede que hubiese subestimado sus encantos. Quizá fuese más peligrosa de lo que sospechaba.

—Déjennos —ordenó bruscamente.

Una actividad frenética, con el crujido de las sábanas y el ruido de los cubos, le informó de que los criados ni siquiera iban a fingir que no le habían entendido.

—Señor, no creo que... —comenzó a decir Beckwith—. No sería adecuado dejarle solo en su habitación con...

—¿Le da miedo estar sola conmigo?

La señorita Wickersham tampoco fingió que no le había entendido. Probablemente fue el único que notó su leve vacilación.

—Claro que no.

—Ya lo habeís oído —dijo—. Salid todos.

El aire se agitó mientras los criados pasaban rápidamente por delante de él. Cuando sus pasos se dejaron de oír por el pasillo preguntó:

—¿Se han ido?

—Sí.

Gabriel tanteó detrás de él hasta que encontró el pomo de la puerta. Después de cerrarla con un sonoro golpe se apoyó en ella, bloqueando su única vía de escape.

—¿No se le ha ocurrido, señorita Wickersham —dijo con tono tenso—, que puedo haber dejado mi puerta cerrada por una razón? ¿Que tal vez desee que nadie entre en mi alcoba? ¿Que necesito un poco de intimidad? —Levantó la voz—. ¿Que quizá prefiera mantener un pequeño rincón de mi vida libre de su intromisión?

—Yo creo que debería estar agradecido —respondió Samantha aspirando por la nariz—. Al menos ya no huele como si tuviera cabras aquí.

Gabriel lanzó una mirada furiosa hacia ella.

—En este momento preferiría la compañía de las cabras.

Entonces la oyó abrir y cerrar la boca. Luego hizo una pausa para contar hasta diez antes de seguir hablando.

—Puede que hayamos empezado con mal pie, señor. Parece tener la impresión equivocada de que he venido a Fairchild Park para complicarle la vida.

—Desde que llegó, la palabra «infierno» se me ha pasado por la mente más de una vez.

Ella suspiró.

—Al contrario de lo que pueda creer, acepté este trabajo para hacerle la vida más fácil.

—¿Y cuándo piensa empezar?

—En cuanto me lo permita —replicó—. Reorganizar la casa para su comodidad es sólo el principio. Además puedo aliviar su aburrimiento llevándole a dar paseos por el jardín, ayudarle con su correspondencia, leerle en voz alta.

Los libros eran otro de los placeres de los que ya no podía disfrutar.

—No, gracias. Nadie me leerá como si fuese un niño tonto. —Mientras cruzaba los brazos sobre su pecho incluso él se dio cuenta de que se estaba comportando como tal.

—Muy bien. Pero aún así hay cientos de cosas que puedo hacer para ayudarle a adaptarse a su ceguera.

—Eso no será necesario.

—¿Por qué no?

—¡Porque no tengo la intención de vivir así el resto de mi vida! —rugió perdiendo finalmente el control.

Mientras el eco de su grito se apagaba, el silencio creció entre ellos.

Gabriel se dejó caer sobre la puerta y se pasó una mano por el pelo.

—En este momento, mientras estamos hablando, un equipo de médicos contratados por mi padre viajan por Europa recogiendo toda la información posible sobre mi enfermedad. Está previsto que vuelvan dentro de quince días. Entonces confirmarán lo que he sospechado siempre: que mi trastorno no es permanente, sino una aberración temporal.

En ese momento Gabriel agradeció no poder ver sus ojos. Temía encontrar en ellos el tormento que le había ahorrado hasta ahora: su compasión. Casi prefería su risa.

—¿Sabe qué será lo mejor de recuperar la vista? —preguntó con suavidad.

—No —respondió Samantha sin fanfarronería en su voz.

Enderezándose, Gabriel dio un par de pasos hacia delante. Ella se negó a ceder terreno hasta que lo tuvo casi encima. Al sentir que el aire se movía mientras se retiraba, la bordeó con torpeza hasta que sus posiciones se invirtieron y ella fue andando para atrás hacia la puerta.

—Algunos podrían pensar que sería el placer de ver ponerse el sol en un horizonte azul al final de un día perfecto de verano.

Cuando su espalda chocó contra la puerta, él puso una mano extendida detrás de ella en el grueso tablero de caoba.

—Otros podrían considerar que sería contemplar los pétalos aterciopelados de una rosa roja... —inclinándose hacia delante hasta que sintió el cálido cosquilleo de su aliento en su cara, bajó la voz hasta convertirla en una profunda caricia— o mirar con ternura a los ojos de una bella mujer. Pero puedo prometerle, señorita Wickersham, que todos esos placeres palidecerán comparados con la inmensa alegría de librarme de usted.

Deslizando la mano hacia abajo hasta que encontró el pomo de la puerta, la abrió de par en par para que saliera al pasillo.

—¿Está al otro lado de la puerta, señorita Wickersham?

—¿Disculpe? —preguntó desconcertada.

—*¿Está al otro lado de la puerta?*

—Sí.

—Bien.

Sin decir nada más, Gabriel la cerró de golpe en su cara.

Cuando Samantha pasó más tarde por el vestíbulo para recoger las colgaduras de la cama de Gabriel de la lavandería, su oscura voz de barítono bajó flotando del rellano de arriba.

—Dime, Beckwith, ¿qué aspecto tiene la señorita Wickersham? No puedo imaginarme a una criatura tan fastidiosa. Lo único que veo en mi mente es una especie de bruja inclinada sobre un caldero riéndose entre dientes.

Samantha se detuvo de repente con el corazón encogido. Se llevó una mano temblorosa a sus gruesas gafas y luego al pelo castaño rojizo que se había recogido en un moño en la nuca.

Guiada por una inspiración repentina, volvió al campo de visión de Beckwith y se puso un dedo en los labios, rogándole en silencio que no revelara su presencia. Gabriel estaba apoyado contra la pared con sus impresionantes brazos cruzados sobre su pecho.

El mayordomo sacó su pañuelo y se secó el sudor de la frente, dividido entre la lealtad a su amo y la mirada suplicante de Samantha.

—Como enfermera, supongo que podría describirla como... indescriptible.

—Vamos, Beckwith. Seguro que puedes hacerlo mejor. ¿Tiene el pelo rubio? ¿Canoso? ¿O negro como el hollín? ¿Lo lleva corto? ¿O enrollado alrededor de la cabeza en una corona de trenzas? ¿Es tan huesuda y arrugada como suena?

Beckwith lanzó a Samantha una mirada desesperada por encima de la barandilla. En respuesta, ella hinchó las mejillas y trazó un gran círculo a su alrededor con las manos.

—Oh, no, señor. Es una mujer bastante... grande.

Gabriel frunció el ceño.

—¿Cómo de grande?

—Oh, pesará unos... —Samantha levantó ocho dedos y luego formó un círculo con el índice y el pulgar—. Unos ochocientos kilos —concluyó Beckwith sin pensarlo.

—¡Ochocientos kilos! ¡Dios mío! ¡Qué barbaridad!

Samantha puso los ojos en blanco y volvió a intentarlo.

—Ochocientos no, señor —dijo Beckwith despacio con la mirada fija en sus dedos—. Ochenta.

Gabriel se acarició la barbilla.

—Es extraño. Sus pasos son bastante ligeros para ser tan grande, ¿no crees? Cuando le cogí la mano, habría jurado que... —Movió la cabeza como si quisiera librarse de una idea inexplicable—. ¿Y su cara?

—Bueno... —dijo Beckwith haciendo tiempo mientras Samantha cerraba las puntas de los dedos sobre su pequeña nariz y tiraba hacia fuera.

—Tiene una nariz puntiaguda bastante larga.

—¡Lo sabía! —exclamó Gabriel triunfalmente.

—Y los dientes como... —Beckwith estrechó los ojos desconcertado mientras Samantha doblaba dos dedos sobre su cabeza—. ¿Un burro?

Negando con la cabeza, enrolló las manos para formar unas patas y dio unos pequeños saltitos.

—¡Un conejo! —Captando por fin el espíritu del juego, Beckwith estuvo a punto de aplaudir con sus manos rechonchas—. ¡Tiene los dientes como un conejo!

Gabriel resopló con satisfacción.

—Que sin duda alguna encajan perfectamente en su cara de caballo.

Samantha se dio unos golpecitos en la barbilla.

—Y en la barbilla —continuó el mayordomo cada vez más entusiasmado— tiene una verruga enorme con... —Samantha se puso la mano debajo de la barbilla y movió tres dedos—. Tres pelos rizados que salen de ella.

Gabriel se estremeció.

—Es aún peor de lo que sospechaba. No sé qué me llevó a pensar...

Beckwith parpadeó inocentemente detrás de sus gafas.

—¿Qué, señor?

Gabriel esquivó la pregunta.

—Nada, nada. Me temo que es una consecuencia de que paso demasiado tiempo solo. —Levantó una mano—. Por favor, ahórrame más detalles sobre el aspecto de la señorita Wickersham. Quizá sea mejor dejar algunas cosas a la imaginación.

Luego se volvió hacia las escaleras con paso firme. Samantha se puso una mano en la boca para contener la risa, pero a pesar de sus esfuerzos se le escapó un chillido.

Gabriel giró despacio sobre sus talones. Ella se imaginó el aleteo de su nariz y el gesto suspicaz de sus labios. Contuvo la respiración, temiendo que el menor movimiento pudiera delatarla.

Él inclinó la cabeza hacia un lado.

—¿Has oído eso, Beckwith?

—No, señor. No he oído nada. Ni siquiera el crujido de una tabla.

La mirada ciega de Gabriel recorrió el suelo de abajo y se posó cerca de Samantha con una misteriosa precisión.

—¿Estás seguro de que la señorita Wickersham no tiene ninguno de los atributos de un ratón? ¿Unos bigotes retorcidos? ¿Una gran pasión por el queso? ¿Una tendencia a andar por ahí espiando a la gente?

La frente de Beckwith estaba empezando a brillar de nuevo.

—Oh, no, señor. No se parece en absoluto a un roedor.

—Es una suerte. Porque si así fuera tendría que ponerle una trampa. —Arqueando una oscura ceja, se dio la vuelta y comenzó a subir las escaleras mientras Samantha se preguntaba nerviosamente qué cebo usaría.

El tañido de las campanas se extendía suavemente por el campo. Samantha se dio la vuelta y se hundió aún más en su almohada de plumas, soñando con una soleada mañana de domingo y una iglesia llena de gente sonriente. Delante del altar había un hombre tensando con sus anchos hombros su chaqueta de lino de color gamuza. Samantha iba andando por el largo pasillo con un ramo de lilas en sus manos temblorosas. Podía sentir cómo le sonreía, y su irresistible calor atrayéndola hacia él, pero aunque el sol entraba por las vidrieras y estaba cada vez más cerca su cara permanecía en las sombras.

El sonido de las campanas aumentó, pero ya no era melodioso, sino agudo y discordante. A su ruido insistente se unieron unos golpes más insistentes aún en la puerta de su habitación. Samantha abrió los ojos de repente.

—¡Señorita Wickersham! —gritó una voz amortiguada llena de pánico.

Samantha se levantó de la cama y corrió a la puerta poniéndose una bata sobre su camisón de algodón. Al abrirla encontró al angustiado mayordomo del conde en el pasillo con un ramillete de velas en su mano temblorosa.

—¡Dios mío! ¿Qué ocurre, Beckwith? ¿Hay un incendio?

—No, señorita, es el señor. No dejará de llamar hasta que vaya usted.

Ella se frotó los ojos somnolientos.

—Yo habría pensado que sería la última persona a la que llamaría. Sobre todo después de echarme esta mañana de su alcoba.

Beckwith movió la cabeza. Con la barbilla temblando y los ojos enrojecidos, parecía que estaba a punto de echarse a llorar.

—He intentado razonar con él, pero insiste en que quiere hablar con usted.

Aunque esas palabras le hicieron vacilar, dijo simplemente:

—Muy bien. Iré enseguida.

Se vistió rápidamente bendiciendo la sencillez de su vestido azul oscuro de cintura alta y la nueva moda francesa. Al menos no tenía que perder tiempo esperando a que una doncella le atara el corsé o luchara con cien botones diminutos forrados de seda.

Cuando salió de su habitación ajustándose aún los mechones de pelo suelto de su moño, Beckwith estaba esperándola en el pasillo para acompañarla al lado de Gabriel. Mientras iban rápidamente por un largo pasillo y unas anchas escaleras al tercer piso de la casa, Samantha contuvo un bostezo con la mano. A juzgar por la lúgubre luz que se filtraba por la ventana limpia del rellano, la noche estaba empezando a rendirse al amanecer.

La puerta de la alcoba de Gabriel estaba entornada. Si no hubiera sido por el enérgico tintineo, Samantha habría temido encontrárselo tirado en el suelo al borde de la muerte.

Pero estaba recostado en el cabecero de teca tallada del dosel de su cama con un aspecto muy saludable. No llevaba camisa, y tampoco pantalones a juzgar por la inclinación de la sábana de seda sobre sus caderas. La luz de la vela daba una suave pátina dorada a su piel, que ya parecía haber sido rociada con polvo de oro. Mientras su mirada se centraba en ese impresionante músculo, Samantha sintió que se le quedaba la boca seca. Una estrecha maraña de pelo bordeaba su terso vientre antes de desaparecer debajo de la sábana.

Por un momento Samantha temió que Beckwith dejara caer las velas y le pusiera las manos sobre los ojos. Ante la mirada escandalizada del mayordomo, Gabriel dio un último golpe a la campanilla que tenía en la mano.

—¡Señor! —exclamó Beckwith dejando las velas en una consola cercana antes de volver junto a la puerta—. ¿No cree que al menos debería haberse tapado antes de que llegara la joven dama?

Gabriel puso un brazo musculoso sobre el montón de almohadas que había a su lado y se estiró como un gran gato perezoso.

—Perdóneme, señorita Wickersham. No sabía que no había visto nunca a un hombre sin camisa.

Agradeciendo que no pudiera ver el rubor de sus mejillas, Samantha dijo:

—No sea ridículo. He visto a muchos hombres sin camisa. —Se ruborizó aún más—. Quiero decir en mi trabajo como enfermera.

—Es una gran suerte. Pero aún así no quisiera ofender su delicada sensibilidad. —Gabriel buscó a tientas entre las sábanas hasta que encontró un pañuelo arrugado. Se lo puso alrededor del cuello y lo ató en un torpe nudo antes de lanzarle una diabólica sonrisa—. Ya está. ¿Le parece mejor?

De algún modo consiguió tener un aspecto más indecente con un pañuelo pero sin camisa. Si ésa era la trampa que le había preparado había puesto un buen cebo. Negándose a darse por vencida, Samantha se acercó a la cama. Gabriel se puso rígido mientras ella metía un dedo en el nudo mal hecho para soltarlo.

A pesar de la quietud de Gabriel y de sus esfuerzos, el dorso de sus dedos rozó más de una vez su piel de terciopelo mientras moldeaba la tela con bordes de encaje en una cascada blanca digna del mejor *valet*.

—Ya está —dijo dando a su obra una palmadita de aprobación—. Así está mejor.

Gabriel bajó sus pestañas doradas sobre sus ojos.

—Me sorprende que no me haya estrangulado.

—Aunque es una perspectiva tentadora, no tengo ningún deseo de buscar otro empleo ahora mismo.

—Es raro encontrar una mujer que sepa anudar un pañuelo con tanta habilidad. ¿Tiene un padre o un abuelo con los dedos torpes?

—Hermanos —respondió. A pesar de su ceguera, temía que viese más de lo que ella quería—. ¿Ahora podría decirme por qué ha sacado a la mitad de la casa de la cama antes de que amanezca?

—Si quiere saberlo, me preocupaba mi conciencia.

—No comprendo cómo una ocurrencia tan rara puede quitarle el sueño.

Gabriel tamborileó con sus largos dedos un travesaño forrado de seda.

—Mientras estaba aquí solo en mi cama, de repente me he dado cuenta de que es injusto impedir que cumpla con sus *obligaciones.* —Acarició la palabra con su triste boca, haciendo que Samantha se estremeciera—. Sin duda alguna es una mujer con un gran sentido moral. No estaría bien esperar que se sentara y cobrara su generoso sueldo por no hacer nada. Así que he decidido rectificar la situación llamándola.

—Muy atento por su parte. ¿Y con qué *obligación* quiere que comience?

Él reflexionó un momento antes de que se le iluminara la cara.

—Con el desayuno. En la cama. En una bandeja. Por favor, no moleste a Étienne tan temprano. Estoy seguro de que puede arreglárselas. Me gustan los huevos cocidos y el bacón un poco tostado por los bordes. Prefiero que el chocolate esté humeante, pero no demasiado caliente. No quiero quemarme la lengua.

Asombrada por su despotismo, Samantha intercambió una mirada con Beckwith.

—¿Desea algo más? —Tuvo que morderse el labio inferior para no añadir *Su Majestad.*

—Algunos ahumados y dos panecillos recién horneados con miel y mantequilla. Y cuando recoja el desayuno podría prepararme un baño y terminar de limpiar mi sala de estar. —Parpadeó hacia ella con una expresión tan angelical como le permitía su siniestra cicatriz—. Si no es demasiada molestia, por supuesto.

—No es ninguna molestia —le aseguró ella—. Es mi trabajo.

—Efectivamente —corroboró él.

Mientras la esquina derecha de su boca se curvaba en una sonrisa diabólica, Samantha oyó el ruido de una trampa cerrándose en su tierna cola.

Capítulo 5

Querida señorita March,

Si se burla de mis dulces palabras, quizá deba intentar seducirla con dulces besos...

—¿Señorita Wickersham? ¡Oh, señorita Wickersham! —La cantinela quejumbrosa estaba acompañada por el alegre tintineo de la campanilla de Gabriel.

Samantha se volvió despacio en la puerta de la alcoba, sin aliento aún por haber subido cuatro pisos desde las cocinas del sótano por tercera vez esa mañana.

Su paciente estaba recostado entre las almohadas de la cama en un claro de sol matutino. Allí tumbado sobre las sábanas arrugadas, con la luz del sol filtrándose en su pelo revuelto, no parecía un inválido, sino un hombre que acababa de disfrutar de una cita apasionada.

Gabriel extendió la taza Wedgwood que Samantha le acababa de dar con una mueca de decepción en la esquina intacta de su boca.

—Me temo que el chololate está templado. ¿Le importaría pedirle a Étienne que haga otro cazo?

—Por supuesto que no —respondió Samantha volviendo a la cama y cogiendo la taza de su mano con más fuerza de la necesaria.

No había llegado aún a lo alto de las escaleras cuando la campanilla comenzó a sonar de nuevo. Se detuvo y contó hasta diez en voz baja antes de volver sobre sus pasos y asomar la cabeza por la puerta.

—¿Ha llamado?

Gabriel dejó caer la campanilla.

—He pensado que cuando vuelva podría reorganizar mi armario. He decidido que me resultaría más fácil vestirme si pone juntos todos mis pañuelos, mis medias y mis chalecos.

—La semana pasada no se levantó el tiempo suficiente de la cama para vestirse. Y ayer pasé seis horas combinando su ropa en conjuntos completos porque decidió que no le interesaba tenerla ordenada por prendas.

Gabriel suspiró acariciando la colcha de raso.

—Bueno, si es demasiada molestia... —Agachando la cabeza, dejó el reto flotando en el aire.

Ella apretó los dientes en una sonrisa que parecía más bien un *rictus* mortal.

—Ni mucho menos. Por el contrario, será un privilegio y un placer.

Antes de que pudiera encontrar la campanilla entre las sábanas arrugadas, Samantha giró sobre sus talones y bajó las escaleras preguntándose si podría convencer al cocinero francés para que echara cicuta al siguiente cazo de chocolate para su amo.

Pasó el resto del día como había pasado todos los momentos de vigilia de la última semana: al servicio de Gabriel. Desde la primera mañana que la llamó no le había dejado ni un segundo para ella. Cada vez que pensaba en sentarse unos minutos o echar una breve siesta, la campanilla volvía a sonar. Su ruido persistente, que continuaba hasta la noche, obligaba a los demás criados a dormir con sus almohadas sobre las orejas.

Aunque sabía exactamente qué intentaba hacer, Samantha no tenía ninguna intención de renunciar a su trabajo. Estaba decidida a demostrar que era más fuerte que la vieja Cora Gringott o la viuda Hawkins. Nunca había sido una enfermera tan devota con el bienestar de su paciente. Se mordía las réplicas sarcásticas y realizaba incansablemente las funciones de *valet*, mayordomo y cocinera.

Gabriel estaba especialmente quisquilloso a la hora de acostarse. Cuando metía las mantas a su alrededor y corría las cortinas de la cama, él se quejaba de que la habitación estaba un poco cargada. Descorría las cortinas, sacaba las mantas y entreabría una ventana, pero antes de que pudiera ir de puntillas a la puerta él suspiraba y decía que temía enfriarse con el aire de la noche. Después de taparle otra vez se quedaba en la puerta esperando a que sus pestañas doradas cayeran sobre sus mejillas. Entonces bajaba corriendo por las escaleras a su habitación, soñando ya con su colchón de plumas y una noche de sueño ininterrumpido. Pero antes de que pudiera hundir la cabeza en su lujosa almohada de plumón de ganso la campanilla volvía a sonar.

Después de volver a vestirse, Samantha subía de nuevo las escaleras y se encontraba a Gabriel apoyado en el cabecero de la cama sonriendo como un querubín. Odiaba molestarla, le confesaba con timidez, pero ¿le importaría ahuecarle las almohadas antes de retirarse a dormir?

Esa noche Samantha se hundió en el mullido orejero de la sala de estar de Gabriel pensando sólo en poner en alto sus doloridos pies unos minutos.

Gabriel se recostó en la cama fingiendo estar dormido y esperó a oír chirriar la puerta. Se había acostumbrado al crujido de las faldas de la señorita Wickersham mientras andaba por su habitación apagando velas y recogiendo los objetos que había conseguido esparcir por el suelo sin salir de la cama. En cuanto creyera que estaba dormido intentaría escapar. Siempre sabía en qué momento se iba. Su ausencia debaja un vacío casi tangible.

Pero esa noche no oyó nada.

—¡Señorita Wickersham! —dijo con firmeza sacando sus largos pies por debajo de las mantas—. Se me están enfriando los dedos de los pies.

Movió los dedos, pero nadie respondió.

—¿Señorita Wickersham?

Su única respuesta fue un suave ronquido.

Gabriel apartó las sábanas. Jugar a ser un inválido día y noche resultaba cada vez más cansado. Era increíble que su enfermera fuese tan obstinada. Ya debería haber presentado su dimisión. Pero a pesar de sus amables respuestas a sus demandas, su entereza estaba empezando a flaquear.

Sólo esa noche, después de pedirle que le ahuecara las almohadas por tercera vez en una hora, la sintió rondando a su alrededor y supo que le faltaba poco para rendirse.

Fue a tientas por los paneles tapizados hasta la sala de estar contigua a su alcoba. La melodía de los ronquidos le llevó al orejero que estaba enfrente de la chimenea. A juzgar por el aire frío, la señorita Wickersham no se había molestado en encender el fuego.

Sintiendo una punzada de remordimiento, Gabriel se arrodilló junto a la butaca. Sólo el agotamiento extremo podía haber dejado así a su infatigable enfermera. Sabía que debía despertarla, insistir en que se levantara inmediatamente y cerrase la ventana o fuera a buscar un ladrillo caliente envuelto en lana para calentar sus pies. Pero se encontró acercándose a ella, tocando los mechones sueltos de pelo que cubrían su frente. Eran más suaves de lo que esperaba, y se deslizaban como la seda entre sus dedos.

Los ronquidos cesaron. Samantha cambió de postura en la butaca. Gabriel contuvo el aliento, pero enseguida siguió respirando con un ritmo constante y profundo.

Su mano rozó el frío metal de sus gafas de acero. A pesar de lo que había dicho Beckwith, parecían colgar de una nariz demasiado pequeña para soportar tanto peso. Se las quitó con suavidad y las dejó a un lado, asegurándose de que sólo estaba velando por su comodidad. Pero con la cara desnuda presentaba una tentación demasiado grande.

Era culpa suya, se dijo a sí mismo con firmeza. Si no hubiera persuadido a Beckwith para gastarle esa broma perversa, su curiosidad por su aspecto podría estar satisfecha.

Gabriel pasó las puntas de los dedos por su mejilla, sorprendido por la suavidad de su piel. Debía ser bastante más joven de lo que le había llevado a pensar su dura voz.

En vez de satisfacer su curiosidad, su descubrimiento la agravó aún más. ¿Por qué habría elegido una joven distinguida una profesión tan ingrata? ¿Había sido víctima de un padre aficionado al juego o un amante infiel que la había arruinado antes de abandonarla a su suerte? Si no podían encontrar trabajo como institutrices o costureras, esas mujeres acababan con frecuencia en las calles vendiéndose a sí mismas.

Su cautelosa exploración demostró que no tenía cara de caballo. Sus delicados huesos hacían que tuviese forma de corazón, ancha en las mejillas pero con una barbilla afilada en la que no parecía haber lunares ni pelos. El pulgar de Gabriel se apartó de los otros dedos para encontrar una suavidad más seductora.

Mientras le acariciaba sus labios carnosos, la señorita Wickersham apoyó la mejilla en su mano y lanzó un pequeño gemido de placer.

Gabriel se quedó paralizado al sentir una intensa concentración de sangre en su entrepierna. Había presumido de que su circulación estaba bien, pero hasta ese momento no se había dado cuenta de lo bien que estaba. Hacía mucho tiempo que no tocaba la cálida piel de una mujer, que no sentía la caricia de su aliento mientras sus labios se separaban. Incluso antes de Trafalgar, había pasado casi un año en el mar sólo con un desgastado paquete de cartas y sus sueños para el futuro para reconfortarle. Había olvidado lo poderosa que podía ser la fuerza del deseo. Además de peligrosa.

Apartó rápidamente la mano indignado consigo mismo. Una cosa era torturar a su enfermera cuando estaba despierta, y otra acariciarla mientras dormía. Volvió a acercarse a ella, esta vez decidido a despertarla y mandarla a su dormitorio antes de que su juicio le abandonara por completo.

Ella se movió y siguió roncando. Gabriel suspiró.

Blasfemando para sus adentros, fue a tientas a la habitación contigua y cogió un edrededón. Luego regresó a la sala de estar y la arropó torpemente con él antes de volver a su cama fría y vacía.

Samantha se acurrucó aún más en su confortable nido intentando ignorar que se sentía como si una docena de duendes estuvieran clavándole agujas en el pie derecho. No quería despertarse, no quería renunciar al delicioso sueño que se aferraba aún a los límites de su conciencia. No podía recordar los detalles exactos. Sólo sabía que en él se sentía segura y querida, y que al salir se quedaría con una profunda sensación de nostalgia.

Abrió despacio los ojos. A través de la ventana podía ver la neblina dorada del amanecer en el horizonte. Bostezó y estiró sus músculos entumecidos intentando recordar la última vez que había podido dormir toda la noche. Al sacar el pie de debajo, el edredón se resbaló y se cayó al suelo.

Samantha parpadeó al darse cuenta de que era uno de los lujosos edredones de la cama del conde. Desconcertada, levantó la mano instintivamente para quitarse las gafas, pero habían desaparecido.

Sintiéndose terriblemente expuesta, buscó a tientas en la butaca a su alrededor pensando que se le habrían caído mientras dormía. Pero al inclinarse hacia delante las encontró bien dobladas en la alfombra junto a la butaca.

Muy despierta de repente, Samantha se las puso y miró con cautela a su alrededor. Apenas recordaba cómo había acabado allí la noche anterior, pero le vinieron a la mente algunos fragmentos de su sueño: los cálidos dedos de un hombre tocándole el pelo, rozándole la piel, acariciando la suavidad de sus labios. Cerrando los ojos, se llevó dos dedos a los labios para revivir la exquisita sensación y el anhelo que había provocado su tacto.

¿Y si no había sido un sueño?

Samantha abrió bien los ojos para librarse de esa terrible idea. Dudaba que el hombre que estaba durmiendo en la habitación de al lado fuera capaz de tanta ternura. Pero entonces no se explicaba quién la había tapado y le había quitado las gafas cuidadosamente.

Recogiendo el edredón, se levantó y fue en silencio a la alcoba contigua sin estar segura de lo que esperaba encontrar. Gabriel estaba tumbado boca abajo entre las mantas arrugadas con los brazos doblados sobre la cabeza. La sábana de seda se le había caído sobre una pierna musculosa, que estaba cubierta con el mismo vello dorado que tenía en el pecho. Samantha sabía exactamente cómo había conseguido esos músculos: montando a caballo, cazando, paseándose por la cubierta de un barco, gritando órdenes a los hombres bajo su mando.

Se acercó un poco más a la cama. A pesar de los meses que llevaba encerrado en aquella casa, la tersa piel de su espalda no había perdido del todo su brillo dorado. Atraída por esa extensión de oro fundido, extendió la mano. Aunque sus dedos apenas rozaron su piel, sintió un oleada de calor que recorrió todo su cuerpo.

Apartó la mano horrorizada por su descaro. Luego le echó por encima el edredón y fue corriendo a la puerta. Podía imaginar lo que pensarían la señora Philpot y los demás criados si la veían salir de la alcoba del conde al amanecer con la cara sonrojada y los ojos somnolientos.

Agarrándose a la barandilla, bajó las escaleras de puntillas apresuradamente. Cuando estaba a punto de llegar a su rellano oyó un agudo tintineo que bajaba del piso de arriba. Samantha se quedó paralizada, horrorizada por la idea de que Gabriel pudiese haber fingido que estaba durmiendo.

La campanilla volvió a sonar con más insistencia aún.

Hundiendo los hombros, Samantha dio despacio la vuelta y subió de nuevo las escaleras.

Para la tarde el eco infernal de la campanilla parecía haberse instalado de forma permanente en la cabeza de Samantha. Cuando estaba a cuatro patas en el suelo del vestidor de Gabriel, estirándose para recoger un pañuelo de seda que se había resbalado, volvió a sonar el tintineo. Al levantarse se dio un golpe en la cabeza con la estantería de arriba. La estantería se inclinó, y le cayeron encima una docena de sombreros de piel de castor.

Después de librarse de ellos murmuró:

—No comprendo cómo un hombre con una sola cabeza puede necesitar tantos sombreros.

Salió de los sofocantes confines del vestidor con el pelo empapado de sudor pegado a la cabeza y un pañuelo en cada mano como un par de serpientes venenosas.

—¿Ha llamado, señor? —gruñó.

Aunque el sol que se filtraba por la ventana proyectaba un halo angelical alrededor de su enmarañado pelo, la cara de Gabriel tenía los rasgos saturninos de un príncipe déspota acostumbrado a conseguir todos sus caprichos.

—Me estaba preguntando dónde habría ido —dijo con un tono acusatorio más grave que de costumbre.

—He estado tomando el sol en la playa de Brighton —respondió ella—. No pensaba que me echaría de menos.

—¿Ha habido alguna noticia de mi padre o de sus médicos?

—No desde que pregunté hace diez minutos.

Él apretó la boca en un silencioso reproche. Los dos habían estado todo el día de mal humor. A pesar de haber dormido toda la noche, a Samantha le seguía atormentando ese sueño escurridizo y la posibilidad de que él hubiese sentido sus ridículas caricias. ¿Y si pensaba que era una vieja criada patética que se moría porque la tocase un hombre?

Desesperada por restablecer una corrección aparente entre ellos, dijo con firmeza:

—He estado la mitad del día en su vestidor ordenando sus pañuelos por tejidos y larguras como me ordenó. Seguro que no hay nada tan urgente que tenga prioridad sobre eso.

—Aquí dentro hace calor. —Gabriel se llevó una mano a la frente—. Creo que tengo fiebre. —Al echar las mantas hacia atrás dejó al descubierto un trozo de pierna bien musculada. Samantha agradeció que esa mañana se hubiese puesto unos pantalones, aunque sólo le llegasen hasta la rodilla.

Sin darse cuenta, se pasó uno de los pañuelos por su acalorado cuello.

—Hoy hace un día muy caluroso. Quizá si abro las ventanas...

Cuando estaba cruzando la habitación dijo de repente:

—No se preocupe. Ya sabe que el olor a lilas me hace cosquillas en la nariz y me hace estornudar. —Desplomándose sobre las almohadas, movió la mano de un lado a otro—. Tal vez podría abanicarme un rato.

Samantha dejó caer la mandíbula.

—¿No le apetece también que le dé unas uvas frescas a la boca?

—Si usted quiere. —Cogió la campanilla—. ¿Pido unas cuantas?

Samantha apretó los dientes.

—¿Por qué no toma mejor un poco de agua fría? Ha sobrado algo de su almuerzo.

Después de dejar los pañuelos sobre el espejo de cuerpo entero que había en la esquina, Samantha sirvió una copa de agua de la jarra de barro que estaba sobre la consola, que había sido diseñada para mantener fresca el agua de manantial. Mientras se acercaba a la cama no podía dejar de pensar que si Gabriel no fuese ciego la miraría con tanta suspicacia como ella a él.

—Aquí tiene —dijo poniéndole la copa en la mano.

Él se negó a cerrar los dedos a su alrededor.

—¿Por qué no hace usted los honores? Estoy un poco cansado —suspiró—. Esta noche no he dormido demasiado bien. He soñado que había un osezno gruñendo en la habitación de al lado. Ha sido muy angustioso.

Se apoyó en las almohadas separando los labios como un pajarito esperando a que su madre le diera de comer. Samantha le miró en silencio durante un largo rato antes de levantar la copa. El chorro de agua fría cayó sobre la cara de Gabriel, que se incorporó rápidamente farfullando y maldiciendo.

—¡Maldita mujer! ¿Pretende ahogarme?

Samantha se apartó de la cama y volvió a dejar la copa en el borde de la mesa.

—Eso sería demasiado bueno para alguien como usted. Sabe muy bien que anoche no había un osezno durmiendo en la habitación de al lado. ¡Era yo! ¿Cómo se atreve a tomarse esas libertades con mi persona?

Gabriel parpadeó el agua de las pestañas con una expresión ofendida y desconcertada.

—No tengo ni la menor idea de qué está hablando.

—¡Me quitó las gafas!

Él soltó una carcajada de incredulidad.

—Por su forma de hablar cualquiera diría que le quité la ropa.

Samantha se agarró el cuello de su sencillo vestido verde botella.

—¿Cómo sé que no lo hizo?

El silencio que se quedó flotando entre ellos era más espeso que el aire caliente. Luego su oscura voz se adentró en un territorio peligroso.

—Si le hubiera quitado la ropa, señorita Wickersham, puedo asegurarle que habría merecido la pena despertarla. —Antes de que Samantha pudiera decidir si eso era una promesa o una amenaza, prosiguió—: Lo único que hice fue quitarle las gafas y taparla. Sólo estaba intentando que se encontrara cómoda.

Para su sorpresa, un rubor de culpabilidad se extendió por sus mejillas. No habría pensado que fuese capaz de sonrojarse, aunque las mentiras y las verdades a medias saliesen de su boca con tanta facilidad.

Volvió a acomodarse entre las mantas con una expresión más autoritaria que nunca.

—Ahora, si ha terminado con mi baño improvisado, ¿sería tan amable de darme una toalla?

Samantha se cruzó de brazos.

—Cójala usted mismo.

Gabriel arqueó una ceja dorada tensando su cicatriz.

—¿Disculpe?

—Si quiere una toalla, cójala usted mismo. Estoy cansada de servirle. Puede que esté ciego, pero tiene dos brazos y dos piernas perfectamente capaces.

Confirmando sus palabras, echó las mantas hacia atrás y se puso de pie sobrepasándola. La campanilla se cayó al suelo con un ruido discordante, rodando un poco por la habitación.

Samantha había olvidado lo impresionante que podía ser cuando no estaba tumbado entre las sábanas. Sobre todo cuando sólo llevaba unos desgastados pantalones de ante hasta las rodillas. Aunque su proximidad hizo que se le acelerara la respiración y su piel se estremeciera, se negó a retroceder ni un solo paso.

—¿Necesito recordarle, señorita Wickersham, que si no le gustan las condiciones de trabajo que hay aquí sólo tiene que presentar su dimisión?

—Muy bien, señor —dijo con una fría calma—. Eso es lo que voy a hacer. Dimito.

Una expresión de sorpresa casi cómica le cruzó la cara.

—¿Qué quiere decir con que dimite?

—Quiero decir que voy a cobrar mi sueldo, recoger mis cosas y abandonar su casa antes de que anochezca. Si quiere le diré a Beckwith que ponga otro anuncio en el periódico antes de irme. Le sugeriría que esta vez ofreciese un sueldo más extravagante aún, aunque ninguna cantidad de dinero compensaría soportar sus ridículas exigencias durante más de una hora. —Girando sobre sus talones, fue hacia la puerta.

—¡Señorita Wickersham, vuelva aquí inmediatamente! ¡Es una orden!

—Me voy —dijo ella por encima del hombro con una alegría salvaje corriendo por sus venas—. ¡Ya no estoy obligada a obedecer sus órdenes! —Ignorando sus gruñidos, Samantha salió por la puerta y la cerró de golpe detrás de ella con una gran satisfacción.

Gabriel se quedó junto a la cama con el portazo resonando en sus oídos. Todo había sido tan rápido que aún estaba intentando asimilarlo. Los hombres que había tenido bajo su mando nunca se habían atrevido a cuestionar sus órdenes, pero esa enfermera obstinada le había desafiado descaradamente.

Había ganado, se recordó a sí mismo. Una vez más. Había conseguido exactamente lo que quería: su dimisión. Debería estar triunfante.

—*¡Señorita Wickersham!* —vociferó yendo detrás de ella.

Las horas que había pasado postrado en la cama habían hecho estragos en su equilibrio y su sentido de la orientación. Cuando apenas había dado tres pasos su tobillo se enganchó con una pata de la consola. Tanto él como la mesa comenzaron a balancearse. Entonces algo se resbaló de su pulida superficie y se produjo una explosión de cristales rotos.

Era demasiado tarde para detener su caída. Gabriel se cayó hacia delante pesadamente sintiendo una punzada cerca de la garganta. Se quedó allí tumbado un momento intentando recuperar el aliento. Pero cuando intentó levantarse un fuerte mareo le llevó de nuevo al suelo.

Su mano aterrizó en un charco caliente y húmedo. Durante un minuto pensó que era agua de la copa y la jarra que se habían roto. Pero cuando se tocó las puntas de los dedos estaban pegajosas.

—Maldita sea —murmuró al darse cuenta de que era su propia sangre.

De hecho parecía una maldición, porque el charco de sangre que tenía debajo era cada vez más grande.

Durante un breve instante se encontró de nuevo en la cubierta del *Victory* con la nariz inundada por el hedor de la sangre, que no era toda suya. Un terrible rugido invadió sus oídos, como el rugido de un mar hambriento dispuesto a tragárselo.

Gabriel extendió un brazo, buscando algo que pudiera agarrar para no caer en ese profundo abismo. Sus dedos tantearon una forma familiar: el mango de madera de su campanilla. La arrastró hacia él, pero el esfuerzo le dejó demasiado débil para levantarla.

Dejó caer la cabeza pensando en lo irónico e indigno que era todo ello. Había sobrevivido a Trafalgar para morir desangrado en el suelo de su propia alcoba, traicionado por un mueble y una enfermera mordaz y dominante. Se preguntó si la fría señorita Wickersham lloraría en su entierro. Mientras sentía cómo se le iba la vida, esa idea casi le hizo sonreír.

—¿Señorita Wickersham? —llamó débilmente. Después de dedicar sus últimas fuerzas a tocar una vez más la campanilla, su voz se hundió en un ronco susurro—. ¿Samantha?

Luego el tintineo de la campanilla y el rugido de sus oídos se convirtieron en un silencio tan negro y opresivo como la sempiterna oscuridad.

Capítulo 6

Querida señorita March,

Aunque me considere perverso e impertinente, apostaría a que ésas son exactamente las cualidades que encuentra más irresistibles en un hombre...

—Es insufrible —murmuró Samantha para sus adentros mientras metía una falda de satén en su baúl sin molestarse en doblarla. Luego enrolló unas enaguas raídas y las metió tras la falda hechas una bola—. No sé cómo he podido ser tan tonta para pensar que podría ayudarle.

Mientras iba y venía por su modesta alcoba recogiendo horquillas y zapatos, medias y libros, oyó un golpe muy familiar que venía del piso superior. El techo tembló, y le cayeron sobre la cabeza trocitos de escayola.

Ni siquiera miró hacia arriba.

—Puede que sea tonta, pero no volveré a caer en ese error —dijo negando con la cabeza—. Si quiere andar por ahí como un elefante en una cacharrería, tendrá que aprender a arreglárselas solo.

Mientras estaba guardando los libros en su maleta oyó el sonido amortiguado de una campanilla, tan breve y suave que podría haberlo imaginado. Metiendo una novela de Sir Walter Scott tras un volumen de sonetos de Shakespeare, resopló. El tonto era Gabriel si pensaba que podría persuadirla con ese patético tintineo.

Estaba tan preocupada recogiendo sus cosas del tocador que pasaron varios minutos más antes de que se diera cuenta de lo que estaba oyendo.

Un silencio mortal.

Con un espejo y un cepillo en la mano, Samantha lanzó al techo una mirada vacilante. Una sensación de hormigueo le subió por la columna vertebral, pero la desechó enseguida. Probablemente Gabriel había vuelto arrastrándose a la cama.

Cuando fue a coger el frasco de colonia de limón se dio cuenta de que estaba dudando. Sentándose en el taburete del tocador, miró su reflejo. Era un espejo viejo, con el cristal picado y ondulado, y la mujer que la miraba parecía una extraña. Samantha se quitó las gafas, pero siguió sin reconocer la expresión pensativa de sus ojos.

¿Estaba siendo valiente o cobarde? ¿Se estaba enfrentando a Gabriel porque era un tirano imposible de complacer, o estaba huyendo porque se había atrevido a ponerle las manos encima? Se tocó el pelo, la mejilla y los labios siguiendo el camino de su sueño. De algún modo, la arrogancia de Gabriel parecía más fácil de soportar que su ternura. Y mucho menos peligrosa para su castigado corazón.

Poniéndose de nuevo las gafas, se levantó para meter el frasco de colonia en la maleta.

Tardó menos de una hora en eliminar de la habitación todos los signos de su breve ocupación. Cuando se estaba atando los pequeños botones de cobre de su chaqueta alguien empezó a llamar a la puerta de su alcoba.

—¡Señorita Wickersham! ¡Señorita Wickersham! ¿Está ahí?

Cogiendo su sombrero, Samantha abrió la puerta.

—Justo a tiempo, Beckwith. Estaba a punto de llamar a un criado para que bajara mi equipaje.

El aturdido mayordomo ni siquiera miró su maleta y su baúl.

—¡Tiene que venir conmigo, señorita Wickersham! ¡El señor la necesita!

—¿Qué ocurre ahora? ¿Tiene un picor que no puede alcanzar? ¿O se le han quedado los pañuelos flácidos por estar poco almidonados? —Se ató los lazos de su sombrero debajo de la barbilla—. Sea cual sea la estúpida treta que se haya inventado, puedo asegurarle que su amo no me necesita. Nunca me ha necesitado. —A Samantha le sorprendió cuánto le dolía oír esas palabras saliendo de su boca.

Entonces Beckwith, el guardián de los buenos modales, le agarró el brazo e intentó sacarla de la habitación.

—Por favor, señorita —suplicó—. ¡No sé qué hacer! ¡Me temo que morirá sin usted!

Ella clavó los talones en el suelo, obligando a Beckwith a detenerse.

—¡Oh, por favor! No es necesario que sea tan dramático. Estoy segura de que al conde le irá estupendamente sin mí. Ni siquiera se dará cuenta de que... —Samantha parpadeó al mayordomo, viéndole realmente por primera vez desde que había abierto la puerta.

Beckwith tenía el chaleco arrugado, y el escaso pelo que cuidaba tanto ya no estaba pegado a la cabeza, sino erizado en todas direcciones, revelando su brillante cuero cabelludo. Su mirada se centró en los dedos rechonchos que le agarraban el brazo. Dedos con un color rojizo que ya estaban dejando una mancha visible en la lana de su manga.

Se le subió el corazón a la garganta.

Torciendo el brazo para librarse de él, Samantha se recogió la falda, fue corriendo por el pasillo y subió las escaleras de dos en dos.

La puerta de la alcoba de Gabriel estaba aún entreabierta.

Al principio Samantha sólo vio a Gabriel tumbado boca abajo en el suelo, y se llevó una mano a la boca para sofocar un grito de impotencia.

La señora Philpot estaba arrodillada al otro lado, presionándole la garganta con un pañuelo que ya estaba empapado de sangre. No era difícil deducir qué había ocurrido. A su alrededor el suelo estaba cubierto de fragmentos de barro y cristal.

Samantha entró corriendo en la habitación y se puso de rodillas sin prestar atención a la punzada que sintió cuando un trozo de cristal atravesó los pliegues de su falda. Mientras levantaba el pañuelo para examinar la fea herida de la garganta de Gabriel, la señora Philpot volvió a ponerse en cuclillas, ansiosa por cederle la desagradable tarea.

El ama de llaves se apartó un mechón de pelo de los ojos, dejando una mancha de sangre de Gabriel en su mejilla.

—Le encontramos al subirle el té. No tengo ni idea de cuánto tiempo ha estado así. —La mujer recorrió con su mirada la chaqueta y el sombrero de Samantha sin perderse ni un detalle. Luego levantó la campanilla de Gabriel con huellas de sangre en el mango de madera—. He encontrado esto cerca de su mano. Debe haber intentado llamar para pedir ayuda, pero nadie le ha oído.

Samantha cerró un momento los ojos, recordando el débil tintineo que había ignorado con tanta frialdad. Al abrirlos vio a Beckwith en la puerta retorciendo sus rechonchas manos.

—¿Hay un médico en el pueblo? —preguntó.

Beckwith asintió.

—Vaya a buscarle inmediatamente. Dígale que puede ser cuestión de vida o muerte. —Al ver que el mayordomo se quedaba allí parado, incapaz de apartar la vista de su amo, Samantha gritó—: ¡Vamos!

Mientras Beckwith se libraba de su aturdimiento y se ponía en marcha, la señora Philpot se levantó para coger uno de los pañuelos limpios que había sobre el espejo de cuerpo entero. Samantha se lo cogió de la mano y se lo puso a Gabriel en la garganta. Aunque la herida seguía sangrando parecía sangrar cada vez menos. Samantha sólo podía rezar para que no fuera porque se estaba muriendo.

Haciendo gestos a la señora Philpot para que se ocupara del pañuelo, le agarró por los hombros decidida a asegurarse de que no perdía sangre por ningún otro sitio. Tuvo que emplear todas sus fuerzas, pero con la ayuda del ama de llaves consiguió darle la vuelta sobre sus brazos. Salvo por unas pequeñas manchas de sangre y el corte de su cicatriz, tenía la cara limpia.

—Estúpido testarudo —murmuró con la voz quebrada—. Mira lo que te has hecho ahora.

Entonces sus pestañas se separaron lentamente para revelar esos fascinantes ojos verdes. Mientras giraba la cabeza y la miraba con una claridad cristalina, Samantha se quedó paralizada. Luego volvió a cerrar los ojos, como si se hubiera dado cuenta de que no merecía la pena molestarse.

—¿Es usted, señorita Wickersham? —susurró—. La llamé.

—Lo sé. —Le apartó un mechón de pelo de la frente—. Ahora estoy aquí. No pienso ir a ninguna parte.

Él frunció el ceño.

—Iba a decirle que se fuera al infierno.

Samantha sonrió a través de una nube de lágrimas.

—¿Es una orden, señor?

—Si lo fuese no la obedecería —murmuró—. Fulana impertinente.

Mientras Gabriel volvía a perder el conocimiento con la cabeza colgando sobre su pecho, Samantha decidió que fue su debilidad lo que hizo que su insulto sonara como una caricia.

Cuando el doctor Thaddeus Greenjoy salió de la habitación de Gabriel casi dos horas más tarde se encontró a todo el servicio del conde esperando en el pasillo. La señora Philpot estaba sentada en una silla de respaldo recto con su pañuelo de encaje sobre sus labios temblorosos. A su lado se encontraba Beckwith con una expresión muy triste, mientras el resto de los criados estaban apiñados en lo alto de las escaleras cuchicheando entre ellos.

Sólo Samantha estaba sola. Aunque el médico había permitido a las criadas barrer los cristales y a los criados llevar a Gabriel a la cama y cortarle los pantalones empapados de sangre, se negó a que nadie le asistiera mientras examinaba a su paciente, incluida la enfermera del conde.

Mientras cerraba despacio la puerta detrás de él, Samantha dio un paso adelante, llevando aún su arrugada chaqueta manchada de sangre, y contuvo el aliento esperando a que confirmara sus peores temores.

El médico recorrió con su mirada sus caras sombrías.

—Creo que he detenido la hemorragia por ahora. El cristal le cortó la yugular. Un centímetro más y habría otro nombre en la cripta familiar de los Fairchild. —El médico movió la cabeza con su blanco bigote, con el que parecía una cabra vieja—. Es un hombre con suerte. Alguien debería haber estado cuidándole hoy.

Aunque todos los sirvientes sintieron un gran alivio, ninguno de ellos podía mirar a Samantha. Sabía exactamente qué estaban pensando. Era la enfermera de su amo. Se suponía que era ella quien debía cuidarle. Pero le había dejado solo justo cuando más la necesitaba.

Como si pudiera oír sus pensamientos, el médico vociferó:

—¿Es usted su enfermera?

Haciendo un esfuerzo para no vacilar, Samantha asintió.

—Sí.

Él se aclaró la garganta para demostrarle lo que pensaba de eso.

—Las jóvenes como usted deberían estar por ahí intentando cazar un marido, no encerradas en el cuarto de un enfermo. —Abrió su maletín y le dio un frasco marrón—. Dele un poco de esto para que duerma toda la noche. Mantenga la herida limpia. Y que esté en la cama por lo menos tres días. —Las cejas blancas del médico se juntaron sobre su prominente nariz—. No será demasiado para usted, ¿verdad, querida?

Mientras una escandalosa imagen de ella y Gabriel rodando desnudos por un campo de rosas satinadas pasaba por su mente, Samantha se dio cuenta horrorizada de que se estaba sonrojando.

—Por supuesto que no, señor. Me ocuparé de que cumpla todas sus órdenes.

—Si lo hace, ese robusto joven volverá a estar de pie enseguida.

El médico cerró su maletín y comenzó a bajar las escaleras. Los criados se quedaron un rato charlando de dos en dos con sus caras más animadas.

Beckwith, el alma de la discreción, esperó hasta que nadie pudiera oírle antes de acercarse a Samantha.

—¿Sigue queriendo que un criado baje su equipaje, señorita?

Ella no pudo encontrar ni una pizca de burla en los suaves ojos marrones del mayordomo.

—Me parece que no, Beckwith. Ahora, si me disculpa —dijo dándole un apretón de agradecimiento en el brazo—, creo que su amo me necesita.

Samantha pasó esa noche cuidando a Gabriel lo mejor que pudo: mirando su venda para ver si sangraba, dándole láudano cuando empezaba a moverse y a quejarse y comprobando si tenía fiebre. Para el amanecer el color estaba empezando a volver a sus mejillas. Sólo entonces se atrevió a apoyar la cabeza en el respaldo de la silla que había acercado a la cama y a cerrar sus ojos exhaustos.

Cuando sonaron unos tímidos golpes en la puerta se despertó sobresaltada. La luz del sol entraba por la ventana abuhardillada del fondo de la habitación. Miró alarmada a Gabriel, pero le encontró profundamente dormido, subiendo y bajando el pecho regularmente con cada respiración. Si no fuera por sus ojeras, nadie habría imaginado que había sobrevivido a una prueba tan dura.

Al abrir la puerta Samantha vio en el pasillo a Peter con una palangana llena de trapos y una jarra de agua caliente. El joven criado lanzó una mirada nerviosa a la cama.

—Siento molestarla, señorita. Me ha mandado la señora Philpot para bañar al señor.

Samantha echó un vistazo por encima del hombro. Gabriel era tan impresionante dormido como despierto. Pero no iba a eludir más sus responsabilidades. Su negligencia había estado a punto de matarle.

Tragándose su nerviosismo, dijo:

—No será necesario, Peter.

—Phillip —le corrigió.

—Phillip —cogiéndole la palangana y la jarra, dijo con firmeza—: Soy su enfermera. Yo le bañaré.

—¿Está segura, señorita? —ruborizándose debajo de sus pecas, bajó la voz hasta susurrar—: ¿Será correcto?

—Por supuesto que sí —le aseguró cerrando la puerta con el pie.

Samantha dejó la palangana en la mesa que había junto a la cama y luego vació la jarra en ella. Le temblaban tanto las manos que el agua le salpicó toda la falda. No era necesario que estuviese tan nerviosa, se regañó. Bañar a Gabriel era simplemente otra de sus obligaciones, como cambiar una venda o darle una medicina en la boca.

Calmó sus temores dedicando toda su atención a limpiar las manchas de sangre de su cara y su garganta. Pero cuando llegó el momento de apartar la sábana vaciló. Se suponía que era una mujer de mundo, una mujer que no debería asustarse ante la perspectiva de ver un hombre desnudo. En su actual estado, se dijo a sí misma con firmeza, atender a Gabriel era como bañar a un niño pequeño.

Pero mientras doblaba la sábana hacia abajo, dejando al descubierto su musculoso pecho y su terso abdomen, resultó evidente que no era un niño, sino un hombre, y extremadamente viril.

Metiendo el trapo en el agua caliente, Samantha lo pasó por las colinas y los valles de su pecho, eliminando hasta el último rastro de sangre seca. Las relucientes gotas de agua se quedaban en los rizos dorados de su pecho. Cuando una especialmente atrevida se deslizó por debajo de la sábana enrollada sobre sus estrechas caderas, la siguió con la mirada, hipnotizada por el aliciente de lo prohibido.

Le había asegurado a Phillip que era correcto que le bañara. Pero no había nada correcto en la repentina sequedad de su boca, su respiración agitada y el perverso deseo de levantar esa sábana y echar un vistazo debajo.

Lanzó una mirada furtiva a la puerta deseando haberla cerrado.

Mordiéndose el labio inferior, Samantha cogió el borde de la sábana con el índice y el pulgar y lo subió hacia arriba centímetro a centímetro.

—¿Soy yo o hay corriente aquí?

Al oír esa oscura voz de barítono, un poco débil, pero tan burlona como siempre, Samantha dejó caer la sábana como si estuviera ardiendo.

—Disculpe, señor. Sólo estaba comprobando su...

—¿Circulación? —dijo moviendo una mano hacia ella—. Siga, por favor. No quisiera que dejara de satisfacer su... curiosidad. Por mi salud, por supuesto.

—¿Cuánto tiempo lleva consciente? —preguntó Samantha mientras aumentaban sus sospechas.

Él se estiró, haciendo que se ondularan los tersos músculos de su pecho.

—Oh, desde antes que Phillip llamara a la puerta.

Recordando cómo había acariciado los contornos esculpidos de la parte superior de su cuerpo, Samantha quiso desaparecer.

—¿Ha estado despierto todo el tiempo? No puedo creer que fuera a dejarme...

—¿Qué? —parpadeando con sus ojos ciegos, parecía el vivo retrato de la inocencia—. ¿Que cumpliera con sus obligaciones?

Samantha cerró la boca, sabiendo que no podía seguir discutiendo sin incriminarse, y subió la sábana hacia arriba de un tirón para proteger su pecho desnudo de su mirada.

—Si tiene problemas para descansar puedo darle más láudano.

Él se estremeció.

—No, gracias. Prefiero que me duela a no sentir nada. Así al menos sé que estoy vivo. —Mientras ella miraba la venda, esbozó una triste sonrisa que hizo que se le encogiera el corazón—. Sólo espero que no deje una cicatriz que estropee mi aspecto.

Apartándole el pelo revuelto, Samantha apoyó una mano en su frente. Curiosamente, era ella la que parecía tener fiebre.

—Ahora mismo la vanidad debería ser su última preocupación. Tiene suerte de estar vivo, ¿sabe?

—Eso dicen. —Antes de que ella pudiera quitar la mano, le agarró la muñeca y la puso en medio de los dos—. Pero ¿qué hay de su suerte, señorita Wickersham? ¿No debería estar de nuevo en Londres mostrando su compasión a un marinero agradecido que la miraría con ojos de cordero y pediría su mano en cuanto se pusiera en pie?

—¿Y dónde estaría ahí el reto? —preguntó Samantha suavemente incapaz de apartar la vista de esos grandes dedos masculinos curvados alrededor de su delicada muñeca, con el pulgar sobre su acelerado pulso—. Prefiero malgastar mi compasión con bestias desagradecidas con mal carácter. Si quería que me quedara, no era necesario que se cortara el cuello. Podría habérmelo pedido amablemente.

—¿Arruinando mi reputación de bestia? No lo creo. Además, sólo la estaba llamando para tener el placer de despedirla personalmente. —Pasó el pulgar por la palma de su mano en algo parecido a una caricia.

—Bueno, ahora no puedo irme —dijo ella animadamente—. Mi conciencia no me permitirá marcharme hasta que se recupere por completo de su caída.

Él suspiró.

—Entonces supongo que tendrá que quedarse. No quisiera mancillar una conciencia tan prístina como la suya.

Desconcertada por sus palabras, Samantha dio un tirón para librarse de él. Sus dedos dejaron una marca roja en la piel de su muñeca.

—Aunque no es del todo perfecta —añadió señalando hacia la silla—. Ronca mientras duerme.

—Y a usted se le cae la baba —replicó atreviéndose a tocarle un instante la esquina de la boca.

—¡*Touché*, señorita Wickersham! Su lengua es tan afilada como su ingenio. Quizá debería llamar al médico antes de que empiece a sangrar de nuevo. —Bajó la sábana hasta la cintura y sacó las piernas de la cama—. Mejor aún, iré a buscarle yo mismo. A pesar de mi pequeño contratiempo, esta mañana me siento asombrosamente vivo.

—¡Oh, no! —Samantha le agarró por los hombros y volvió a recostarle en las almohadas—. El doctor Greenjoy dijo que tiene que estar en la cama por lo menos tres días. —Frunció el ceño—. Aunque no me dijo qué debía hacer para mantenerle en ella.

Acomodándose de nuevo entre las almohadas, Gabriel puso las manos detrás de la cabeza con un brillo de maldad en sus ojos.

—No se preocupe, señorita Wickersham. Estoy seguro de que se le ocurrirá algo.

La lluvia repiqueteaba contra las ventanas de la habitación de Gabriel. En vez de ayudarle a dormir, su incesante ritmo le alteraba aún más los nervios. Cualquier esperanza de escapar de su prisión en los dos últimos días había sido obstaculizada por la constante presencia de su enfermera.

Su creciente inquietud parecía amplificar los sonidos de la habitación: el crujido de la silla junto a la ventana cuando la señorita Wickersham se hundía un poco más en los cojines, el de sus dientes al morder una crujiente manzana, el del papel cuando pasaba la pági na de su libro.

Empleando la memoria y la imaginación, Gabriel casi podía verla allí, en el sitio que había ocupado con tanta frecuencia cuando era pequeño y ésa era la alcoba de sus padres. La lámpara de la mesa de al lado proyectaba un suave oasis de luz a su alrededor, manteniendo alejadas las sombras. Probablemente tenía los pies debajo de ella para protegerlos de la humedad que se filtraba por el zócalo los días de lluvia. Mientras daba otro mordisco a la manzana vio cómo clavaba los dientes blancos en su deliciosa piel roja y cómo sacaba su pequeña lengua para coger una gota de jugo en la esquina de su boca.

Probablemente llevaba uno de esos ridículos pañuelos de lino y encaje que las mujeres se ponían en lo alto de la cabeza. Pero por mucho que se concentrara no lograba ver su cara.

Tamborileó las sábanas con sus largos dedos mientras su frustración iba en aumento. Se aclaró la garganta, pero la única respuesta que obtuvo fue el crujido de otra página al pasar. Volvió a aclararse la garganta, esta vez con la fuerza de un pistoletazo.

Sus esfuerzos fueron recompensados con un suspiro de resignación.

—¿Está completamente seguro de que no quiere que le lea en voz alta, señor?

—Yo diría que no —respondió—. Me sentiría como si hubiese vuelto a la infancia.

Samantha se encogió de hombros.

—Como quiera. No quisiera perturbar su mal humor.

Gabriel le dio el tiempo suficiente para volver a centrarse en la historia antes de decir:

—¿Qué está leyendo?

—Una obra de teatro. *Speed the Plough*, de Thomas Morton. Es una comedia de costumbres muy amena.

—La vi hace tiempo en el Teatro Real, en Drury Lane. Estoy seguro de que se sentirá identificada con la señora Grundy —dijo refiriéndose a ese bastión de la mojigatería que no aparece nunca en escena—. Yo habría pensado que le gustaría más una tragedia de Goethe. Un siniestro relato moral en el que un pobre desgraciado acaba condenado para toda la eternidad por vislumbrar una media o algún otro pecado imperdonable.

—Prefiero pensar que ningún pecado es imperdonable.

—Entonces envidio su inocencia —respondió sorprendido al darse cuenta de que lo había hecho.

El sonido de otra página al pasar le dijo que prefería leer a discutir con él. Cuando se estaba resignando a echar una larga siesta ella se rió en voz alta.

Gabriel frunció el ceño irritado y levantó una pierna sujetando las sábanas con cuidado sobre su regazo.

—¿Se ha reído o se le ha indigestado la manzana?

—Oh, no es nada —respondió ella alegremente—. Sólo un pasaje especialmente gracioso.

Tras otra risita, Gabriel vociferó:

—¿No cree que es de mala educación disfrutar sola de tanta brillantez literaria?

—Pensaba que no quería que le leyera.

—Considérelo curiosidad morbosa. Me muero por saber qué le hace gracia a una criatura tan sosa como usted.

—Muy bien.

Mientras seguía leyendo un divertido diálogo entre dos hermanos que estaban enamorados de la misma dama, Gabriel se quedó sorprendido al descubrir que su enfermera se había equivocado de vocación. Debería haberse dedicado al teatro. Sus perfectas inflexiones hacían que los personajes cobraran vida. Antes de que pudiera darse cuenta, Gabriel se encontró sentado en la cama inclinándose hacia el sonido de su voz.

En medio de una broma un poco picante, ella se detuvo a mitad de frase.

—Perdóneme. No pretendía interrumpir su descanso.

Ansioso por saber cómo acababa la escena, él hizo un gesto para desechar su disculpa.

—Puede terminar. Supongo que incluso su parloteo infernal es preferible al sonido de mis pensamientos.

—Me imagino que se cansará enseguida.

A Gabriel no le costó imaginar su sonrisa afectada mientras volvía a meter la cabeza detrás del libro. Pero al menos le hizo caso, continuando donde lo había dejado y leyendo la obra hasta el final. Al terminar el último acto, ambos lanzaron un suspiro de satisfacción.

Cuando Samantha habló finalmente ya no había dureza en su voz.

—El aburrimiento debe ser su peor enemigo, señor. Estoy segura de que antes de la guerra disfrutaba de muchos... *placeres*.

¿Era su imaginación o había acariciado la palabra con su voz?

—El aburrimiento *era* mi peor enemigo hasta que llegó usted a Fairchild Park.

—Si me lo permite, podría ayudarle a aliviar un poco su tedio. Podría llevarle a dar largos paseos por el jardín. Podría leerle en voz alta todas las tardes. Incluso podría ayudarle con la correspondencia si quiere. Tiene que haber alguien a quien le haga ilusión tener noticias suyas. ¿Sus compañeros de la Marina? ¿Su familia? ¿Sus amigos de Londres?

—¿Para qué voy a estropear sus buenos recuerdos? —preguntó secamente—. Seguro que prefieren pensar que estoy muerto.

—No sea ridículo —le regañó—. Estoy segura de que todos se alegrarán al recibir una breve nota en la que les diga cómo le va.

A Gabriel le desconcertó el enérgico sonido de sus pasos cruzando la habitación, hasta que oyó abrirse el cajón del escritorio.

Actuando instintivamente, echó las mantas hacia atrás y se lanzó hacia el sonido. Esta vez la desesperación agudizó su puntería en vez de entorpecerla. Sus manos se cerraron sobre los contornos familiares del cajón y lo cerraron de golpe. Cuando estaba a punto de exhalar un suspiro de alivio, se dio cuenta de que el suave y cálido objeto atrapado entre sus brazos extendidos era su enfermera.

Capítulo 7

Querida Cecily,

Ahora que me he atrevido a dirigirme a usted por su nombre de pila, ¿puedo imaginar mi nombre formado por sus deliciosos labios?

Durante un instante Samantha ni siquiera se atrevió a respirar. El hipnótico repiqueteo de la lluvia, la suave penumbra y el cálido aliento de Gabriel sobre su pelo la dejaron suspendida en un estado en el que el tiempo no tenía ningún sentido. Gabriel también parecía estar hipnotizado. Esa mañana ella había insistido en que se pusiera una camisa, pero no había insistido en que se la atara. El ancho pecho apoyado sobre su espalda apenas parecía moverse. Seguía con las manos contra el cajón del escritorio, con sus musculosos brazos en tensión.

Aunque su embarazosa postura no era precisamente un abrazo, Samantha no pudo evitar pensar en lo fácil que le resultaría poner sus brazos a su alrededor y atraerle hacia el calor de su cuerpo hasta que no tuviera más remedio que fundirse con él.

Se puso tiesa. No era una jovencita soñadora sin carácter que se dejaba seducir por el primer caballero que le hacía una señal.

—Perdóneme, señor —dijo rompiendo el peligroso hechizo—.

No pretendía ser indiscreta. Sólo estaba buscando tinta y papel de escribir.

Gabriel bajó los brazos, pero fue Samantha quien se apartó rápidamente para poner cierta distancia entre ellos. Sin su calor rodeándola, la humedad que apenas había notado antes se le metió en los huesos, que de repente parecían viejos y quebradizos. Sentándose de nuevo en la silla junto a la ventana, sintió un escalofrío.

Gabriel se quedó un largo rato en silencio, como si estuviera abstraído. Luego, en vez de reprocharle por entrometerse como esperaba, abrió el cajón. Sus manos no vacilaron para encontrar lo que había dentro. Cuando se volvió y tiró el grueso paquete hacia ella, Samantha se quedó tan sorprendida que estuvo a punto de escapársele de las manos.

—Si quiere leer algo divertido, pruebe con estas cartas. —Aunque el desprecio ensombreció la cara de Gabriel, Samantha se dio cuenta de que no era por ella—. Como podrá comprobar, contienen todos los elementos con los que normalmente se disfruta en una farsa: una burla ingeniosa, un romance secreto, un idiota patético tan ebrio de amor que está dispuesto a arriesgarlo todo para conquistar el corazón de su amada, incluso su vida.

Ella miró el paquete de cartas atado con un lazo. El papel de lino estaba desgastado, pero perfectamente conservado, como si las cartas se hubieran manejado mucho pero con gran cuidado. Mientras Samantha les daba la vuelta le llegó a la nariz un perfume de mujer tan dulce y evocador como las primeras gardenias de la temporada.

Gabriel sacó la silla del escritorio, le dio la vuelta y se sentó en ella a horcajadas.

—Adelante —ordenó haciendo un gesto hacia ella—. Si las lee en voz alta podremos reírnos los dos.

Samantha acarició los extremos del lazo de seda que hace tiempo había rodeado el brillante pelo de una mujer.

—No creo que sea correcto que lea su correspondencia privada.

Él se encogió de hombros.

—Como quiera. De todos modos algunas obras es mejor representarlas que leerlas. ¿Por qué no comienzo con el primer acto?

—Dobló los brazos sobre el respaldo de la silla con una expresión grave en su cara.

—El telón se levantó hace unos tres años, cuando nos conocimos en una fiesta en la casa de campo de lord Langley. Era muy diferente a las demás muchachas que había conocido. La mayoría no tenían ninguna idea en sus bonitas cabezas más allá de cazar un marido rico antes de que acabara la temporada. Pero ella era inteligente, divertida y culta. Podía hablar de poesía y política con la misma facilidad. Compartimos un solo baile, y sin intercambiar ni un beso me robó el corazón.

—¿Le robó usted el suyo?

Sus labios se curvaron en una triste sonrisa.

—Lo intenté. Pero desgraciadamente me precedía mi reputación de libertino. Como yo era un conde y ella la hija de un humilde barón, pensó que sólo quería jugar con sus sentimientos.

Samantha no sabía si podía culpar a la joven. El hombre del retrato del pasillo probablemente había conquistado —y roto— muchos corazones.

—Yo habría pensado que tanto ella como su familia estarían encantados de atraer la atención de un noble tan estimado, y rico.

—Eso es lo que pensé yo —reconoció Gabriel—. Pero al parecer su hermana mayor estuvo envuelta en un desafortunado escándalo con un vizconde, una cita a la luz de la luna, y la furiosa mujer del vizconde. El mayor deseo de su padre era que su hija pequeña se casara con un terrateniente, e incluso con un clérigo.

Una fugaz imagen de Gabriel con alzacuello estuvo a punto de hacer que Samantha se riera en voz alta.

—Así que usted le habría decepcionado.

—Exactamente. Como no podía persuadirla con mi título, mi riqueza o mis encantos, intenté conquistarla con mis palabras. Durante varios meses intercambiamos largas cartas.

—Secretamente, por supuesto.

Él asintió.

—Si se hubiera sabido que mantenía correspondencia con un caballero, sobre todo con uno de mi reputación, su buen nombre habría quedado destruido.

—Sin embargo estaba dispuesta a correr ese riesgo —señaló Samantha.

—Yo creo que los dos disfrutábamos con la emoción del juego. Cuando nos encontrábamos cara a cara en un baile o una velada, murmurábamos unas palabras amables y luego fingíamos indiferencia. Nadie sabía que estaba deseando llevarla a un rincón del jardín o una alcoba desierta y besarla hasta perder el sentido.

Su voz ronca hizo que Samantha se estremeciera. Aunque intentó resistir la tentación, vio a Gabriel pasándose una mano por su pelo dorado mientras se paseaba por una oscura alcoba. Vio el deseo que iluminaba sus ojos al oler el perfume de gardenias de su dama. Sintió la fuerza de sus brazos al hacerla pasar por la cortina. Le oyó gemir mientras se unían sus labios y sus cuerpos, consumido por la sed irresistible de lo prohibido.

—Cualquiera habría pensado que me aburriría con un flirteo tan inocente. Pero sus cartas me encantaban. —Movió la cabeza con una expresión abstraída—. Nunca había imaginado que la mente de una mujer pudiera ser tan fascinante. Para mi madre y mis hermanas no había nada más interesante que el último cotilleo de los Almack o los platos de moda traídos de París.

Samantha reprimió una sonrisa.

—Debío ser una gran sorpresa para usted descubrir que una mujer podía tener una mente tan aguda y perspicaz como la suya.

—Así es —confesó informándole con su suave tono que había captado su sarcasmo—. Tras varios meses de esa deliciosa tortura, le escribí e intenté convencerla para que se fugara conmigo a Gretna Green. Se negó, pero no fue tan cruel como para dejarme sin ninguna esperanza. Me prometió que si podía demostrar que tenía algún interés en este mundo que fuera más allá de mi partida de cartas en Brook's, alguna pasión que no estuviera relacionada con los caballos, los perros de caza y las bailarinas de la ópera, estaría dispuesta a casarse conmigo, aunque eso significara desafiar los deseos de su padre.

—Qué magnánima —murmuró Samantha.

Gabriel frunció el ceño.

—Sin embargo no confiaba del todo en mi afecto. Aunque le jurara mi amor apasionadamente, en el fondo pensaba que seguía siendo un irresponsable que había heredado lo más importante: mi título, mi riqueza, mi posición social. —Arqueó una ceja en un gesto burlón, tensando su cicatriz—. Incluso mi belleza.

A Samantha se le estaba empezando a revolver el estómago.

—Así que decidió demostrarle que estaba equivocada.

Él asintió.

—Me alisté en la Marina Real.

—¿Por qué la Marina? Su padre podría haberle conseguido un prestigioso rango en el ejército.

—¿Y qué habría demostrado con eso? ¿Que tenía razón? ¿Que era incapaz de conseguir nada por mis propios méritos? Si ésa hubiese sido mi intención, podría haberme unido a la milicia para representar el papel de héroe. No hay nada como un uniforme y unos galones brillantes en los hombros de un hombre para que una dama gire la cabeza.

Samantha le vio entrando en un concurrido salón de baile con el sombrero de tres picos debajo del brazo y su oscuro pelo reluciente bajo las luces de las lámparas. Su impresionante figura habría hecho que todas las jóvenes solteras se sonrojaran y sonrieran afectadamente detrás de sus abanicos.

—Pero sabía que su dama no giraría la cabeza con tanta facilidad —se arriesgó a decir ella.

—Y que no sería tan fácil conquistar su corazón. Así que me alisté bajo el mando de Nelson, convencido de que a mi regreso estaría preparada para convertirse en mi esposa. Sabiendo que íbamos a estar separados varios meses, le envié una última carta rogándole que me esperara. Prometiéndole que iba a convertirme en el hombre y el héroe que se merecía. —Intentó esbozar una sonrisa—. Así termina el primer acto. No es necesario continuar, ¿verdad? Ya conoce el final.

—¿Volvió a verla?

—No —respondió sin rastro de ironía en su voz—. Pero ella me vio a mí. Cuando regresé a Londres vino al hospital. No sé cuánto tiempo llevaba allí. Los días y las noches eran interminables e indistinguibles. —Se tocó la cicatriz con un dedo—. Debía parecer un monstruo con los ojos ciegos y la cara destrozada. Dudo que supiera que estaba consciente. Aún no tenía fuerzas para hablar. Pero pude oler su perfume como un soplo de aire celestial entre el hedor infernal del alcanfor y la carne podrida.

—¿Qué hizo ella? —susurró Samantha.

Gabriel puso una mano sobre su corazón.

—Si el autor de la obra hubiese sido más sentimental, sin duda alguna se habría lanzado sobre mi pecho jurándome amor eterno. Pero simplemente se marchó. No era necesario, ya sabe. Dadas las circunstancias, no esperaba que cumpliera con su obligación.

—¿Obligación? —repitió Samantha intentando ocultar su ira—. Yo pensaba que una promesa de matrimonio era un compromiso entre dos personas que se querían.

Él se rió sin ganas.

—Entonces es más ingenua de lo que era yo. Como nuestro compromiso era secreto, al menos se ahorró la humillación de un escándalo público.

—Una gran suerte para ella.

Los ojos de Gabriel tenían una expresión extraña, como si el pasado fuera para ellos más visible que el presente.

—A veces me pregunto si la conocía realmente. Puede que sólo fuera un producto de mi imaginación. Alguien que inventé a partir de una frase inteligente y la fantasía de un beso robado: mi sueño de la mujer perfecta.

—¿Era hermosa? —preguntó Samantha sabiendo ya la respuesta.

Aunque Gabriel tensó la mandíbula, su voz se suavizó.

—Exquisita. Tenía el pelo de color miel, los ojos como el mar bajo un cielo de verano, la piel más suave que...

Mirando sus manos agrietadas, Samantha se aclaró la garganta. No estaba de humor para escuchar una descripción poética de encantos que ella no poseía.

—¿Y qué ha sido de ese modelo de perfección?

—Supongo que volvió al seno de su familia en Middlesex, donde probablemente se casará con un terrateniente y se retirará a una casa de campo para criar un montón de hijos a base de pudín.

Pero ninguno de ellos tendría una cara angelical, ni unos ojos verdes como la espuma del mar bordeados por unas pestañas doradas. Samantha casi se compadecía de ella por eso.

—Era una idiota.

—¿Disculpe? —Gabriel arqueó una ceja, visiblemente sorprendido por su contundente declaración.

—Esa chica era una idiota —repitió Samantha con más convicción aún—. Y usted es más idiota aún por perder el tiempo pensando en una criatura frívola que probablemente se preocupaba más por sus bonitos vestidos de baile y sus paseos por el parque que por usted. —Levantándose, se acercó a él y le puso las cartas en la mano—. Si no quiere que nadie más se tropiece con sus tesoros sentimentales, le sugiero que duerma con ellas debajo de la almohada.

Gabriel no hizo ningún movimiento para coger las cartas. Simplemente miró hacia delante con la mandíbula tensa. Aleteó su nariz, pero Samantha no sabía si era porque estaba furioso o para aspirar el intenso aroma floral que emanaba del papel perfumado. Cuando estaba empezando a preguntarse si había llegado demasiado lejos él apartó las cartas bruscamente.

—Puede que tenga razón, señorita Wickersham. Después de todo, unas cartas no le sirven de nada a un hombre ciego. ¿Por qué no las coge usted?

Samantha retrocedió.

—¿Yo? ¿Qué diablos se supone que debo hacer con ellas?

Gabriel se puso de pie sobrepasándola.

—¿Por qué iba a importarme? Tírelas a la basura o quémelas si quiere. —Una triste sonrisa curvó una esquina de su boca antes de añadir suavemente—: Pero apártelas de mi vista.

Samantha estaba sentada en el borde de la cama con su descolorido camisón de algodón mirando el paquete de cartas que tenía en la mano. Fuera, tras la ventana, hacía una noche muy oscura. La lluvia azotaba los cristales, como si la empujara el viento para castigar a quienes desafiaran su poder. A pesar del agradable fuego que crepitaba en la chimenea, seguía sintiendo frío hasta los huesos.

Sus dedos juguetearon con los deshilachados extremos del lazo que ataba el paquete. Gabriel había confiado en ella para que se deshiciera de las cartas. No estaría bien traicionar esa confianza.

Al dar un tirón al lazo las cartas se desplegaron sobre su regazo. Quitándose las gafas, desdobló la de arriba con manos temblorosas. Una cuidada letra de mujer fluía por el papel de lino. La carta estaba fechada el 20 de septiembre de 1804, casi un año antes de Trafalgar. A pesar de su florida elegancia, sus palabras tenían un tono bastante superficial.

Querido Lord Sheffield,

En su última misiva, bastante impertinente, afirmaba quererme por mis «deliciosos labios» y mis «luminosos ojos azules». Pero debo preguntarle: «¿Me seguirá queriendo cuando esos labios estén fruncidos no por la pasión, sino por la edad? ¿Me querrá cuando mis ojos estén apagados pero mi afecto por usted no haya disminuido?»

Casi puedo oírle riéndose mientras anda a zancadas por su casa, dando órdenes a sus sirvientes con esa arrogancia que encuentro tan insufrible e irresistible a la vez. Sin duda alguna pasará la noche maquinando una respuesta ingeniosa diseñada para embelesarme y desarmarme.

Mantenga esta carta cerca de su corazón como yo le llevo siempre a usted cerca del mío.

Suya,

Miss Cecily March

Cecily no pudo resistir la tentación de firmar con una floritura que delataba su juventud. Samantha arrugó la carta en su puño. No sentía lástima por ella, sólo desprecio. Sus falsas promesas habían tenido un precio muy alto. No era mejor que algunas damiselas medievales que ataban sus sedosos favores al brazo de un caballero antes de enviarle a una muerte segura.

Recogiendo las cartas, Samantha se levantó y fue a la chimenea. Quería quemarlas para reducirlas a cenizas como se merecían, pretender que esa muchacha arrogante e inmadura no había existido nunca. Pero mientras se preparaba para echarlas a las llamas algo detuvo su mano.

Pensó en los largos meses que Gabriel las había atesorado, en la pasión con la que las había protegido de su curiosidad, en la avidez de su expresión al inhalar su fragancia. Era como si destruyéndolas se rebajara el sacrificio que había hecho para conquistar el corazón de su autora.

Se dio la vuelta para examinar la pequeña habitación. No había deshecho del todo su equipaje después del accidente de Gabriel, porque le resultaba más fácil coger lo que necesitaba que volver a guardarlo todo en el inmenso armario de la esquina. Arrodillándose junto al baúl forrado de cuero, ató de nuevo las cartas con el lazo y las aseguró con un nudo. Luego las metió en el fondo del baúl para que nadie volviese a tropezar con ellas.

Capítulo 8

Querida Cecily,

Me resulta difícil creer que su madre no llamara a su padre por su nombre de pila hasta después de darle cinco hijos...

Cuando Samantha entró en la alcoba de Gabriel al día siguiente le encontró sentado en el tocador con una navaja de afeitar en la garganta.

Al verle le dio un vuelco el corazón.

—No lo haga, señor. Hoy le dejaré levantarse de la cama. Se lo prometo.

Gabriel giró hacia el sonido de su voz blandiendo aún la navaja.

—¿Sabe cuál es una de las mayores ventajas de ser ciego? —preguntó animadamente—. Ya no necesitas un espejo para afeitarte.

Puede que no necesitara un espejo, pero eso no impedía que la pulida superficie de la parte superior del tocador proyectara cariñosamente su reflejo. Como de costumbre, no se había molestado en atarse los botones de su camisa de lino de color marfil, que al abrirse revelaba una amplia extensión de pecho con polvo dorado y un musculoso abdomen.

Samantha atravesó la habitación y cerró su pequeña mano sobre la suya, sujetando la navaja antes de que pudiera volver a levantarla.

—Deme eso antes de que se corte el cuello. Otra vez.

Él se negó a soltarla.

—¿Y cómo sé que no va a hacerlo usted?

—Si le corto el cuello su padre podría dejarme sin sueldo.

—O duplicárselo.

Ella tiró hasta que Gabriel le entregó a regañadientes la navaja de mango perlado.

Rodeando con cuidado la venda, Samantha utilizó una brocha a juego para extender el jabón de afeitar con perfume de enebro sobre su barba de tres días. Bajo su mano experta, la hoja se deslizó con facilidad por su vello dorado revelando la rugosa mandíbula. Tenía la piel suave pero firme, tan diferente a la suya. Para llegar al hueco de debajo de la oreja tuvo que inclinarse sobre él, y le rozó el hombro con su pecho.

—¿A qué viene ese interés repentino por arreglarse? —preguntó en voz baja para disimular que se había quedado sin aliento—. ¿Tiene una ambición secreta de convertirse en el siguiente Beau Brummell?

—Beckwith acaba de traer noticias de mi padre. El equipo de médicos que contrató ha vuelto de Europa. Quieren reunirse conmigo esta tarde.

Su rostro expresivo se quedó paralizado. En un intento de ayudarle a ocultar su esperanza, Samantha cogió una toalla para quitarle los restos de jabón de la cara.

—Si no puede conquistarles con su belleza, quizá pueda seducirles como hizo conmigo con su hospitalidad y sus buenos modales.

—¡Deme eso! —farfulló Gabriel mientras ella le frotaba enérgicamente la boca y la nariz—. ¿Qué está intentando hacer? ¿Ahogarme?

Mientras Samantha se inclinaba hacia delante él levantó el brazo por encima del hombro. Pero en vez de coger la toalla su mano se cerró sobre la suavidad de su pecho.

Al oír un pequeño sobresalto Gabriel se quedó helado. Pero con el arrebato de calor que le llegó a la entrepierna se derritió enseguida. Aunque le parecía imposible, sintió un rubor infantil extendiéndose por su mandíbula.

En su día había acariciado pechos mucho más generosos, pero ninguno que encajara en su mano tan perfectamente. Sus dedos se curvaban alrededor de su afelpada suavidad como si los hubieran moldeado allí. Aunque no se atrevía a mover ni un dedo, sintió cómo se le endurecía el pezón contra la palma de su mano a través de la tela de encaje de su vestido.

—Dios mío —susurró—. Eso no es la toalla, ¿verdad?

Ella tragó saliva con su ronca voz muy cerca de su oído.

—No, señor. Me temo que no.

No tenía ni idea de cuánto tiempo podrían haber estado de ese modo si Beckwith no hubiera entrado a trompicones por la puerta.

—No sabía qué camisa quería, señor —dijo con la voz amortiguada por lo que Gabriel supuso que era un montón de camisas—, así que le dije a Meg que las lavara todas.

Mientras el mayordomo cruzaba la habitación para ir hacia el vestidor, Gabriel y Samantha se separaron bruscamente como si les hubieran pillado en flagrante delito.

—Muy bien, Beckwith —dijo Gabriel tirando varias cosas al suelo mientras se levantaba de un salto.

Habría dado una década de su vida por ver la expresión de su enfermera en ese momento. ¿Habría conseguido por fin que perdiera la compostura? ¿Estarían sonrojadas sus suaves mejillas? Y si era así, ¿sería por vergüenza o por deseo?

La oyó alejarse de él y dirigirse a la puerta andando hacia atrás.

—Si me disculpa, señor, hay algunas cosas que debo atender abajo..., ya sabe... así que dejaré que se desnude... quiero decir que se vista. —Hubo un ruido sordo, como si alguien se hubiera tropezado con una puerta, un «¡Ay!» amortiguado y luego el sonido de esa misma puerta abriéndose y cerrándose.

Para entonces Beckwith había salido del vestidor.

—Qué extraño —murmuró el mayordomo.

—¿Qué?

—Es muy raro, señor. Nunca había visto a la señorita Wickersham tan nerviosa y acalorada. ¿Cree usted que tendrá fiebre?

—Espero que no —respondió Gabriel muy serio—. Con la cantidad de tiempo que he pasado con ella, podría ser víctima de la misma enfermedad.

Un error inocente.

Eso era lo que había sido. Al menos eso es lo que Samantha se decía a sí misma mientras paseaba por el vestíbulo esperando a que Gabriel hiciera su aparición. Los médicos habían llegado de Londres hacía casi media hora y estaban esperando en la biblioteca para reunirse con él. Samantha no consiguió captar ni una pista de las noticias que traían por sus gestos amables y sus expresiones cautelosas.

Un error inocente, se repitió a sí misma deteniéndose de repente. Pero no había habido nada inocente en cómo se había acelerado su respiración bajo el tacto de Gabriel. Ni en la tensión que había entre ellos, como si el aire se hubiera cargado de repente con una tormenta de verano.

Al oír unos pasos detrás de ella se dio la vuelta. Gabriel estaba bajando las escaleras, deslizando una mano con firmeza por la reluciente barandilla de caoba. Si no hubiera sabido que era ciego no se lo habría imaginado. Avanzaba con paso seguro y la cabeza alta. Beckwith bajaba detrás de él sonriendo con orgullo.

A Samantha le dio un vuelco el corazón. El Gabriel salvaje que había encontrado al llegar a Fairchild Park se había convertido en una versión más madura del hombre del retrato. El negro sombrío de sus pantalones y su frac compensaba perfectamente el blanco inmaculado de su camisa, su pañuelo y sus puños. Incluso se había atado los mechones de pelo suelto en una coleta aterciopelada. Si no hubiese sido por el corte de su mejilla izquierda, podría haber parecido un caballero de campo bajando las escaleras para reunirse con su dama.

De un modo extraño, la cicatriz sólo acentuaba su belleza masculina, dando profundidad donde antes sólo había rozado la superficie.

Al oír un grito de asombro detrás de ella Samantha se dio cuenta de que no era la única que había presenciado su transformación. Algunos otros sirvientes se habían asomado a las puertas esperando ver a su amo. El joven Phillip había llegado a colgarse de la galería del tercer piso. Peter dio un tirón a la chaqueta de su hermano gemelo antes de que pudiera caerse por la barandilla sobre la cabeza de Gabriel.

Sin saber muy bien cómo había llegado allí, Samantha estaba esperándole cuando llegó al pie de las escaleras.

Con un misterioso conocimiento de su presencia, Gabriel se detuvo exactamente a un paso de ella y le hizo una reverencia.

—Buenas tardes, señorita Wickersham. Espero que mi aspecto reciba su aprobación.

—Parece un perfecto caballero. Incluso Brummell se desmayaría de envidia. —Al levantar la mano para estirar un pliegue de su pañuelo se dio cuenta de que era un gesto de mujer casada, que estaba fuera de lugar. Bajó la mano apresuradamente. Alejándose de él, dijo con una formalidad excesiva—: Sus invitados ya han llegado, señor. Están esperándole en la biblioteca.

Gabriel dio media vuelta, mostrando el primer indicio de inseguridad. Beckwith le agarró del codo y le orientó hacia la puerta de la biblioteca.

A Samantha le pareció que estaba terriblemente solo yendo hacia lo desconocido sin nada que le guiara excepto su esperanza. Cuando estaba a punto de ir detrás de él, Beckwith le puso una mano en el hombro con suavidad pero con firmeza.

—Por oscuros que sean, señorita Wickersham —murmuró mientras Gabriel desaparecía en la biblioteca—, hay algunos caminos que un hombre debe recorrer solo.

El tiempo pasaba lentamente, medido por las manecillas de bronce del reloj del rellano. Su movimiento circular alrededor de la luna llena de su esfera parecía funcionar con espasmos irregulares, apropiados para marcar décadas en vez de minutos.

Cada vez que a Samantha se le ocurría una nueva excusa para pasar por el vestíbulo se encontraba con media docena de criados que ya estaban allí. Cuando iba de camino a la cocina para buscar un vaso de leche, encontró a Elsie y Hannah encerando la barandilla de la escalera como si su vida dependiera de ello, mientras Millie estaba en una escalera de tijera limpiando las lágrimas de cristal de la lámpara con un plumero. Cuando fue a llevar el vaso vacío a la cocina encontró a Peter y Phillip a cuatro patas puliendo el suelo de mármol. Parecía que los sirvientes habían ocultado a Gabriel sus esperanzas con tanta diligencia como él a ellos. Aunque todos estaban estirando el cuello hacia la biblioteca, de sus gruesas puertas de caoba no salía ni un murmullo.

Para el final de la tarde no había ni una mota de polvo en el vestíbulo, y el suelo de mármol estaba tan brillante de tanto pulirlo que Meg, la robusta lavandera, estuvo a punto de resbalarse y romperse el cuello. Había hecho tantos viajes por el vestíbulo con su cesta llena de ropa que Samantha sospechaba que estaba cogiendo ropa limpia de los armarios para lavar.

La siguiente vez que Samantha pasó por allí para llevar un libro al estudio apareció la señora Philpot. Betsy había estado limpiando el zócalo adyacente a la biblioteca durante casi una hora, frotando con tanta fuerza que el barniz se estaba empezando a levantar en algunas zonas.

—¿Qué diablos crees que estás haciendo? —le preguntó bruscamente el ama de llaves.

Samantha hizo una mueca. Pero en vez de reñir a la joven criada por perder el tiempo, la señora Philpot le quitó el trapo y empezó a frotar en dirección contraria.

—Hay que limpiar siempre en el sentido del grano de la madera, no al revés.

Samantha se dio cuenta de que con ese método la señora Philpot había conseguido acercar la oreja a la puerta de la biblioteca.

Para cuando se empezó a poner el sol todo el mundo había dejado de fingir que estaba trabajando. Samantha estaba sentada en el escalón más bajo, con las gafas caídas y la barbilla apoyada en la mano, mientras los demás criados se encontraban esparcidos por las sillas y las escaleras en varios estados de reposo. Algunos estaban medio dormidos, mientras que otros esperaban con una tensa expectación haciendo crujir los nudillos e intercambiando un susurro de vez en cuando.

Cuando la puerta de la biblioteca se abrió de repente todos centraron su atención en ella. Entonces salieron media docena de hombres con trajes oscuros que cerraron la puerta tras ellos.

Samantha se puso de pie escrutando sus caras sombrías.

Aunque la mayoría intentó evitar su ansiosa mirada, un hombre pequeño con unos afables ojos azules y unas patillas bien recortadas la miró directamente y movió la cabeza con aire triste.

—Lo siento mucho —murmuró.

Samantha volvió a sentarse en la escalera sintiéndose como si le hubieran sacado toda la sangre de su corazón con un puño cruel. Hasta ese momento no se había dado cuenta de lo elevadas que eran sus esperanzas.

Mientras Beckwith salía de la nada para acompañar a los médicos a la puerta con la mandíbula caída, ella se quedó mirando la madera impenetrable de la puerta de la biblioteca.

La señora Philpot estaba agarrando la bola del extremo de la barandilla con sus largos dedos pálidos. Su enérgica confianza parecía haberse desvanecido, sustituida por una incertidumbre casi conmovedora.

—Debe tener hambre. ¿No deberíamos...?

—No —dijo Samantha con firmeza recordando la advertencia de Beckwith—. No hasta que esté preparado.

Mientras la puesta de sol se convertía en crepúsculo y el crepúsculo en la aterciopelada oscuridad de una cálida noche de primavera, Samantha llegó a arrepentirse de su paciencia. Los minutos que habían pasado lentamente mientras Gabriel estaba con los médicos ahora parecían pasar volando sobre unas alas negras. Uno a uno los criados abandonaron su vigilia y se retiraron a las cocinas o a sus aposentos del sótano, incapaces de soportar el silencio ensordecedor que salía de la biblioteca. Aunque ninguno de ellos lo habría reconocido, habrían preferido oír los gritos de su amo seguidos del ruido de cristales rotos.

Samantha fue la última en marcharse, pero después de que un Beckwith ojeroso le diera las buenas noches incluso ella se dio por vencida. Enseguida se encontró trazando un estrecho camino en la alfombra de su habitación. Se había puesto el camisón y se había trenzado el pelo, pero no soportaba la idea de meterse en su confortable cama de hierro encalado mientras Gabriel seguía encerrado en su propio infierno.

Se paseó de un lado a otro para intentar calmarse. Sin duda alguna el padre de Gabriel sabía el resultado de su búsqueda. ¿Por qué no había acompañado a su preciado equipo de médicos? Su presencia podría haber suavizado el golpe mortal que venían a darle.

Y ¿la madre de Gabriel? Su negligencia era más imperdonable aún. ¿Qué clase de mujer dejaría a su único hijo a cargo de sirvientes y desconocidos?

Samantha centró su mirada en el baúl de la esquina donde había escondido las cartas de su prometida. ¿Había pensado Gabriel en algún rincón secreto de su corazón que con la vista podría recuperar su amor perdido? ¿Estaría llorando también la muerte de ese sueño?

El reloj del rellano de abajo comenzó a dar la hora. Samantha se apoyó en la puerta contando uno a uno los tristes tañidos hasta que dieron las doce.

¿Y si Beckwith estaba equivocado? ¿Y si había algunos caminos tan oscuros y peligrosos que no se podían recorrer sin apoyarse en una mano? Aunque fuera la de un extraño.

Con su mano temblorosa, Samantha cogió el candelero y salió de la habitación. Cuando estaba bajando las escaleras se dio cuenta de que se le había olvidado ponerse las gafas. Mientras atravesaba el vestíbulo su vela proyectaba sombras parpadeantes en las paredes. El silencio era aún más opresivo que la oscuridad. No era el silencio acogedor de una casa tranquila. Era el silencio sofocante de una casa que contenía el aliento en una tensa expectación. No era tanto la ausencia de sonidos como la presencia del miedo.

La puerta de la biblioteca seguía cerrada. Samantha puso la mano alrededor del pomo esperando que estuviese cerrada con llave. Pero la puerta se abrió con facilidad bajo su tacto.

Entonces le asaltaron una serie de impresiones vertiginosas: el débil fuego que crepitaba en la chimenea; el vaso vacío junto a la botella casi vacía de whisky escocés que había en la esquina de la mesa; los papeles esparcidos por el suelo como si alguien los hubiera tirado en un arrebato de ira.

Pero todas esas impresiones se desvanecieron al ver a Gabriel reclinado en la silla del escritorio con una pistola en la mano.

Capítulo 9

Querida Cecily,

Dudo que tarde una década en conseguir que mi nombre salga de sus labios. Diez minutos a solas bajo la luz de la luna deberían bastar...

—Solía decir a mis amigos que era capaz de cargar una pistola con los ojos cerrados. Supongo que tenía razón —dijo Gabriel con voz cansada inclinando una bolsa de cuero sobre la boca del arma. Aunque en la botella que había junto a su codo quedaban menos de tres dedos de whisky, tenía las manos tan firmes que no derramó ni una pizca de pólvora.

Mientras utilizaba una varilla de hierro para prensar la carga, Samantha se quedó fascinada por esas manos; por su elegancia, su habilidad, su economía de movimientos. Y se estremeció al imaginárselas moviéndose sobre la piel de una mujer. Su piel.

Librándose de su hechizo seductor, se puso justo delante de la mesa.

—No sé si debo mencionarlo, señor, pero ¿no cree que una pistola cargada en manos de un hombre ciego puede ser un poco peligrosa?

—Ésa es la cuestión, ¿eh? —Se recostó en la silla acariciando con el pulgar el percutor de la pistola.

A pesar de su postura relajada y su tono lacónico, Samantha notó la tensión que recorría todos sus músculos. Ya no parecía un perfecto caballero. Su chaqueta estaba colgada descuidadamente en un busto cercano, y tenía el pañuelo suelto alrededor de su ancho cuello. Los mechones de pelo dorado se habían escapado de su coleta, y un brillo febril iluminaba sus ojos ciegos.

—¿Debo suponer que las noticias que ha recibido no han sido de su agrado? —preguntó sentándose con cautela en la silla más próxima.

Él giró la cabeza para seguir su movimiento, manteniendo el cañón de la pistola alejado de ella.

—Digamos que no eran exactamente lo que esperaba.

Samantha intentó mantener un tono casual.

—Cuando se recibe una mala noticia lo habitual es disparar al mensajero, no a uno mismo.

—Sólo tenía una bala y no sabía a qué médico disparar.

—¿No le han dado ninguna esperanza?

Él negó con la cabeza.

—Ni la más mínima. Oh, uno de ellos, el doctor Gilby creo, dijo algunas tonterías sobre la sangre que se acumula detrás de los ojos después de un golpe como el que recibí yo. Al parecer hubo un caso en Alemania en el que se recuperó la visión cuando la sangre fue absorbida. Pero cuando sus compañeros le callaron a gritos por decir disparates tuvo que reconocer que nunca se había registrado una curación espontánea después de seis meses.

Samantha sospechaba que ese Gilby era el médico de ojos afables que le había expresado sus condolencias.

—Lo siento mucho —dijo con suavidad.

—No necesito su compasión, señorita Wickersham.

Al oír la dureza de su tono se puso tiesa.

—Tiene razón, por supuesto. Supongo que tiene bastante con la suya.

Durante un breve instante Gabriel torció una esquina de la boca como si hubiese querido sonreír. Luego dejó tranquilamente la pistola sobre el portafolios de cuero de la mesa. Samantha la miró con ansiedad, pero no se atrevió a cogerla. Aunque estuviese ciego y medio borracho, sus reflejos seguían siendo probablemente el doble de rápidos que los suyos.

Él buscó a tientas la botella de whisky, vació lo que quedaba en el vaso y lo levantó para hacer un brindis.

—Por el destino, cuyo sentido de la justicia sólo está superado por su sentido del humor.

—¿Justicia? —repitió Samantha sorprendida—. ¿No creerá que merecía perder la vista? ¿Para qué? ¿Para demostrar que es un héroe?

Gabriel dejó el vaso en la mesa de golpe, salpicando un poco de whisky por el borde.

—¡No soy un maldito héroe!

—¡Sí lo es! —A Samantha le costó un pequeño esfuerzo recitar lo que sabía de los acontecimientos en los que resultó herido por las crónicas del *Times* y la *Gazette*—. Fue el primero en divisar al francotirador en la sobremesana del *Redoubtable*. Cuando vio que tenía a Nelson en su punto de mira, lanzó un grito de advertencia y luego corrió por la cubierta hacia el almirante arriesgando su propia vida.

—Pero no lo conseguí. —Gabriel acercó el vaso a la boca y tomó el whisky de un solo trago—. Y él tampoco.

—Porque le derribó una pieza de metralla antes de que pudiera alcanzarle.

Gabriel se quedó un largo rato en silencio. Luego preguntó en voz baja:

—¿Sabe qué es lo último que vi mientras estaba tendido en esa cubierta ahogándome en el hedor de mi propia sangre? Vi esa bala atravesando el hombro del almirante. Vi el desconcierto en su cara mientras caía al suelo agonizando. Después se puso todo rojo, y luego negro.

—Pero usted no apretó el gatillo del arma que le mató. —Samantha se inclinó hacia delante en la silla con voz apasionada—. Y ganaron la batalla. Gracias al valor de Nelson y el sacrificio de hombres como usted, los franceses fueron derrotados. Puede que sigan reclamando nuestra tierra, pero les enseñaron quiénes serán para siempre los dueños del mar.

—Entonces supongo que debería dar gracias a Dios por permitirme hacer ese sacrificio. Piense en lo afortunado que fue Nelson. Aunque ya había dado un brazo y un ojo por su país, también pudo disfrutar del privilegio de perder su vida. —Gabriel echó la cabeza hacia atrás con una risa infantil, pareciéndose tanto al hombre del retrato que a Samantha se le paró un instante el corazón—. Me sorprende de nuevo, señorita Wickersham. ¿Quién habría pensado que bajo ese duro pecho latía un corazón romántico?

Ella se mordió el labio, tentada a recordarle que su pecho no le había parecido tan duro cuando sus dedos se curvaron posesivamente a su alrededor.

—¿Se atreve a acusarme de sentimentalismo? No era yo la que guardaba viejas cartas de amor en mi escritorio, ¿verdad?

—*Touché* —murmuró él con menos entusiasmo. Había vuelto a coger la pistola y estaba explorando sus contornos con una suave caricia. Cuando volvió a hablar lo hizo en voz baja y sin rastro de ironía—. ¿Qué quería que hiciese? Sabe tan bien como yo que un hombre ciego no tiene nada que hacer en nuestra sociedad a no ser que esté pidiendo limosna en la esquina de una calle o encerrado en un manicomio. Sólo seré una carga y un objeto de compasión para mi familia y cualquier otro desgraciado que me quiera.

Samantha se apoyó en la silla sintiendo una extraña calma.

—Entonces, ¿por qué no se dispara y acaba con esto? Cuando termine llamaré a la señora Philpot para que lo limpie todo.

Gabriel tensó la mandíbula y apretó la pistola.

—Vamos. Hágalo —insistió con su voz llena de fuerza y de pasión—. Pero puedo prometerle que es el único que se compadece de usted. Algunos hombres no han vuelto aún de esta guerra. Y algunos no volverán nunca. Otros han perdido los brazos y las piernas. Están mendigando en las cunetas con sus uniformes y su orgullo hecho jirones. Les insultan, les pisotean, y la única esperanza que les queda es que un desconocido con una pizca de caridad cristiana en su alma les eche una moneda en sus platillos. Mientras tanto, usted está aquí de mal humor rodeado de lujos, con todos sus caprichos atendidos por unos sirvientes que aún le miran con admiración. —Samantha se levantó, alegrándose de que no pudiera ver las lágrimas que empañaban sus ojos—. Tiene razón, señor. Esos hombres son héroes, usted no. Usted es sólo un miserable cobarde al que le da miedo morir, pero le da más miedo seguir viviendo.

De algún modo esperaba que cogiera la pistola y le disparara. No esperaba que se levantara y comenzara a rodear la mesa. Aunque sus pasos eran tan firmes como sus manos, el alcohol hacía que se pavoneara un poco más al andar. Pensaba que el depredador que había encontrado al llegar a Fairchild Park había desaparecido, pero entonces se dio cuenta de que sólo había estado durmiendo detrás de los ojos cargados de Gabriel, esperando hasta detectar de nuevo el olor de su presa.

Aleteó ostensiblemente su nariz mientras iba hacia ella. Aunque Samantha podría haberle esquivado fácilmente, algo en su cara le hizo detenerse. La agarró por los hombros y la atrajo hacia él con brusquedad.

—No ha sido totalmente sincera conmigo, ¿verdad, señorita Wickersham? —Su corazón estuvo a punto de detenerse antes de que continuara—. No eligió esta vocación por su gran compasión por sus semejantes. Perdió a alguien en la guerra, ¿verdad? ¿Quién era? ¿Su padre? ¿Su hermano? —Al bajar la cabeza el calor de su aliento le acarició la cara, haciendo que se sintiera tan borracha y atrevida como él—. ¿Su *amante*? —Saliendo de sus bellos labios, esa palabra era sarcástica y cariñosa a la vez.

—Digamos que no es el único que está expiando sus pecados.

Él se rió de los dos.

—¿Qué sabe de pecados un modelo de virtud como usted?

—Más de lo que se imagina —susurró volviendo la cara.

Su nariz rozó la suavidad de su mejilla, aunque no sabía si había sido a propósito o por accidente. Sin la protección de sus gafas se sentía terriblemente vulnerable.

—Me anima a seguir viviendo, pero no me da ninguna razón para ello. —La zarandeó con un gesto tan duro como su voz—. ¿Puede hacerlo, señorita Wickersham? ¿Puede darme una razón para vivir?

Samantha no sabía si podía o no. Pero cuando giró la cabeza para responder sus bocas chocaron. Entonces la besó inclinando su boca sobre la de ella, arrastrando el dulce calor de su lengua por sus labios hasta que se separaron con un ruido quebrado, entre un jadeo y un gemido. Demasiado ansioso para aceptar su rendición, la estrechó contra él sabiendo a whisky, peligro y deseo.

Ella cerró los ojos emocionada. En el seductor abrazo de la oscuridad sólo tenía sus brazos para sujetarla, el calor de su boca para calentarla, sus roncos gemidos para hacer bailar sus sentidos. Mientras su lengua saqueaba con crudeza la suavidad de su boca, el pulso de Samantha se aceleró en sus oídos, marcando los latidos de su corazón y todos los momentos de arrepentimiento. Deslizando los brazos de sus hombros a su espalda, la atrajo hacia él hasta que sus senos acabaron pegados a su inquebrantable pecho. Ella puso un brazo alrededor de su cuello, intentando responder a la desesperada avidez de su boca.

¿Cómo iba a salvarle si ni siquiera podía salvarse a sí misma?

Estaba descendiendo con él en la oscuridad, dispuesta a entregarle su alma y su voluntad. Aunque él decía que cortejaba a la muerte, lo que fluía entre ellos era vida. Vida en la antigua danza de sus lenguas al unirse. Vida en el irresistible tirón de su abdomen y el delicioso dolor entre sus muslos. Vida que latía contra la suavidad de su vientre a través de la desgastada tela de su camisón.

—¡Dios mío! —exclamó él apartándose de repente.

Al quedarse sin su apoyo, Samantha tuvo que poner las manos en la mesa detrás de ella para no caerse. Mientras abría los ojos resistió el impulso de protegerlos con una mano. Después de perderse en las deliciosas sombras del beso de Gabriel, incluso el débil resplandor del fuego de la chimenea parecía demasiado intenso.

Haciendo un esfuerzo para recuperar el aliento, se dio la vuelta y vio a Gabriel tanteando su camino alrededor de la mesa. Ya no tenía las manos firmes. Tiró un frasco de tinta y lanzó un abridor de cartas con mango de bronce al suelo antes de coger por fin la pistola. Mientras levantaba el arma con una expresión decidida, Samantha ahogó un grito en su garganta.

Pero sólo alargó la mano hacia ella al otro lado de la mesa. Buscó a tientas su mano y puso en ella la pistola.

—Váyase —le ordenó con los dientes apretados doblando sus dedos alrededor del arma. Cuando ella vaciló la empujó hacia la puerta levantando la voz—. ¡Váyase ya! ¡Déjeme!

Lanzando una última mirada por encima del hombro, Samantha metió la pistola en la falda de su camisón y se fue corriendo.

Capítulo 10

Querida Cecily,

Me gustaría saber si ha decidido ya cuál de mis virtudes le intriga más: mi timidez o mi humildad...

Cuando Samantha oyó un ruido amortiguado se incorporó en la cama, aterrada al pensar que había sido el disparo de una pistola.

—¿Señorita Wickersham? ¿Está despierta?

Mientras Beckwith seguía llamando puso una mano sobre su pecho para intentar calmar los latidos de su corazón. Y al ver el baúl de la esquina recordó que la pistola de Gabriel estaba ahora enterrada en el fondo, junto a su paquete de cartas.

Apartó las mantas y se levantó de la cama, poniéndose las gafas sobre sus cansados ojos. Después de que Gabriel la echara había pasado el resto de la noche acurrucada en un nudo miserable, convencida de que había sido una estúpida al dejarle en ese estado. Finalmente se quedó dormida casi al amanecer, víctima del agotamiento.

Poniéndose la bata, abrió un poco la puerta.

Aunque parecía que Beckwith también había pasado una noche agitada, en sus ojos había un brillo de buen humor.

—Perdóneme por molestarla, señorita, pero el señor quiere verla en la biblioteca. Cuando pueda, por supuesto.

Samantha arqueó una ceja con escepticismo. Eso era algo que nunca le había preocupado.

—Muy bien, Beckwith. Dígale que bajaré enseguida.

Se lavó y se vistió con más cuidado que de costumbre, buscando en su limitado vestuario algo que no fuese gris, negro o marrón. Finalmente se puso un vestido de cintura alta de terciopelo azul oscuro y se ató un lazo a juego alrededor de su moño. Cuando se inclinó sobre el espejo del tocador para enroscar un mechón de pelo suelto se dio cuenta de que aquello era ridículo. Después de todo, Gabriel no podía apreciar sus esfuerzos.

Moviendo la cabeza ante su reflejo, fue apresuradamente a la puerta. Pero cinco segundos después volvió al tocador para echarse un poco de colonia de limón detrás de las orejas y en el hueco de la garganta.

Samantha vaciló delante de la puerta de la biblioteca con una extraña sensación en el estómago. Tardó un minuto en identificar esa emoción como timidez. Esto es ridículo, se dijo a sí misma. Ella y Gabriel habían compartido un beso borracho, nada más. No era como si cada vez que le mirase a la boca fuese a recordar cómo se había sentido, con qué dominio había moldeado sus labios, el humeante calor de su lengua...

El reloj del rellano empezó a dar las diez, sacándola de su ensueño. Tras alisarse la falda, Samantha llamó enérgicamente a la puerta.

—Entre.

Obedeciendo la breve orden, abrió la puerta y encontró a Gabriel sentado detrás de la mesa, como la noche anterior. Pero esta vez no había ningún vaso vacío, ninguna botella de whisky y, afortunadamente, ningún arma más mortífera que un abridor de cartas.

—Buenos días, señor —dijo entrando en la habitación—. Me alegra ver que sigue entre los vivos.

Gabriel se frotó una ceja con el dorso de la mano.

—Si no fuese así, al menos cesaría este martilleo infernal que tengo en la cabeza.

Una inspección más detallada reveló que no había salido indemne de los acontecimientos de la noche anterior. Aunque se había cambiado de ropa, una barba incipiente sombreaba su mandíbula. La piel de alrededor de la cicatriz estaba blanca y tirante, y tenía más ojeras que de costumbre.

La lacónica elegancia de la noche anterior había desaparecido, dejando en su lugar una postura rígida que no parecía deberse tanto a la formalidad como al malestar que sentía cada vez que movía la cabeza.

—Siéntese, por favor. —Y mientras ella se sentaba dijo—: Lamento haberla llamado tan bruscamente. Debo haber interrumpido su preparación del equipaje.

Samantha abrió la boca desconcertada, pero antes de que pudiera decir nada él prosiguió al tiempo que sus largos dedos jugaban con el mango de bronce del abridor de cartas.

—No puedo culparla por marcharse, desde luego. Mi comportamiento de anoche fue imperdonable. Me gustaría echar la culpa al alcohol, pero me temo que mi mal carácter y mi falta de juicio tienen la misma responsabilidad. Aunque pueda parecer lo contrario, le aseguro que no tengo la costumbre de forzar mis atenciones a las empleadas a mi servicio.

Samantha sintió una extraña punzada cerca de su corazón. Había estado a punto de olvidar que eso era lo único que era para él: una empleada.

—¿Está seguro de eso, señor? Porque me parece que he oído hablar a la señora Philpot de un incidente con una joven doncella en la escalera de servicio...

Gabriel lanzó la cabeza hacia ella haciendo una mueca.

—¡Cuando sucedió eso tenía catorce años! Y por lo que recuerdo fue Musette la que me acorraló... —Se detuvo estrechando los ojos al darse cuenta de que le había provocado deliberadamente.

—Puede estar tranquilo, señor —le aseguró ella ajustándose las gafas—. No soy una solterona hambrienta de amor que cree que todos los hombres con los que se encuentra van a seducirla. Ni una jovencita lunática que se desmaya con un beso robado.

Aunque la expresión de Gabriel se agudizó, se mordió la lengua.

—Por lo que a mí respecta —dijo Samantha con una ligereza que no sentía—, podemos fingir que su pequeña indiscreción no ha ocurrido nunca. Ahora, si me disculpa —concluyó levantándose de la silla—. A no ser que encuentre alguna otra razón para que haga el equipaje, tengo varias...

—Quiero que se quede —dijo él bruscamente.

—¿Disculpe?

—Quiero que se quede —repitió—. Dijo que antes era institutriz. Bueno, quiero que me enseñe.

—¿Qué, señor? Aunque debería refinar un poco sus modales, por lo que yo he visto no se le dan mal las letras y los números.

—Quiero que me enseñe a seguir viviendo así. —Levantó las dos manos con las palmas hacia arriba con un leve temblor—. Quiero que me enseñe a ser ciego.

Samantha volvió a sentarse en la silla. Gabriel Fairchild no era de los que suplicaban. Pero acababa de desnudar su alma y su orgullo ante ella. Durante un largo rato no pudo hablar.

Confundiendo su indecisión por escepticismo, dijo él:

—No puedo prometer que seré el alumno más agradable, pero intentaré ser el más capaz. —Apretó los puños—. Teniendo en cuenta mi reciente conducta, sé que no tengo derecho a pedirle esto, pero...

—Lo haré —dijo ella con suavidad.

—¿Lo hará?

—Sí. Pero debo advertirle que como maestra puedo ser muy severa. Si no colabora recibirá una reprimenda.

Sus labios esbozaron una leve sonrisa.

—¿No habrá golpes en los nudillos?

—Sólo si es impertinente. —Se levantó de nuevo—. Ahora, si me disculpa, tengo que preparar algunas clases.

Cuando estaba casi en la puerta Gabriel volvió a hablar con voz ronca.

—Respecto a lo de anoche...

Ella se volvió, casi agradecida de que no pudiera ver el brillo de esperanza en sus ojos.

—¿Sí?

En su cara desfigurada no había ni rastro de ironía.

—Le prometo que no volverá a ocurrir un error de juicio tan lamentable.

Aunque se le estaba cayendo el estómago a los pies, Samantha se esforzó para dar un tono alegre a su voz.

—Muy bien, señor. Estoy segura de que la señora Philpot y todas las criadas dormirán mucho mejor esta noche.

Esa tarde fue Samantha quien llamó a Gabriel. Para la primera clase eligió deliberadamente el soleado salón, pensando que sus amplios espacios abiertos se adaptarían bien a sus planes. Un Beckwith sonriente acompañó a Gabriel a entrar en la habitación, y luego volvió andando hacia atrás sin dejar de hacer reverencias. Mientras cerraba las puertas Samantha habría jurado que el mayordomo le hizo un guiño, aunque sabía que si le presionaba simplemente le diría que tenía una mota de hollín en el ojo.

—Buenas tardes, señor. He pensado que podríamos comenzar las clases con esto. —Dando un paso hacia delante, puso el objeto que estaba sujetando en su mano.

—¿Qué es? —Gabriel cogió el objeto cautelosamente con dos dedos, como si pudiese haberle dado una serpiente.

—Es uno de sus antiguos bastones. Y muy elegante, por cierto.

Mientras los dedos de Gabriel exploraban la cabeza de león tallada en el puño de marfil del bastón, aumentó su expresión de desconfianza.

—¿Para qué quiero un bastón si no puedo ver por dónde voy?

—Ésa es precisamente la cuestión. Se me ha ocurrido que si quiere dejar de andar por la casa como un oso necesita saber qué tiene delante *antes* de chocarse.

Con una expresión más pensativa, Gabriel levantó el bastón y trazó un amplio arco con él. Samantha se agachó mientras pasaba silbando junto a su oreja.

—¡Así no! ¡Esto no es una pelea de espadas!

—Si lo fuera tendría posibilidades de ganar.

—Sólo si su adversario fuese también ciego. —Lanzando un suspiro de exasperación, Samantha se colocó detrás, puso las manos a su alrededor y cerró sus dedos sobre los de él hasta que los dos agarraron con firmeza el puño tallado del bastón. Luego bajó la punta a la altura del suelo y empezó a guiar su brazo en un suave arco—. Eso es. Muévalo despacio de un lado a otro.

Mecidos por su tono hipnótico, sus cuerpos oscilaron a la vez como si estuvieran siguiendo el ritmo de una danza primitiva. A Samantha se le ocurrió la absurda idea de apoyar la mejilla en su espalda. Su olor era cálido y deliciosamente masculino, como un claro en el bosque en una soleada tarde de verano.

—¿Señorita Wickersham?

—¿Mmmm? —respondió soñando aún despierta.

La voz de Gabriel tembló con un tono divertido que no se molestó en disimular.

—Si esto es un bastón, ¿no deberíamos andar?

—¡Oh! ¡Claro! —Separándose rápidamente de él, se apartó un mechón de pelo de su ardiente mejilla—. Bueno, el que debería andar es usted. Si viene hasta la esquina, he diseñado una serie de caminos y obstáculos para que practique.

Sin pensarlo le agarró del brazo. Gabriel se puso tieso, tensando todos sus músculos. Ella tiró, pero él no parecía tener ninguna intención de moverse. Samantha se dio cuenta de que era la primera vez que intentaba llevarle a algún sitio. Incluso cuando Beckwith le acompañaba por la casa, el mayordomo no se atrevía a tocarle excepto para orientarle hacia donde quería ir.

Esperaba que le soltara la mano y vociferara que no toleraría que le llevase por ahí como si fuera un niño desvalido. Pero al cabo de un momento la tensión empezó a desvanecerse. Aunque su resistencia era palpable aún, cuando ella se movió él la siguió.

Con la ayuda de Peter y Phillip había dispuesto un par de sofás, tres sillas y dos bancos formando una especie de salón improvisado. En medio había dos o tres mesas y unos pedestales dóricos con los bustos de mármol de Atenea, la diosa de la sabiduría, y Diana, la diosa de la caza. Samantha también había colocado en las mesas algunas figuritas de porcelana y otras piezas frágiles, pensando que Gabriel necesitaba aprender a sortear obstáculos pequeños además de grandes.

Le situó a la entrada de su trazado.

—Esto es muy sencillo. Lo único que tiene que hacer es usar el bastón para llegar al otro lado del salón.

Él frunció el ceño.

—Si no lo consigo, ¿me castigará con él?

—Sólo si no guarda la compostura.

Aunque Samantha se obligó a mantenerse alejada de él, no pudo evitar que sus manos revolotearan alrededor de sus hombros.

En vez de arrastrarlo, Gabriel lanzó el bastón hacia delante empujándolo más bien. Al tocar el primer pedestal, el busto sonriente que había encima empezó a balancearse. Samantha fue corriendo y cogió a Diana antes de que se cayera al suelo.

Tambaleándose bajo el peso del busto, dijo:

—Ha sido un buen intento. Pero podría tener un poco más de cuidado. Piense que es uno de los laberintos de Vauxhall —señaló refiriéndose a los legendarios jardines de Londres—. No iría por ellos dando golpes, ¿verdad?

—Normalmente, cuando un caballero se orienta bien por un laberinto, hay una especie de recompensa esperándole en el centro.

Samantha se rió.

—Teseo sólo encontró al Minotauro esperándole.

—Pero con su valor para derrotar a la bestia el joven guerrero conquistó el corazón de la princesa Ariadna.

—No habría sido tan intrépido si la joven no le hubiera dado una espada mágica y un ovillo de lana para salir del laberinto —le recordó—. Si fuese Teseo, ¿qué recompensa le gustaría recibir?

Un beso.

La respuesta subió de forma espontánea a los labios de Gabriel, poniéndole más nervioso aún. Ya se estaba arrepintiendo de la noble promesa que había hecho esa mañana. Si la risa de cortesana de su enfermera no contrastara tanto con su actitud recatada...

Quizá fuese mejor que estuviese ciego. Si pudiera ver sus labios, estaría pensando continuamente en lo dulces que serían bajo los suyos.

Esa mañana ya había perdido bastante tiempo preguntándose de qué color podrían ser. ¿De un rosa suave como el interior de algunas conchas marinas medio enterradas en la arena? ¿De un rojo intenso como las rosas salvajes que crecían en los páramos azotados por el viento? ¿O de color coral como las frutas exóticas que hacían que la lengua y los sentidos cantaran de placer? Pero ¿qué importaba su tono si ya sabía que eran deliciosamente carnosos y estaban perfectamente diseñados para besar?

—¡Ya sé cuál será su recompensa! —exclamó ella al ver que no respondía—. Si practica con diligencia, enseguida lo hará tan bien que ya no me necesitará.

Aunque Gabriel reconoció su broma con una leve sonrisa, estaba empezando a preguntarse si ese día llegaría alguna vez.

Samantha vino a él por la noche. Ya no necesitaba luz o color, sólo sensación: la dulzura de su fragancia, su pelo sedoso deslizándose sobre su pecho desnudo, su ronco gemido mientras acurrucaba su suave cuerpo contra él.

Gimió mientras le acariciaba la oreja y le lamía los labios, la curva de la mandíbula... la punta de la nariz. Su cálido aliento le hacía cosquillas en la cara, oliendo a tierra húmeda, carne rancia y calcetines mohosos secándose sobre un fuego.

—¿Qué...? —Despertándose de repente, Gabriel apartó el hocico peludo de su cara.

Después de incorporarse se frotó desesperadamente los labios con el dorso de la mano. Tardó varios segundos en darse cuenta de que no era de noche, sino por la mañana, y de que la exuberante criatura que estaba retozando en su cama no era su enfermera.

—¡Es fantástico! —exclamó Samantha desde algún lugar a los pies de la cama con su voz llena de orgullo—. Apenas les han presentado y ya le ha cogido cariño.

—¿Qué diablos es esto? —preguntó Gabriel intentando sujetar lo que fuese—. ¿Un canguro? —Lanzó un quejido amortiguado mientras el intruso saltaba sobre su dolorida entrepierna.

Samantha se rió.

—¡No sea tonto! Es un collie encantador. Cuando pasaba ayer por delante de la casa de su guarda vino corriendo a saludarme. Y pensé que sería perfecto.

—¿Para qué? —dijo Gabriel intentando mantener alejado al perro—. ¿Para el almuerzo del domingo?

—¡Ni mucho menos! —Samantha se lo quitó rápidamente. Por el canturreo que siguió, supuso que estaba abrazando al pequeño monstruo—. Este pequeñín no es ningún almuerzo, ¿verdad, precioso?

Desplomándose sobre las almohadas, Gabriel movió la cabeza sin poder creérselo. ¿Quién habría pensado que su mordaz enfermera sería capaz de decir esas tonterías? Al menos no tenía que ver cómo acariciaba el vientre de la criatura o, peor aún, cómo restregaba la nariz contra su hocico. La emoción que sentía era tan rara que tardó un minuto en identificarla. ¡Estaba celoso! Celoso de un perro sarnoso con la piel áspera y un aliento fétido.

—Tenga cuidado —le advirtió Gabriel mientras continuaban los besos y los arrullos—. Podría tener pulgas. O viruela —murmuró para sus adentros.

—No debe preocuparse por las pulgas. Peter y Phillip le han bañado en una de las viejas tinas de Meg en el patio.

—Que es donde debería quedarse por lo que a mí respecta.

—Pero entonces no disfrutaría de su compañía. Cuando era pequeña vivíamos al lado de un viejo caballero que había perdido la vista. Tenía un pequeño terrier que le acompañaba siempre. Cuando sus criados le sacaban a pasear, el terrier iba por delante con su correa enjoyada y le llevaba alrededor de las losas irregulares y los charcos de barro. Si una brasa caía de la chimenea a la alfombra, el perro ladraba para alertar a los sirvientes. —Como si le hubiera dado una señal, el cachorro que tenía en sus brazos lanzó un agudo ladrido.

Gabriel hizo una mueca.

—Qué inteligente. Aunque yo creo que habría sido preferible morir quemado en la cama. ¿No acabó el pobre hombre sordo además de ciego?

—Le diré que ese perro fue un amigo fiel, un excelente compañero hasta el día que murió. Su mayordomo le dijo a nuestra doncella que cuando le enterraron el pobre pasó varios días delante de la cripta de la familia esperando a que volviese su querido amo. —Su voz se quedó un rato amortiguada, como si hubiera enterrado su deliciosa boca en el pelo del perro—. ¿No es la historia más conmovedora que ha oído nunca?

A Gabriel le intrigaba más el hecho de que la familia de Samantha hubiera sido lo bastante rica como para contratar los servicios de una doncella. Pero cuando la oyó suspirar y buscar un pañuelo en el bolsillo de su falda supo que estaba perdido. Cada vez que su enfermera se ponía sentimental se quedaba sin defensas.

—Si insiste en que tenga un perro, ¿podría ser al menos uno de verdad? ¿Un perro lobo irlandés o un mastín por ejemplo?

—Demasiado grandes. Este pequeño puede seguirle a cualquier parte —comentó volviendo a ponerle sobre su regazo.

Él olió el aroma a limón de su pelo, confirmando sus sospechas de que los criados habían bañado al perro con la fragancia favorita de Samantha. El animal fue saltando a los pies de la cama, y con un profundo gruñido empezó a roer los dedos de Gabriel a través del edredón. Gabriel le enseñó los dientes gruñéndole también.

—¿Cómo le gustaría llamarle? —preguntó Samantha.

—De ninguna manera que se pueda repetir delante de una dama —dijo intentando sacar el dedo gordo de la boca del perro.

—Es muy tenaz —observó ella mientras el perro bajaba al suelo. Al sentir que el edredón se iba con él, Gabriel lo agarró desesperadamente. Unos centímetros más y la señorita Wickersham descubriría el efecto que el sueño y su suave canturreo habían tenido en él.

—Es bastante testarudo e intratable —reconoció Gabriel—. Es tan terco que es imposible complacerle o razonar con él. Siempre se sale con la suya aunque tenga que pasar por encima de los deseos y las necesidades de los demás. Yo creo que debería llamarle... —los labios de Gabriel se curvaron en una sonrisa mientras disfrutaba con su silencio expectante—, *Sam*.

En los días que siguieron Gabriel tendría ocasión de llamar al perro de todo excepto por su nombre. En vez de trotar delante de él para detectar obstáculos y peligros potenciales, a la infernal criatura le encantaba saltar a su alrededor, andar entre sus piernas y tirarle el bastón. Si hubiera tenido algún motivo más allá de la exasperación perpetua, habría sospechado que su enfermera intentaba planear una caída mortal.

Al menos nadie podía acusarla de exagerar. El perro le acompañaba siempre. No importaba dónde fuera Gabriel, le seguía su ansioso jadeo y el ruido constante de sus pequeñas uñas en el parqué y los suelos de mármol. Los criados ya no tenían que preocuparse por barrer el comedor cuando Gabriel comía. Sam se sentaba justo debajo de la silla de su amo y cogía los trocitos de comida que se caían antes de que pudieran llegar al suelo. Cuando Gabriel iba a apoyar la cabeza en su almohada por la noche, la encontraba ya ocupada por una cálida bola de pelo.

Si el perro no estaba jadeando en su cuello estaba roncando en su oreja. Cuando Gabriel no podía soportar más su ruidosa respiración, cogía el edredón de la cama y se iba a dormir a la sala de estar.

Al despertarse una mañana descubrió que el perro había desaparecido. Desgraciadamente, también había desaparecido una de sus mejores botas.

Gabriel bajó las escaleras utilizando el bastón para recorrer cada tramo. La verdad era que se sentía muy orgulloso de los progresos que estaba haciendo con él, y estaba deseando demostrar su maestría a Samantha. Pero el elegante bastón no hizo nada para evitar que pisara un charco caliente al pie de las escaleras.

Levantó el pie cubierto por un calcetín intentando asimilar lo que acababa de ocurrirle en más de un sentido. Y echando la cabeza hacia atrás gritó «*¡Sam!*» con todas sus fuerzas.

Tanto el perro como su enfermera respondieron a su llamada. El perro correteó a su alrededor tres veces, y luego se desplomó sobre su pie seco mientras Samantha exclamaba:

—¡Dios mío! ¡No sabe cuánto lo siento! Se suponía que Phillip iba a sacarle esta mañana a dar un paseo por el jardín. ¿O era Peter?

Apartando al perro de su pie, Gabriel avanzó hacia el sonido de su voz con el calcetín chapoteando a cada paso.

—Como si viene el arzobispo de Londres a ocuparse de él. No le quiero aquí ni un minuto más. ¡Sobre todo debajo de mis pies! —Apuntó con un dedo hacia lo que esperaba que fuera la puerta, aunque temía que fuese la columna del vestíbulo—. ¡Le quiero fuera de mi casa!

—Oh, vamos. En realidad no es culpa suya. Ya sabe que no debería andar por ahí con calcetines.

—Podría haberme puesto las botas que Beckwith me había preparado —explicó con una paciencia exagerada—, si hubiera podido encontrar las dos. Pero cuando me desperté la derecha había desaparecido misteriosamente.

Entonces dijo una voz masculina que venía de la puerta:

—¡No se lo van a creer! ¡Miren lo que acaba de encontrar el jardinero!

Capítulo 11

Querida Cecily,

Puede que mi timidez me haya impedido hablar con el valor necesario para tenerla junto a mí...

—¿Qué es? —preguntó Gabriel con un presentimiento cada vez más fuerte.

—Oh, nada —respondió Samantha apresuradamente—. No sé qué tontería está diciendo Peter.

—No es Peter, es Phillip —señaló Gabriel.

—¿Cómo puede saberlo? —Parecía realmente sorprendida de que pudiera distinguir a un gemelo del otro.

—A Peter le gusta echarse sólo un toque de agua de rosas cuando se arregla por las mañanas, mientras que Phillip se baña en ella esperando que Elsie se fije en él. Y no necesito la vista para saber que ahora mismo está probablemente más rojo que un tomate. ¿Qué tienes ahí, muchacho? —preguntó dirigiéndose directamente al joven.

—Nada que le interese, señor —le aseguró Samantha—. Es sólo una bonita... zanahoria. ¿Por qué no la llevas a las cocinas, Phillip, y le dices a Étienne que empiece a hacer un estofado para la cena?

La confusión del criado se reflejó en su voz.

—A mí me parece que es una bota vieja. Me pregunto cómo habrá acabado tan estropeada y enterrada en el jardín.

Recordando el bello cuero corintio que había cubierto sus pantorrillas, Gabriel resistió como pudo el impulso de gruñir.

Cuando volvió a hablar su voz era suave y controlada.

—Se lo voy a poner muy fácil, señorita Wickersham. O se va el perro —se acercó lo suficiente para oler su cálido aliento con sabor a menta—, o se va usted.

Ella suspiró.

—Bueno, si eso es lo que quiere. Phillip, ¿podrías acompañar a Sam al jardín?

—Por supuesto, señorita. Pero ¿qué hago con esto?

—Deberíamos devolvérselo a su legítimo dueño.

Antes de que Gabriel se diera cuenta de lo que iba a hacer, la bota llena de barro le dio un golpe en el pecho.

—Gracias —dijo alejándola de su cuerpo.

Moviendo el bastón por delante de él, se dio la vuelta y regresó hacia las escaleras. Pero su solemne retirada se estropeó cuando llegó al primer escalón un paso antes de lo que esperaba. Luego se quedó paralizado al darse cuenta de que tenía el calcetín derecho tan mojado como el izquierdo.

Sintiendo la mirada divertida de la señorita Wickersham en su espalda, subió las escaleras chapoteando todo el camino.

Gabriel se puso la almohada sobre los oídos, pero ni siquiera las gruesas capas de plumas podían amortiguar el terrible aullido que entraba por la ventana de su habitación. Había comenzado en el momento en que apoyó la cabeza en la almohada, y no parecía que fuera a parar antes del amanecer. El perro sonaba como si le hubieran partido el corazón.

Poniéndose boca arriba, Gabriel lanzó la almohada hacia la ventana. Un silencio reprobatorio invadía el resto de la casa. La señorita Wickersham estaba probablemente acurrucada en su cama, durmiendo felizmente. Casi podía verla allí, con sus sedosos mechones de pelo extendidos sobre la almohada y sus suaves labios entreabiertos. Pero incluso en su imaginación las sombras velaban sus delicados rasgos.

Probablemente se había quitado el olor a limón de su piel al prepararse para ir a la cama, dejando sólo la dulzura esencial de su aroma. Era más fuerte y embriagador que cualquier otra fragancia, y prometía un jardín de delicias terrenales que ningún hombre podría resistir.

Gabriel gimió mientras le dolía el cuerpo de deseo y frustración. Si el perro no se callaba pronto acabaría aullando con él.

Echando el edredón hacia atrás, se levantó y fue hacia la ventana. Buscó a tientas el pestillo, y al levantar el marco hacia arriba se clavó una astilla en el pulgar.

—¡Cállate! —susurró al vacío bajo su ventana—. ¡Por el amor de Dios! ¿No podrías callarte?

El aullido del perro cesó de repente. Hubo un quejido esperanzador y luego silencio. Lanzando un suspiro de alivio, Gabriel se volvió hacia la cama.

Entonces continuó el aullido con más intensidad que antes.

Tras cerrar la ventana de golpe, Gabriel volvió dando zancadas a la cama y buscó a tientas la bata que estaba colgada sobre la columna. Luego salió de la habitación sin molestarse siquiera en coger el bastón.

—Les estaría bien empleado que me cayera por las escaleras y me rompiese el cuello —murmuró mientras bajaba muy despacio los escalones—. En vez de llorar sobre mi tumba, probablemente el perro se mearía sobre ella. Debería decirle al guarda que mate a ese maldito animal.

Después de tropezarse con un banco y de darse un golpe en la espinilla con la pata de una mesa, consiguió abrir uno de los ventanales de la biblioteca.

Mientras abría la ventana, el aire frío de la noche le acarició la piel. Vaciló resistiéndose a exponer su cara desfigurada a la fría luz de la luna.

Pero el triste aullido prosiguió, conectando con algo profundo en su interior. Y decidió que a pesar de todo no había luna.

Cruzó con cuidado la terraza de baldosas, con las piedras sueltas clavándose en las plantas de sus pies descalzos, y luego salió a la hierba cubierta de rocío siguiendo el sonido. Cuando estaba casi encima de él la noche se quedó en silencio, tanto que pudo oír el croar distante de un sapo y el ronco susurro de su propia respiración.

Poniéndose de rodillas, tanteó el suelo a su alrededor con las dos manos.

—Por el amor de Dios, ¿dónde estás? Si no quisiera encontrarte estarías babeando sobre mí.

Entonces crujió un arbusto cercano y un sólido bulto de pelo cayó en sus brazos como si le hubieran lanzado de un cañón. Gimoteando de alegría, el pequeño collie se puso sobre sus patas traseras y empezó a bañar la cara de Gabriel con besos húmedos.

—Ya, ya —murmuró cogiendo al animal tembloroso en sus brazos—. No hace falta que te pongas tan sentimental. Lo único que quiero es dormir tranquilo.

Agarrando aún al perro, Gabriel se puso de pie tambaleándose e inició el largo camino de vuelta a su habitación. Tenía que reconocer que con ese cuerpo pequeño y cálido debajo de su barbilla la noche no parecía tan oscura ni el camino tan largo.

Ni siquiera Samantha se atrevió a hacer ningún comentario al día siguiente cuando Gabriel bajó las escaleras con Sam trotando alegremente junto a sus talones. Aunque seguía quejándose de que el perro estaba siempre estorbando, cuando pensaba que no había nadie mirando le acariciaba las suaves orejas o le echaba un trozo de carne debajo de la mesa.

Para el final de esa semana Gabriel era capaz de sortear el laberinto de muebles sin tropezarse con ninguna mesa ni llevarse por delante ninguna figurita de porcelana. Satisfecha con sus progresos, Samantha decidió que había llegado el momento de comenzar con la siguiente clase.

Esa noche Gabriel se encontró paseando de un lado a otro frente a las puertas del comedor, sintiéndose como un animal enjaulado con cada paso. Cuando llegó a la hora habitual, Beckwith le dijo tartamudeando que la cena se retrasaría y que debía esperar fuera hasta que le llamaran.

Agarrando su bastón, Gabriel pegó una oreja a la puerta intrigado por los tintineos y los crujidos misteriosos que venían de dentro. Su curiosidad y su temor aumentaron cuando reconoció el murmullo suave pero autoritario de su enfermera.

Gabriel estaba tan concentrado intentando escuchar sus palabras que no oyó a Beckwith acercarse a la puerta. Cuando el mayordomo la abrió de repente estuvo a punto de caerse de cabeza en la habitación.

—Buenas noches, señor —dijo Samantha desde algún lugar a su izquierda con un tono divertido en su voz—. Espero que perdone el retraso. Le agradezco su paciencia.

Frunciendo el ceño, Gabriel clavó la punta del bastón en el suelo para intentar recuperar el equilibrio y la dignidad.

—Estaba empezando a preguntarme si esto iba a ser una cena a medianoche. O quizás un desayuno de madrugada. —Levantó la cabeza, pero no oyó el jadeo familiar que normalmente acompañaba todas sus comidas—. ¿Qué han hecho con Sam? ¿Es demasiado esperar que le pongan delante de una fuente de plata con una manzana en la boca?

—Hoy Sam cenará en el comedor de los sirvientes. Pero no se preocupe por él. Peter y Phillip han prometido echar suficiente comida debajo de sus sillas. Espero que me perdone por desterrarle, pero pensé que ya era hora de que se acostumbrara de nuevo a los adornos de la civilización. —Una sonrisa alegró su voz—. Con ese fin, la mesa está cubierta con un mantel de hilo blanco. A lo largo de ella hay tres candeleros de plata con cuatro velas cada uno que dan un brillo magnífico a la mejor porcelana y el mejor cristal que la señora Philpot ha podido encontrar.

A Gabriel no le costó mucho imaginar el cuadro que Samantha había descrito. Sólo había un problema. Incluso con su bastón en la mano, no se atrevía a acercarse a la mesa por miedo a romper algo o que se le incendiara la ropa.

Notando su indecisión, Samantha le agarró suavemente por el codo.

—Si me lo permite, le acompañaré a su silla. Me he tomado la libertad de situarle a la cabeza de la mesa como le corresponde.

—¿Significa eso que usted cenará en el comedor de los sirvientes como le corresponde? —preguntó mientras le guiaba alrededor de la mesa.

Ella le dio una palmadita en el brazo.

—No sea ridículo. Jamás se me ocurriría privarle de mi compañía.

Ante su insistencia se acomodó en su silla. Mientras la oía sentarse a su derecha cruzó torpemente las manos sobre su regazo. Se le había olvidado lo que se suponía que debía hacer con ellas cuando no estaban buscando comida. De repente le parecían demasiado grandes y torpes para sus muñecas.

Para alivio suyo, uno de los sirvientes llegó inmediatamente con el primer plato.

—Pechuga de pavo asada con champiñones silvestres —anunció Samantha mientras el criado servía una ración en su plato.

Con el suculento aroma que le llegó a la nariz se le hizo la boca agua. Esperó a que el criado se fuera antes de alargar la mano, pero entonces Samantha se aclaró la garganta bruscamente.

Gabriel retiró la mano escarmentado.

—El tenedor está a su izquierda, señor. Y el cuchillo a su derecha.

Suspirando, Gabriel tanteó el mantel junto a su plato hasta que encontró el tenedor. Su peso le resultaba torpe y extraño. En la primera tentativa hacia el plato falló por completo. La plata chocó ruidosamente contra la fina porcelana, e hizo una mueca. Le costó otros tres intentos encontrar un champiñón. Después de perseguirlo por el plato durante casi un minuto, por fin consiguió pincharlo con el tenedor y llevárselo a la boca.

Mientras lo saboreaba preguntó:

—¿Qué lleva puesto, señorita Wickersham?

—¿Disculpe? —dijo realmente sorprendida por la pregunta.

—Ha descrito todo lo que hay en el comedor. ¿Por qué no habla de su aspecto? Por lo que yo sé, podría estar ahí sentada con una camisola y unas medias. —Pinchando otro champiñón, Gabriel agachó la cabeza para ocultar una sonrisa perversa.

—No creo que mi aspecto sea pertinente para el disfrute de esta comida —respondió Samantha con frialdad—. Quizá deberíamos haber empezado con una lección para mantener una conversación civilizada.

Gabriel habría preferido retirar los platos de la mesa y darle una lección de...

Tragó el champiñón apartando esa peligrosa idea de su cabeza.

—¿Por qué no me complace? ¿Cómo voy a mantener una conversación civilizada con una dama cuando ni siquiera puedo imaginarla en mi mente?

—Muy bien —dijo ella con tono serio—. Hoy llevo un vestido de bombasí negro. Tiene un cuello bastante alto al estilo isabelino y un chal de lana para protegerme de las corrientes.

Él se estremeció.

—Suena como lo que llevaría una tía soltera a un funeral. Sobre todo al suyo. ¿Siempre le han gustado los colores tan oscuros?

—No siempre —respondió Samantha en voz baja.

—¿Y su pelo?

—Si debe saberlo —contestó con un tono exasperado—, lo llevo en un moño cubierto con una redecilla negra de encaje en la nuca. Es un estilo que encuentro muy práctico.

Gabriel se quedó un momento pensativo antes de mover la cabeza.

—Lo siento. No me sirve.

—*¿Cómo?*

—No puedo imaginarla vestida de luto. Se me está quitando el apetito. Al menos me ha ahorrado la descripción de sus zapatos, que estoy seguro de que son el colmo de la sensibilidad.

Oyó un débil crujido, como si Samantha hubiera levantado el mantel para mirar debajo, pero no dijo nada para defenderse.

Entonces se reclinó en su silla acariciándose la barbilla.

—Creo que lleva algo del nuevo estilo francés; una muselina crema, quizá, con la cintura alta y un escote bajo cuadrado, diseñado para abrazar suavemente las formas femeninas en todo su esplendor. —Estrechó los ojos—. Y no la veo con un chal, sino con una estola de cachemir tan suave como las alas de un ángel sobre ese hueco tan adorable en el pliegue de su codo. El vestido le roza los tobillos y deja entrever una media de seda de color rosa con cada paso que da.

Esperaba que interrumpiera su escandalosa descripción con una airada protesta, pero parecía que se había quedado hipnotizada con el timbre de su voz.

—En los pies lleva unas zapatillas de seda rosa muy frívolas, que sólo sirven para entrar contoneándose en un salón de baile y pasar la noche bailando. También lleva un lazo a juego en su moño de rizos dispuestos artísticamente, algunos de los cuales caen alrededor de sus mejillas como si acabara de salir del baño.

Durante un largo rato no se oyó nada. Cuando Samantha habló por fin, tenía la voz tan apagada que Gabriel esbozó una sonrisa.

—Sin lugar a dudas, nadie puede acusarle por falta de imaginación, señor. O por no conocer bien las prendas femeninas.

Él se encogió de hombros con un gesto tímido.

—Es una consecuencia de haber pasado mucho tiempo en mi juventud intentando quitarlas.

Ella tragó saliva.

—Quizá sea mejor que comamos antes de que se sienta tentado a describir mi ropa interior imaginaria.

—Eso no será necesario —respondió él con un tono tan suave como la seda—. No lleva nada.

La brusca respiración de Samantha y el ruido de los cubiertos contra la porcelana le advirtieron que se había llenado la boca para no tener que seguir soportando sus impertinencias.

Deseando poder hacer lo mismo, Gabriel volvió a clavar el tenedor en el plato. Consiguió pinchar un trozo de carne, pero por su peso sabía que era demasiado grande para llevárselo a los labios sin ganarse una reprimenda. Apretando los dientes, suspiró. El pavo no habría sido más escurridizo si hubiera estado corriendo por la mesa graznando y moviendo sus alas. Si no quería morirse de hambre, parecía que no le quedaba más remedio que utilizar el cuchillo.

Tanteó a la derecha de su plato, pero antes de que pudiera encontrar el mango del cuchillo su hoja le hizo un pequeño corte en el pulgar.

—¡Maldita sea! —exclamó metiéndose el apéndice entre los labios.

—¡Dios mío! —gritó Samantha realmente consternada—. ¿Se ha hecho daño? —Gabriel oyó cómo arrastraba la silla para levantarse.

—¡No! —dijo bruscamente blandiendo el tenedor hacia ella como si fuera un sable—. No necesito su compasión. Lo que necesito es comida en el estómago, porque con el hambre que tengo podría comérmela a usted.

Samantha volvió a sentarse en su silla.

—No lo había pensado —dijo en voz baja—. ¿Me permite al menos cortarle la carne?

—No, gracias. A no ser que piense seguirme toda mi vida para cortarme la carne y limpiarme la barbilla, será mejor que aprenda a hacerlo yo solo.

Después de dejar el tenedor Gabriel fue a coger su copa, esperando que un buen trago de vino aliviara su vergüenza por ser tan bruto. Pero con su torpeza sólo consiguió volcar la copa. No necesitaba su vista, sólo el grito sobresaltado de Samantha, para saber que el vino se había derramado por el mantel blanco y sobre su regazo.

Se puso de pie con el hambre, la vergüenza y la frustración sacando por fin lo mejor de él.

—¡Esto es una locura! Estaría mejor pidiendo limosna en cualquier esquina que fingiendo que aún tengo alguna esperanza de hacerme pasar por un caballero. —Dio un golpe con el puño en la mesa, haciendo sonar la porcelana—. ¿Sabía que las damas solían competir por el privilegio de sentarse a mi lado en la cena? ¿Que rivalizaban por mis atenciones como si fueran un dulce delicioso? ¿Qué mujer va a querer ahora mi compañía? Lo único que podría esperar son unos gruñidos y el regazo manchado de vino. Eso si no prendo fuego a sus rizos sin darme cuenta incluso antes de que sirvan la cena.

Agarrando el mantel con las dos manos, dio un fuerte tirón que mandó la porcelana, el cristal y todos los esfuerzos de Samantha al suelo con un gran estrépito.

Gabriel sintió una corriente en su espalda, como si alguien hubiera entrado de forma precipitada.

—Está bien, Beckwith —dijo Samantha tranquilamente. El mayordomo debió vacilar, porque añadió con firmeza—: Yo me ocuparé.

Luego Beckwith y la corriente se fueron, dejándolos solos de nuevo. Gabriel se quedó allí en la cabecera de la mesa, sofocado y con la respiración agitada. Quería que Samantha se enfadara con él y le dijera que se había convertido en un monstruo. Quería que le dijera que no había ninguna esperanza para él. Entonces podría dejar de intentarlo, de luchar...

En vez de eso sintió que su hombro le rozaba la pierna mientras se arrodillaba a sus pies.

—Cuando recoja todo esto —dijo suavemente sobre el tintineo amortiguado de la porcelana y los cristales rotos—, pediré otro plato.

Su sosegada calma y su negativa a perder la compostura le ponían más nervioso aún. Buscando a tientas su muñeca, Gabriel la atrajo contra su pecho.

—Es capaz de ponerse furiosa cuando defiende a los idiotas que sirven al rey y a la patria, pero no parece capaz de defenderse a sí misma. ¿No tiene corazón? ¿No tiene sentimientos?

—¡Claro que tengo sentimientos! —respondió ella—. Siento cada latigazo de su lengua, cada comentario incisivo. Si no tuviera sentimientos no habría perdido todo el día intentando hacer que la cena fuera una experiencia agradable para usted. No me habría levantado al amanecer para hablar con el cocinero de sus platos favoritos. No habría pasado toda la mañana en el bosque buscando champiñones especialmente suculentos. Y tampoco habría pasado la mitad de la tarde intentando decidir qué vajilla iría mejor a su mesa: la Worcester o la Wedgwood. —Gabriel podía sentir su pequeño cuerpo temblando de emoción—. Sí, tengo sentimientos. Y también tengo un corazón, señor. Pero no voy a permitir que me lo rompa.

Mientras se libraba de él, algo caliente y húmedo cayó en la mano de Gabriel. Oyó sus pasos sobre los cristales rotos y luego el golpe de una puerta.

Sabiendo que estaba completamente solo, Gabriel pasó la lengua por el dorso de su mano y comprobó que sabía a sal.

Hundiéndose en su silla, se tapó la cara con las manos.

—Tenía razón en una cosa, zoquete —murmuró—. No te vendría mal aprender a mantener una conversación civilizada en la mesa.

Un rato después Gabriel sintió una mano cálida sobre su hombro.

—¿Puedo ayudarle, señor? —La voz de Beckwith tembló un poco, como si estuviese preparándose ya para un brusco rechazo.

Gabriel levantó despacio la cabeza.

—¿Sabe, Beckwith? —dijo dando una palmadita en la mano del fiel criado—. Creo que sí.

Capítulo 12

Querida Cecily,

No sabe cuánto me alivia que diga que admira el valor en un hombre...

Samantha estaba enfadada.

No tenía mucha experiencia en ese terreno. Ni siquiera de pequeña solía recurrir al mal humor para salirse con la suya. Normalmente bastaba con una sonrisa y un argumento lógico para conseguir lo que quería de sus padres. Pero ahora no tenía ninguna esperanza de lograr lo que quería.

Durante tres días apenas había salido de su habitación, excepto para cenar con los sirvientes en el comedor del sótano. Y siempre llevaba un libro. Si parecía que alguien iba a acercarse a ella, metía la nariz detrás de él hasta que se marchaba mirando de reojo y suspirando.

Sabía que su actitud era infantil, que al no cumplir con sus obligaciones estaba dando motivos a Gabriel para que le dijera a Beckwith que enviara un mensaje a su padre y la despidiera. Pero ya no le importaba.

El hecho de que él la estuviera evitando con tanto empeño como ella a él no mejoraba su estado de ánimo. Al parecer, la simple idea de encontrársela por casualidad le resultaba tan repugnante que había ordenado que las puertas del salón permanecieran cerradas cuando buscara refugio allí. Samantha pasaba por delante de las puertas ignorando los golpes y los rugidos ocasionales que llegaban a sus oídos.

Beckwith y la señora Philpot también parecían indiferentes a su desgracia. En dos ocasiones los encontró acurrucados en una esquina murmurando despreocupadamente. En cuanto la vieron cerraron la boca con un gesto de culpabilidad y se fueron mascullando que debían sacar brillo al cucharón y asegurarse de que Meg pusiera el almidón adecuado en los manteles. Samantha supuso que estaban debatiendo la manera más amable de decirle que debería empezar a buscar otro empleo.

El sueño era tan evasivo como la paz. La tercera noche después de su pelea con Gabriel, mientras estaba tumbada en la cama mirando al techo, su estómago empezó a quejarse. Como ya había perdido la mitad de la noche dando vueltas debajo de las sábanas, decidió bajar silenciosamente y sisar un pastel de carne en las cocinas desiertas.

Mientras estaba pasando por el salón le llegó a los oídos una especie de canción amortiguada. Pensando que era muy raro que las puertas estuviesen cerradas después de medianoche, pegó una oreja a uno de los paneles dorados.

No estaba perdiendo el juicio. Lo que había oído era música. Un hombre estaba tarareando mientras una mujer le acompañaba con voz de soprano.

Antes de que pudiera identificar la letra de la canción, el hombre empezó a cantar un *staccato*.

—Uno, dos, tres cuatro... uno, dos, tres, cuatro...

Entonces se oyó un golpe tremendo. Tras un largo y misterioso silencio, unos pasos rápidos se acercaron a la puerta.

Samantha atravesó corriendo el vestíbulo y consiguió esconderse detrás de una estatua de mármol de Apolo de tamaño natural antes de que se abriera una de las puertas.

Beckwith salió del oscuro salón resoplando un poco y con el pelo revuelto. Samantha se quedó con la boca abierta al ver que le seguía la señora Philpot alisándose el delantal y poniéndose un mechón de pelo suelto detrás de la oreja.

El ama de llaves levantó su nariz patricia en el aire.

—Buenas noches, señor Beckwith.

—Que duerma bien, señora Philpot —respondió él haciendo una pequeña reverencia.

Mientras se iban en distintas direcciones, Samantha salió de detrás de la estatua con la boca abierta aún. No le habría sorprendido que Elsie y Phillip hubiesen salido del salón riéndose, pero nunca habría sospechado que el formal mayordomo y la severa ama de llaves se permitieran el lujo de tener una cita a medianoche. Parecía que el personal doméstico más veterano de Fairchild Park era más afortunado en el amor que ella. Moviendo la cabeza, volvió a subir las escaleras sin apetito.

Para la tarde siguiente el mal humor de Samantha estaba empezando a crisparle los nervios. Cogiendo su chal, decidió ir a dar un largo paseo por los terrenos de la casa esperando que las nubes y el viento de abril se llevaran todos los pensamientos de Gabriel de su cabeza.

Al volver encontró una gran caja de madera rectangular sobre su cama.

Tirando el chal en la silla más cercana, se acercó con cautela a la caja. Puede que Beckwith hubiese ordenado que la subieran para que guardase sus cosas cuando la echaran a la calle.

Al levantar con cuidado la tapa se quedó boquiabierta. En sus confines perfumados de sándalo había un delicado vestido de muselina de color crema. Incapaz de resistir la tentación, Samantha lo levantó y se lo puso sobre su pecho.

No había visto nada tan exquisito en mucho tiempo. Las mangas abombadas del vestido estaban adornadas con una tira de encaje, y un ancho lazo de raso fruncía la tela justo por debajo de sus pechos. El escote cuadrado era lo bastante bajo para atraer la atención de un hombre. Como la tela era tan fina que parecía casi transparente, por debajo de su falda drapeada sólo se podía llevar la ropa interior más delicada y femenina.

Desde sus diáfanos hombros hasta la elegante cola que fluía del bajo festoneado, el vestido no le habría quedado mejor si uno de los modistos más famosos de París lo hubiera hecho especialmente para ella.

Creo que lleva algo del nuevo estilo francés.

Mientras la oscura voz de barítono de Gabriel acariciaba sus sentidos, vio la tarjeta de papel vitela que se había caído de los pliegues de la falda.

Sujetando aún el vestido, cogió la tarjeta de la caja y reconoció la meticulosa letra de Beckwith.

—Lord Sheffield solicita el placer de su compañía para cenar esta noche a las ocho —murmuró.

Mientras se le resbalaba la tarjeta de los dedos, dejó el vestido en la cama al darse cuenta de lo ridículo que debía quedar sobre el estambre marrón de su traje.

No le quedaba más remedio que rechazar el regalo de Gabriel y su invitación. No era una de sus antiguas amantes para que intentara quitarle el mal humor con regalos caros y palabras dulces. Volvió a mirar la caja con tristeza. Se había quedado tan impresionada con el vestido que no había acabado de descubrir sus tesoros.

Al volver a meter la mano en la caja sus dedos acariciaron...

... una estola de cachemir tan suave como las alas de un ángel sobre ese hueco tan adorable en el pliegue de su codo.

Samantha retiró la mano. ¿Cómo podía un hombre ciego conocer ese hueco? Porque todas las mujeres lo tenían, se recordó a sí misma con severidad. Probablemente Gabriel había besado muchos antes de perder la vista.

Cogió la tapa decidida a cerrar esa caja de Pandora antes de que saliera de ella otra tentación más atrayente.

En los pies lleva unas zapatillas de seda rosa muy frívolas, que sólo sirven para entrar contoneándose en un salón de baile y pasar la noche bailando.

—Los zapatos no —susurró Samantha rodeando con los dedos la tapa de la caja—. No ha podido ser tan diabólico.

Bajando la tapa sobre la cama, apartó la estola con cuidado. Un gemido de impotencia salió de sus labios. Las zapatillas que había en el fondo de la caja eran de un rosa muy suave, tan hermosas y etéreas que parecían más adecuadas para hadas que para pies mortales.

Samantha bajó su mirada a sus sólidos botines de cuero, que estaban más sucios que de costumbre por haber andado con ellos por los terrenos de la finca. Volvió a mirar las zapatillas mordiéndose el labio. Por probárselas no pasaría nada. Después de todo, ¿qué posibilidades había de que le quedaran bien? Cogiendo un abrochador, se sentó en la alfombra y comenzó a desatarse las botas.

Samantha se había acostumbrado a andar por la mansión con sus prácticas botas. Con las delicadas zapatillas atadas alrededor de los tobillos se sentía como si estuviese flotando mientras bajaba por la curvada escalera. Al pasar por la columna con espejos del vestíbulo echó un vistazo a su reflejo. No le habría sorprendido que de los hombros cremosos del elegante vestido saliesen un par de finas alas de seda.

Con su airosa falda ondulando sobre sus tobillos, no se sentía como la sensata enfermera de Gabriel, sino como una jovencita con el corazón lleno de esperanza. Sólo ella sabía lo peligrosa que podía ser esa esperanza. Mientras giraba hacia el comedor, Samantha sacó las gafas del bolsillo del vestido y se las puso con expresión desafiante.

Aunque no había ningún sirviente a la vista tenía la sensación de que la estaban vigilando, de que las puertas se abrían y se cerraban detrás de ella. Al pasar por el salón habría jurado que oyó un suspiro, y luego la risita de Elsie rápidamente amortiguada. Cuando se dio la vuelta encontró las puertas del salon entornadas. La oscura estancia parecía estar desierta.

Llegó al comedor justo cuando el reloj del rellano comenzaba a dar las ocho. Las impresionantes puertas de caoba estaban cerradas. Samantha vaciló, sin saber cómo sería su bienvenida. Unas noches antes Gabriel debió sentirse como un mendigo en su propia fiesta mientras esperaba que respondiera a su llamada.

Armándose de valor, se puso bien la estola y luego llamó con firmeza a la puerta.

—Entre.

Al aceptar la ronca invitación, encontró al joven príncipe del retrato en la cabecera de la mesa en un parpadeante charco de luz.

Capítulo 13

Querida Cecily,

Debería advertirle que está alentando mi valor por su cuenta y riesgo...

El hombre que estaba en la cabecera de la larga mesa podría haber adornado cualquier comedor o salón de Londres. Desde el reluciente alfiler de diamantes que aseguraba los pliegues de su impecable pañuelo blanco hasta las borlas de cuero de su segundo mejor par de botas, su imagen habría hecho que cualquier *valet* sonriera de orgullo. Los volantes de su pechera y sus puños estaban perfectamente acentuados por un frac y unos pantalones de color ante que envolvían sus estrechas caderas como una segunda piel.

Llevaba el pelo largo recogido en una coleta con una cinta de terciopelo negro, realzando la fuerte línea de su mandíbula y los impresionantes rasgos de su cara. La luz de la vela suavizaba los rugosos bordes de su cicatriz y encubría el vacío de su mirada.

La garganta de Samantha se tensó con un anhelo que no podía permitirse el lujo de sentir.

—Espero no haberle hecho esperar, señor —dijo haciendo una reverencia que él no pudo ver—. Pensaba cenar en el comedor de los sirvientes, como me corresponde.

Él torció la esquina derecha de su boca.

—Eso no será necesario. Esta noche no es mi enfermera. Es mi invitada.

Gabriel se acercó a la silla de su derecha y la sacó con mucho cuidado, arqueando una ceja para invitarla a sentarse. Samantha vaciló, sabiendo que estaría más segura a los pies de la mesa, fuera de su alcance. Pero la expresión de su cara era tan esperanzadora que se encontró rodeando la mesa para unirse a él. Mientras se inclinaba para meter la silla debajo de la mesa sin ningún esfuerzo, ella se fijó en los músculos de sus brazos y en el calor que irradiaba de su pecho.

Luego se sentó en su silla.

—Espero que no le importe comer con la vajilla Worcester. Me temo que la Wedgwood sufrió un desafortunado accidente.

—Vaya tragedia. —Al mirar a su alrededor se dio cuenta de que el aparador estaba vacío y de que en la mesa había varios platos de fácil alcance, entre ellos unas apetitosas fresas frescas—. No veo a nadie para atendernos. ¿También ha dado la noche libre a los demás sirvientes?

—Pensé que se merecían un respiro de sus obligaciones. Esta semana se han esforzado mucho.

—Ya lo creo. Han debido trabajar muchas horas sólo para hacer este vestido.

—Afortunadamente, la nueva moda lleva tan poca tela que Meg sólo se ha pasado dos noches sin dormir para confeccionarlo.

—¿Y cuántas noches sin dormir ha pasado usted?

En vez de responder, Gabriel cogió la botella de clarete que había entre ellos. Samantha levantó su servilleta preparándose para lo peor, pero su mano rodeó con cuidado el elegante cuello de la botella. Luego observó boquiabierta cómo echaba un chorro generoso en cada copa sin derramar ni una sola gota en el prístino mantel.

—Ya veo que los sirvientes no son los únicos que se han esforzado esta semana —comentó suavemente tomando un sorbo de vino.

—¿Puedo servirla? —preguntó él cogiendo la cuchara de una fuente de plata con un estofado de pollo.

—Por supuesto —murmuró ella observando fascinada con qué precisión servía la comida en los dos platos.

Desechando el cuchillo y el tenedor, cogió su cuchara y empezó a comer.

—Entonces, ¿debo suponer que le ha gustado el vestido?

Samantha se alisó la falda.

—Es casi tan bonito como poco práctico. ¿Cómo ha conseguido Meg calcular tan bien las medidas?

—Tiene buen ojo para esas cosas. Dijo que no era mucho más alta que mi hermana pequeña, Honoria. —Esbozó una sonrisa—. Si le hubiera hecho caso a Beckwith podría haberle quedado como una tienda de campaña.

—¿Y las zapatillas? ¿También tiene un herrero tan habilidoso?

—Vivir tan cerca de Londres tiene sus ventajas, ya sabe. Al corazón de Beckwith le viene bien hacer un viaje de vez en cuando a las tiendas de Oxford Street. Y a la señora Philpot no le resultó difícil entrar en su habitación y medir una de sus botas mientras estaba cenando abajo.

—Los sirvientes de Fairchild Park son tan listos como su amo. Pero me temo que no puedo quedarme con estas cosas tan bellas. No sería adecuado.

—Vamos, por favor. No he sido tan insolente. Se habrá dado cuenta de que no he incluido ninguna prenda interior.

—Eso está bien —respondió Samantha con dulzura metiéndose un sabroso trozo de pollo en la boca—. Porque no llevo nada.

La cuchara de Gabriel resonó en la mesa. Tomó un gran trago de vino, pero parecía que seguía teniendo problemas para tragar.

—Le aseguro que nunca he lamentado más que ahora mi enfermedad —consiguió decir por fin. Luego se aclaró la garganta con una expresión seria—. Espero que acepte más que mis regalos. Espero que acepte mis disculpas por comportarme de un modo tan abominable la otra noche.

Mientras Samantha le veía tantear el mantel para buscar pacientemente la cuchara su sonrisa se desvaneció. La cuchara estaba sólo a unos centímetros de sus dedos, pero podía haber estado en la habitación de al lado.

—Me temo que soy yo la que debe pedirle perdón. No me había dado cuenta de lo difícil que debe ser para usted algo tan simple como comer.

Él se encogió de hombros.

—El cuchillo y el tenedor son complicados de manejar. Si no puedo sentir la comida no puedo encontrarla. —Frunció el ceño con aire pensativo—. Se lo voy a demostrar.

Empujando la silla hacia atrás, se levantó con la servilleta en la mano y se puso detrás de su silla. El pulso de Samantha se aceleró mientras se inclinaba sobre ella. Su cálido aliento erizó el vello de su nuca, haciendo que se arrepintiera de haberse recogido el pelo en un frívolo moño alto.

Antes de que pudiera protestar le había quitado las gafas. Guiándose únicamente por el tacto, enrolló la servilleta en una tira y se la puso sobre los ojos, atándosela detrás de la cabeza con un nudo flojo.

Sin la luz de la vela para orientarse, Samantha dependía completamente de Gabriel; de su calor, de su olor, de su tacto. Mientras el dorso de sus dedos le rozaban la garganta, haciendo que se estremeciera, se dio cuenta de lo vulnerable que era para él.

—¿Va a vengarse de mí haciéndome comer el pollo con los dedos? —preguntó.

—No sería tan cruel. No cuando un ciego da de comer a otro ciego. —Oyó el roce de los platos mientras apartaba uno y acercaba otro—. Pruebe esto —dijo poniéndole un tenedor en la mano.

Sintiéndose un poco ridícula, Samantha pinchó en el plato que tenía delante. No estaba segura de cuál era el objetivo porque se le escurría constantemente. Después de perseguirlo por el plato varias veces, finalmente consiguió ensartarlo. Mientras levantaba el tenedor le llegó a la nariz el suculento aroma de una fresa fresca, y se le empezó a hacer la boca agua. Cuando tenía el bocado bien merecido a unos centímetros de sus labios se le resbaló del tenedor y cayó con un golpe insolente en la mesa.

—¡Maldita sea! —blasfemó esperando oír la risa burlona de Gabriel.

Pero él simplemente le quitó el tenedor de la mano con suavidad.

—Ya ve, señorita Wickersham, que cuando uno está privado de su vista tiene que depender de otros sentidos. Como el olor... —Mientras la intensa fragancia de la fresa penetraba en sus fosas nasales, Samantha habría jurado que la nariz de Gabriel le rozó el cuello en una suave caricia—. El tacto... —Sus cálidos dedos rodearon posesivamente su nuca mientras pasaba la fresa por sus labios para separarlos y su voz se hacía más profunda—. El gusto...

Embriagada por una languidez deliciosa, no pudo resistir la tentación de abrirse a él. Desde que la serpiente se acercó a Eva en el paraíso no se había sentido una mujer tan tentada por una fruta prohibida. Aceptando su invitación tácita, Gabriel deslizó la fresa por sus labios abiertos, donde su dulce pulpa explotó en su lengua antes de lanzar un gemido de satisfacción.

—¿Más? —preguntó él con una voz tan seductora como la del diablo.

Samantha quería más. Mucho más. Pero negó con la cabeza y apartó la mano temiendo que pudiese despertar un apetito imposible de satisfacer.

—No soy una niña —dijo imitándole deliberadamente—. Y no necesito que me den de comer.

—Muy bien. Como quiera. —Le oyó mover los platos de nuevo, chasqueando los labios mientras probaba cada uno—. Ya está —dijo por fin volviendo a darle el tenedor—. Pruebe esto.

Aunque el suave tono de su voz debería haberle prevenido, Samantha clavó el tenedor en el plato decidida a demostrar que era capaz de capturar lo que fuese al primer intento. Cuando su mano se hundió hasta la muñeca en un cuenco de una sustancia fría jadeó.

—Las natillas de Étienne son famosas —murmuró Gabriel en su oído—. Pasa horas removiendo la crema hasta que consigue la consistencia adecuada.

—¿Cómo puede ser tan perverso? —Samantha sacó su mano del dulce pegajoso—. Lo ha hecho a propósito.

Mientras estaba buscando su servilleta Gabriel le agarró la muñeca.

—Permítame —dijo llevando la mano a su boca.

Samantha no estaba preparada para que su dedo índice se deslizara entre los labios de Gabriel. El calor húmedo de su boca contrastaba con el frío de las natillas. Luego chupó la rica crema de su dedo con un abandono sensual que derritió sus defensas. Resultaba fácil imaginarle usando esa misma lengua en otras zonas más vulnerables de su cuerpo.

Samantha volvió a apartar la mano con las mejillas ardiendo debajo de la venda.

—Cuando me invitó a cenar con usted, señor, no sabía que iba a ser el plato principal.

—Al contrario, señorita Wickersham. Sería un postre mucho más delicioso.

—¿Por mi carácter dulce? —preguntó con su tono más mordaz.

Él se rió en voz alta. Incapaz de resistirse a presenciar algo tan raro, Samantha se quitó la venda improvisada. Gabriel se había vuelto a sentar en su silla con una sonrisa torcida acentuando las seductoras arrugas alrededor de sus ojos.

El resto de la noche fue un compañero de cena ideal, haciendo gala de ese encanto legendario que había llevado a tantas mujeres a competir por su afecto. Cuando terminaron las natillas, utilizando las cucharas en lugar de los dedos, él se levantó y le ofreció su mano.

Samantha se pasó la servilleta por los labios temiendo que pudiera seguirle donde fuera.

—Se está haciendo tarde, señor. Debería retirarme.

—No se vaya todavía. Tengo algo que enseñarle.

Incapaz de resistir esa sincera súplica, Samantha se levantó y puso su mano sobre la de él con cautela. Utilizando su bastón para orientarse, la condujo desde el comedor por un largo y sombrío pasillo hasta un par de puertas doradas en las que no se había fijado nunca.

Buscando a tientas las manillas de bronce, Gabriel abrió las dos puertas a la vez.

—¡Dios mío! —susurró Samantha contemplando una visión que estaba más allá de su imaginación.

Era el salón de baile que había descubierto en su primera exploración de la casa. Pero en vez de verlo desde la galería se encontraba en el centro de su esplendor. Todas las velas de las lámparas de bronce estaban encendidas, dando un brillo reluciente a los azulejos venecianos. Una hilera de ventanales coronados por unos elegantes arcos acristalados daban al jardín iluminado por la luna.

Gabriel apoyó su bastón contra la pared. Allí no lo necesitaba. No había muebles grandes para tropezarse ni estatuillas delicadas para romper.

—¿Me concede el placer de este baile? —preguntó ofreciéndole su brazo.

—Ha estado practicando, ¿verdad? —dijo Samantha con tono acusatorio recordando los misteriosos compases musicales y los golpes que había oído en el salón—. Pensaba que Beckwith y la señora Philpot tenían una cita a medianoche.

Gabriel se rió mientras la llevaba al centro de la pista reluciente.

—Dudo que les quedase la energía necesaria. La cabeza de Beckwith y la mía se chocaron más veces de las que quisiera recordar, y los pobres dedos de la señora Philpot no se habrían recuperado nunca si hubiera llevado botas en vez de calcetines. Enseguida nos dimos cuenta de que soy un desastre con los minués y las danzas campestres.

—Si no puede sentir a su pareja —comenzó a decir ella recordando sus palabras anteriores.

—... no puedo encontrarla. Por eso estuve ayer casi toda la noche bailando el vals con Beckwith —suspiró—. Es una lástima que la señora Philpot no baile el vals.

—¿El vals? —repitió Samantha incapaz de ocultar su sorpresa—. Pero si el propio arzobispo lo ha denunciado como el colmo del libertinaje.

Los ojos de Gabriel brillaron de alegría.

—Pues imagine lo que habría pensado si me hubiera visto bailar con mi mayordomo.

—Incluso el príncipe de Gales afirma que es una indecencia que un hombre se acerque tanto a una mujer. Tanta proximidad entre las parejas sólo puede conducir a todo tipo de incorrecciones.

—¿De verdad? —murmuró Gabriel sonando más intrigado que escandalizado. Luego entrelazó sus dedos con los de ella acercándola más a él.

Samantha se quedó sin aire, como si ya hubiera dado varias vueltas por el salón.

—Puede que un baile tan progresista sea aceptable en Viena o en París, señor, pero lo han prohibido en todos los salones de Londres.

—No estamos en Londres —le recordó Gabriel cogiéndola en sus brazos.

Luego inclinó la cabeza hacia la galería. Mientras comenzaba a sonar un clavicordio tocado por un sirviente invisible, Gabriel puso una mano en la parte inferior de su espalda y comenzaron a moverse acompañados por los suaves acordes de «Barbara Allen». Esa triste balada, con su historia de oportunidades malgastadas y amores perdidos, siempre había sido una de las favoritas de Samantha. No la había oído nunca como un vals, pero se ajustaba perfectamente a la cadencia de la danza.

Mientras su cuerpo se adaptaba al ritmo irresistible, Gabriel sintió que recuperaba su gracia natural. Al cerrar los ojos le vinieron otras sensaciones más deliciosas aún: la emoción de tener un cuerpo femenino contra el suyo, el suave susurro de su falda, la confianza con la que le seguía. Por primera vez desde Trafalgar no echaba de menos su vista. Girando por el desierto salón de baile con Samantha en sus brazos se sentía completo de nuevo.

Echando la cabeza hacia atrás con una risa exultante, Gabriel le dio varias vueltas por la pista.

Para cuando sonaron los últimos compases de «Barbara Allen» estaban los dos riéndose sin aliento. Mientras el clavicordio comenzaba a tocar «Ven a vivir conmigo», una bonita melodía demasiado lenta para un vals, sus pasos se detuvieron. Gabriel agarró rápidamente a Samantha, negándose a rendirse a ella y al momento.

—Si está intentando convencerme de lo civilizado que es, está fracasando miserablemente —señaló ella.

—Puede que debajo de nuestros modales refinados y nuestras sedas lujosas en el fondo todos seamos unos bárbaros. —Llevando su mano a su boca, le dio un beso en el centro de la palma permitiendo que sus labios acariciaran su piel sedosa—. Incluso usted, mi correcta y recatada señorita Wickersham.

El oscuro temblor de su voz era inconfundible.

—Si tuviera un carácter más cínico, señor, podría sospechar que ha preparado todo esto no para disculparse, sino para seducirme.

—¿Qué preferiría? —Incapaz de resistir más la tentación, Gabriel bajó la cabeza para buscar la respuesta directamente en sus labios.

Samantha cerró los ojos, como si de ese modo pudiera negar la culpabilidad por lo que iba a ocurrir. Pero no podía negar el estremecimiento de deseo que estaba sintiendo mientras los labios de Gabriel rozaban los suyos en una suave caricia. No tenía nada que ver con el beso que habían compartido en la biblioteca. Eso había sido un ataque apasionado a sus sentidos. Esto era el beso de un amante, una pequeña muestra de todos los placeres que le podía ofrecer, aún más tentadores y peligrosos para su solitario corazón.

Gabriel acarició las curvas de sus labios para intentar separarlos y para que aceptaran la dulce persuasión de su lengua. Mientras su calor aterciopelado recorría su boca, profundizando cada vez más, Samantha sintió que se derretía contra él y que su resistencia desaparecía. De repente estaba suplicando en una fiesta de los sentidos que a su cuerpo le habían negado durante mucho tiempo. Quería llenarse de él, saciar todos sus anhelos con la exuberante delicia de su beso.

Mientras su lengua se unía a la danza primitiva, saboreando su dulce sabor a vino, él lanzó un profundo gemido. No necesitaba su vista para deslizar la mano en su escote y encontrar la suavidad de su pecho a través de su combinación de seda, para pasar el pulgar por su pezón distendido hasta que gimió en su boca, invadida por un placer tan intenso como prohibido.

Avergonzado por ese gemido de impotencia y sin saber dónde podrían aventurarse sus ávidos dedos, Gabriel apartó su mano y su boca de Samantha.

Haciendo un esfuerzo para recuperar el aliento, apoyó su frente en la de ella.

—No ha sido totalmente sincera conmigo, ¿verdad, señorita Wickersham?

—¿Por qué dice eso?

Suponiendo que la nota de pánico en su voz era el resultado de su indiscreción, se acercó a su delicada oreja y susurró:

—Porque, para mi decepción, lleva ropa interior.

La canción terminó en ese momento, y el brusco silencio les recordó que había alguien en la galería.

—¿Toco otra melodía, señor? —La animada voz de Beckwith llegó flotando sobre la barandilla, asegurándoles que el mayordomo no era consciente del drama que se estaba desarrollando en el salón de baile.

Fue Samantha la que respondió después de reunir el valor necesario para librarse de sus brazos.

—No, Beckwith, gracias. Lord Sheffield necesita descansar. Mañana seguirá con sus clases a las dos en punto. —Su tono no fue menos tajante cuando se dio la vuelta hacia Gabriel y dijo—: Gracias por la cena, señor.

Divertido ante esa transformación, le hizo una reverencia.

—Gracias a usted, señorita Wickersham... por el baile.

Levantó la cabeza para escuchar cómo se alejaba, preguntándose, no por primera vez, qué otros secretos podría esconder su enfermera.

Al volver al comedor de servicio Beckwith encontró a la señora Philpot sola delante de la chimenea saboreando una taza de té.

—¿Cómo ha ido la noche? —preguntó.

—Yo diría que ha sido un gran éxito. Justo lo que ambos necesitaban. Pero no hemos sido tan discretos como creíamos. Por lo visto la señorita Wickersham nos oyó anoche en el salón. —Se rió entre dientes—. Pensaba que teníamos una cita romántica.

—Imagínate. —La señora Philpot levantó la taza de té a sus labios para ocultar una sonrisa.

Beckwith movió la cabeza de un lado a otro.

—¿Quién se podría imaginar a un viejo soltero quisquilloso y una viuda tan formal flirteando en la oscuridad como dos niños enamorados?

—Eso digo yo. —Dejando la taza sobre la chimenea, la señora Philpot empezó a quitarse las horquillas del pelo.

Mientras los sedosos mechones negros le caían por los hombros, Beckwith bajó la mano para pasar los dedos por ellos.

—Siempre me ha gustado tu pelo, ya lo sabes.

Ella cogió su mano rechoncha y la apoyó sobre su mejilla.

—Y tú siempre me has gustado a mí. Al menos desde que reuniste el valor para llamar a una joven viuda «Lavinia» en vez de «señora Philpot».

—¿Te das cuenta de que han pasado casi veinte años?

—Parece que fue ayer. ¿Qué canciones les has tocado?

—«Barbara Allen», y tu favorita: «Ven a vivir conmigo».

—Ven a vivir conmigo y ser mi amor —dijo ella citando el famoso poema de Marlowe.

—Y probaremos todos los placeres —concluyó él poniéndola de pie.

Ella le sonrió con los ojos brillantes como una niña.

—¿Sabes que el señor nos despediría si lo supiera?

Beckwith movió la cabeza antes de besarla con suavidad.

—Por lo que he visto hoy, yo creo que nos envidiaría.

Capítulo 14

Querida Cecily,

¿Cómo se atreve a insinuar que mi familia la consideraría inferior a mí? Es mi luna y mis estrellas. Yo sólo soy polvo bajo sus delicados pies...

A las dos en punto del día siguiente Samantha atravesó el vestíbulo con sus cómodos botines y una expresión tan resuelta que los demás sirvientes decidieron apartarse de su camino. Teía el pelo recogido en un austero moño en la nuca y los labios apretados, como si hubiera estado chupando limones en vez de perfumarse con ellos. El severo corte de su vestido gris oscuro conseguía disimular todas sus curvas e incluso la forma de sus tobillos.

Mientras esperaba a Gabriel se paseó por el salón, haciendo crujir sus anticuadas enaguas como si las hubieran lavado con almidón. No le ayudaba saber que todos sus esfuerzos para parecer respetable no servirían de nada con Gabriel. Si por él fuera podía estar esperándole sólo con unas medias y una camisola de seda. Se abanicó con la mano mientras su perversa imaginación le proporcionaba una serie de imágenes vertiginosas de lo que podría hacerle en ese caso.

Por fin apareció en el salón a las dos y media arrastrando su bastón en un airoso arco por delante de él. Sam iba trotando a sus talones con una bota machacada en la boca.

Dando golpecitos con el pie, Samantha miró el reloj de la chimenea.

—Supongo que no tiene ni idea de lo tarde que es.

—Ni la menor idea. No puedo ver el reloj —le recordó con suavidad.

—Oh —dijo ella desconcertada momentáneamente—. Entonces supongo que será mejor que empecemos. —Reacia a tocarle, agarró la manga de su camisa y le llevó a la entrada del improvisado laberinto.

Él gruñó.

—Los muebles otra vez no, por favor. Ya lo he hecho cien veces.

—Y lo hará cien más hasta que orientarse con el bastón sea algo natural para usted.

—Preferiría practicar el baile —dijo con un tono inconfundible en su voz.

—¿Para que va a practicar un arte que ya domina? —replicó Samantha dándole un empujoncito hacia un sofá.

Cuando Gabriel llegó al final del laberinto, refunfuñando algo sobre un minotauro, su bastón sólo encontró aire.

Frunciendo el ceño, movió el bastón en un arco más amplio.

—¿Dónde diablos está el escritorio? Habría jurado que hace unos días estaba aquí.

En respuesta, Samantha se puso delante de él y abrió un par de ventanales para despejar el camino a la terraza. Ladrando escandalosamente, Sam soltó la bota y pasó por delante de ellos, corriendo como una bala detrás de una liebre imaginaria. Una suave brisa con olor a lilas entró en la habitación.

—Como parece dominar el salón y la pista de baile —explicó—, he pensado que esta tarde podríamos dar un paseo por el jardín.

—No, gracias —dijo con tono categórico.

Samantha preguntó sorprendida:

—¿Por qué no? Si le aburre el salón, estará descando disfrutar de una nueva diversión y un poco de aire fresco.

—Tengo todo el aire que necesito aquí dentro.

Desconcertada, Samantha bajó la vista. Gabriel estaba agarrando el bastón como si fuera un salvavidas, con los nudillos blancos por la tensión. Tenía la cara rígida, con la esquina izquierda de la boca hacia abajo. El encanto de la noche anterior había desaparecido, dejando en su lugar una terrible máscara.

Se quedó un momento sin respiración al darse cuenta de que no estaba enfadado. Lo que pasaba era que tenía miedo. También se dio cuenta de que no le había visto enfrentarse a la luz del sol ni una sola vez desde que había llegado a Fairchild Park.

Bajando el brazo, le quitó el bastón suavemente y lo apoyó contra la pared. Luego puso la mano sobre su rígido brazo.

—Puede que sus pulmones no necesiten aire fresco, señor, pero los míos sí. Y no esperará que una dama salga a pasear una espléndida tarde de primavera sin un caballero que la acompañe.

Samantha sabía que se estaba arriesgando al apelar a una galantería que ya no poseía. Pero para su sorpresa puso sus dedos sobre los de ella e inclinó la cabeza en una reverencia burlona.

—Que no se diga que Gabriel Fairchild ha negado algo a una dama.

Dio un paso hacia delante, y luego otro. El sol le bañaba la cara como oro fundido. Después de atravesar el umbral la hizo detenerse. Ella temía que se echara atrás, pero parecía que sólo había hecho una pausa para respirar profundamente. Samantha hizo lo mismo, aspirando el olor de la tierra recién labrada y el perfume de las flores de una enredadera cercana.

Cuando Gabriel cerró los ojos, Samantha estuvo tentada a cerrar también los suyos para centrar sus sentidos en la caricia de la cálida brisa y el gorjeo del petirrojo que estaba regañando a su pareja mientras hacían un nido en la rama de un espino cercano. Pero si lo hubiera hecho se habría perdido la expresión de placer que cruzó la cara de Gabriel.

Con su espíritu más animado le instó a moverse, guiándole hacia una franja de césped de color verde esmeralda que descendía hasta un derruido muro de piedra en los límites de un bosque. Cada detalle de los meticulosos jardines, desde sus piedras talladas hasta los serpenteantes arroyos, había sido diseñado para imitar un paisaje silvestre.

Con sus dedos aún apoyados sobre los de ella, Gabriel seguía el paso fácilmente, con más gracia y seguridad a cada zancada.

—No deberíamos alejarnos demasiado de la casa. ¿Y si me ve alguien del pueblo? No quisiera asustar a los niños.

A pesar de su tono seco, Samantha sabía que sólo estaba bromeando a medias.

—A los niños sólo les da miedo lo desconocido, señor. Cuanto más tiempo pase recluido en Fairchild Park más temible será su reputación.

—Desde luego no queremos que crean que soy una especie de monstruo que deambula en la oscuridad, ¿verdad?

Samantha le miró, pero era imposible saber si se estaba burlando de ella o de él. Puede que hubiera perdido la vista, pero sus ojos no habían perdido su extraño brillo. Con la luz del sol eran aún más espectaculares, con sus profundidades tan claras y transparentes como un mar cristalino. El aire trémulo daba a su pelo el tono de una guinea recién acuñada.

—No es necesario que permanezca encerrado en casa cuando tiene estos bellos jardines a su disposición. Tengo entendido que antes era muy activo. Tiene que haber alguna actividad al aire libre con la que pueda disfrutar aún.

—¿Qué tal el tiro al arco? —dijo sarcásticamente. Sam salió saltando del bosque y les obligó a andar más despacio mientras correteaba alrededor de sus pies—. Y siempre está la caza. Nadie podría culparme si confundo un cachorro con un zorro.

—Debería darle vergüenza —le regañó ella—. Sam puede ser algún día su salvación. Es muy inteligente.

Al oír su nombre, el collie se echó en la hierba y se retorció sobre su lomo con los ojos en blanco y la lengua fuera. Samantha se levantó la falda y se acercó a él, esperando que su compañero no se diera cuenta.

Pero Gabriel parecía estar preocupado en otras cuestiones.

—Es posible que tenga razón, señorita Wickersham. —Samantha le miró, sorprendida de que se rindiera con tanta facilidad—.

Puede que haya alguna actividad al aire libre con la que podría disfrutar. Algo que pueda igualar la diferencia, por así decirlo.

Gabriel ganó todas las rondas de la gallinita ciega.

No había forma de vencerle. Además de coger a los sirvientes más ágiles antes de que pudieran escaparse, podía identificarlos oliendo simplemente el pelo o la ropa. Sus reflejos eran tan rápidos que también podía esquivar a cualquiera que llevara la venda, escurriéndose de sus dedos extendidos un segundo antes de que intentaran atraparle.

Cuando Samantha llamó a los empleados para que se unieran al juego se quedaron sorprendidos al ver a su amo apoyado sobre un codo en la ladera bañada por el sol, con el pelo suelto y una brizna de hierba entre sus labios. Y se sorprendieron aún más cuando su enfermera les explicó lo que debían hacer. Mientras los otros criados se alineaban en una rígida formación, como para saludar a un dignatario, Beckwith expresó su desaprobación y la señora Philpot dijo que nunca había presenciado un espectáculo tan bochornoso.

Peter y Phillip fueron los primeros en romper la formación. Encantados de librarse de sus obligaciones un día de primavera tan fabuloso, los gemelos evitaban las sutilezas del juego, prefiriendo agarrarse y pegarse con sus puños pecosos cada vez que podían. Cuando conseguía inmovilizar a su hermano, Phillip lanzaba tímidas miradas a Elsie para asegurarse de que la guapa criada estaba mirando.

Seducidos por la suave brisa y el buen humor de su amo, los demás sirvientes se fueron animando poco a poco. Cuando le tocó ponerse la venda, Willie, el enjuto guarda escocés, acabó persiguiendo a Meg, la lavandera, con sus nudosas manos extendidas como zarpas. Chillando como una colegiala, Meg se levantó las faldas y corrió por la ladera con sus robustas piernas dando vueltas a toda velocidad y Sam ladrando a sus talones. Entonces, al girar a la izquierda en vez de a la derecha, Willie pasó por delante de ella y bajó rodando por la cuesta hasta el arroyo.

—Como Willie no ha podido pillar a Meg, le toca al amo otra vez —gritó Hannah aplaudiendo con entusiasmo.

Mientras Meg sacaba al guarda del arroyo chorreando y maldiciendo, Beckwith dirigió suavemente a Gabriel a lo alto de la ladera. Incluso la señora Philpot había empezado a participar en el juego. Sin que nadie se lo pidiera, dio a su amo tres vueltas y luego se alejó de él con unos saltitos tan enérgicos que hicieron que las llaves de su cintura tintinearan.

Mientras Gabriel se orientaba, el resto de los sirvientes se quedaron paralizados en la soleada ladera. No podían moverse ni un centímetro si Gabriel no se acercaba lo suficiente para tocarles. Sólo entonces podían huir. Samantha se puso deliberadamente en el borde exterior de su círculo, como cada vez que le había tocado a Gabriel. Estaba decidida a no darle ninguna excusa para que le pusiera las manos encima.

Gabriel giró despacio con las manos apoyadas en sus estrechas caderas. Hasta que el viento no removió el pelo de Samantha, agitando un mechón rebelde de su moño, no se dio cuenta de que había cometido el error de colocarse a favor del viento. Él aleteó su nariz y entrecerró los ojos con una expresión que conocía muy bien.

Entonces se dio la vuelta y empezó a avanzar hacia ella, arrasando con sus impresionantes zancadas el terreno que había entre ellos. Al pasar junto a Elsie y Hannah sin pararse, las criadas se llevaron una mano a la boca para intentar contener sus risitas.

Los pies de Samantha parecían estar clavados a la tierra. No podría haberse movido si Gabriel hubiera sido una bestia de carga con intención de devorarla. Era plenamente consciente de las miradas atentas de los otros criados, del hilillo de sudor que le bajaba por los pechos, de que su sangre parecía espesarse en sus venas como si fuese miel.

Como siempre, Gabriel se detuvo un momento antes de abalanzarse sobre ella. Mientras sus manos rozaban su manga, Peter y Phillip protestaron por su falta de resistencia. Era demasiado tarde para huir. Lo único que tenía que hacer era decir su nombre para que se terminara la ronda.

—¡Nombre! ¡Nombre! —comenzaron a cantar las muchachas.

Gabriel levantó la otra mano para pedirles que se callaran. Había identificado a los otros sirvientes por su olor a jabón o a humo. Pero también tenía derecho a identificarlos por el tacto.

Mientras la esquina de su boca se curvaba en una vaga sonrisa, Samantha se quedó paralizada, incapaz de impedir que acercase su mano. Era como si los demás hubieran desaparecido, dejándolos solos en esa ventosa ladera.

Cerró los ojos mientras los dedos de Gabriel le rozaban el pelo y luego jugaban sobre su cara. Rodeó con suavidad el borde de sus gafas, trazando todos los huecos y las curvas como si quisiera memorizar sus rasgos. A pesar del calor que hacía sintió un delicioso escalofrío por todo su cuerpo. ¿Cómo podían ser sus manos tan masculinas y tan delicadas al mismo tiempo? Mientras las puntas de sus dedos rozaban la suavidad de sus labios, su miedo desapareció para convertirse en algo más peligroso aún. Se encontró deseando apoyarse sobre él, inclinar la cabeza hacia atrás y ofrecerle un dulce sacrificio sólo para complacerle. Estaba tan subyugada por ese escandaloso anhelo que tardó un rato en darse cuenta de que había dejado de tocarla.

Entonces abrió los ojos. Aunque Gabriel tenía la cabeza agachada, la agitación de su pecho le indicó que también le había afectado su breve contacto.

—No estoy seguro —dijo con una voz lo bastante fuerte para que se extendiera por la ladera—, pero a juzgar por la suavidad de la piel y el delicado perfume, yo creo que he capturado... —Hizo una pausa para aumentar la expectación deliberadamente—. ¡A Warton, el chico de los establos!

Los sirvientes se echaron a reír a carcajadas. Uno de ellos dio un golpe en el hombro al desconcertado Warton.

—Sólo le quedan dos oportunidades, señor —le recordó Millie.

Gabriel se dio unos golpecitos en el labio inferior con el dedo índice.

—Bueno, si no es Warton —dijo suavizando su voz—, entonces debe ser mi querida... mi devota...

Mientras ponía una mano en su corazón, haciendo reír de nuevo a las criadas, Samantha contuvo el aliento, preguntándose qué iba a decir exactamente.

—... señorita Wickersham.

Los sirvientes rompieron en un sincero aplauso, y Gabriel extendió un brazo hacia Samantha en una graciosa inclinación.

Ella sonrió e hizo una reverencia burlona hablando entre dientes.

—Al menos no me ha confundido con uno de los caballos de su carruaje.

—No sea ridícula —susurró él—. Su melena es mucho más suave.

Un Beckwith sonriente le dio un golpecito en el hombro y luego le puso un pañuelo de hilo en la mano.

—La venda, señor.

Gabriel se volvió de nuevo hacia Samantha con una de sus cejas arqueadas en un gesto diabólico.

—¡Oh, no! —retrocedió mientras él se acercaba a ella dando vueltas a la venda de un modo casi amenazador—. Ya he tenido suficiente de sus ridículos juegos. De todos ellos —añadió sabiendo que captaría el énfasis.

—Vamos, señorita Wickersham —replicó—. No va a obligar a un hombre ciego a perseguirla, ¿verdad?

—¿Ah, no? —recogiéndose la falda, Samantha echó a correr por la ladera, riéndose de impotencia al oír los pasos de Gabriel detrás de ella.

El humor en el pesado carruaje del marqués de Thornwood era triste y sombrío. Sólo Honoria, de diecisiete años, se atrevía a mostrar algún signo de esperanza incorporándose para mirar por la ventanilla los setos que pasaban mientras el vehículo avanzaba por el ancho camino hacia Fairchild Park.

Sus dos hermanas mayores estaban practicando ese aire de sofisticado aburrimiento tan esencial para las jóvenes damas de cierta edad, belleza y posición social. Eugenia, de dieciocho años, estaba disfrutando de una comunión amorosa con el espejo de mano que había sacado de su bolso de raso, mientras Valerie, de diecinueve años, puntuaba cada bache con un suspiro de resignación. Valerie estaba especialmente insoportable desde que se había comprometido con el hijo menor de un duque al final de la temporada anterior. Y fuera cual fuera el giro que tomara la conversación, comenzaba la mayoría de sus frases con «Cuando Anthony y yo estemos casados...»

Sentado enfrente de ellas, su padre se pasó un pañuelo con bordes de encaje por la frente.

Al ver que tenía la cara colorada su mujer murmuró:

—¿Estás seguro de que esto es una buena idea, Teddy? Si le hubiésemos avisado que veníamos...

—Si le hubiésemos avisado habría ordenado a los sirvientes que no nos dejaran pasar. —Como no estaba acostumbrado a hablar bruscamente a su mujer, Theodore Fairchild suavizó su reprimenda dándole una palmadita en la mano enguantada.

—Yo creo que eso habría sido una bendición. —Eugenia dejó de mirarse en el espejo de mala gana—. De esa manera no tendría la oportunidad de ladrar y gruñir como un perro rabioso.

Valerie asintió.

—Por su forma de comportarse en nuestra última visita, cualquiera diría que se ha vuelto loco además de ciego. Menos mal que Anthony y yo no estamos casados aún. Si hubiera oído cómo se atrevió a dirigirse a mí...

—¡Debería daros vergüenza hablar así de vuestro hermano! —Honoria apartó la vista de la ventanilla para mirarlas con sus ojos marrones ardiendo de pasión bajo el ala de su sombrero.

Sorprendidas de que su hermana pequeña se pusiera tan seria con ellas, Valerie y Eugenia intercambiaron una mirada de asombro.

Mientras el coche pasaba por una verja de hierro y comenzaba a subir por el empinado camino, Honoria continuó.

—¿Quién te sacó del agua helada, Genie, cuando te caíste en el lago Tillman aunque te habían advertido que el hielo estaba demasiado fino para patinar? ¿Y quién defendió tu honor, Val, cuando ese chico tan desagradable dijo en la fiesta de lady Marbeth que le habías permitido que te robara un beso? Gabriel ha sido el mejor hermano mayor que cualquier chica podría desear, pero vosotras estáis ahí insultándole como un par de vacas desagradecidas.

Valerie apretó la mano de Eugenia con sus ojos verdes claros llenos de lágrimas.

—Eso no es justo, Honoria. Echamos de menos a Gabriel tanto

como tú. Pero ese bruto malhumorado que nos echó con cajas destempladas la última vez que vinimos aquí no era nuestro hermano. ¡No era Gabriel!

—Vamos, chicas —murmuró su padre—. No es necesario empeorar una situación difícil discutiendo entre vosotras. —Mientras Honoria volvía a mirar con tristeza por la ventanilla intentó esbozar una de sus alegres sonrisas—. Cuando vuestro hermano vea lo que le hemos traído puede que esté más suave con nosotros.

—Ése es el problema —dijo bruscamente lady Thornwood—. Según tus preciados médicos no verá nada, ¿verdad? Ni hoy ni nunca. —Al arrugar su cara regordeta le cayeron unas lágrimas por las mejillas empolvadas. Cogió el pañuelo que le ofreció su marido y se lo pasó por los ojos—. Es posible que Valerie y Eugenia tengan razón. Quizá no deberíamos haber venido. No sé si puedo soportar ver a mi querido hijo encerrado en esa oscura casa como si fuera un animal.

—¿Mamá? —Honoria frotó el cristal de la ventanilla con una nota de asombro en su voz.

—No molestes ahora a mamá —dijo Eugenia—. ¿No ves que está alterada?

Valerie sacó un frasco de amoniaco de su bolso y se lo dio a su madre.

—Toma, mamá. Usa esto si te vienen los vapores.

Lady Thornwood lo rechazó, centrando su atención en la expresión aturdida de su hija pequeña.

—¿Qué ocurre, Honoria? Parece que has visto un fantasma.

—Podría ser. Será mejor que eches un vistazo.

Mientras Honoria abría la ventanilla, lady Thornwood trepó sobre las rodillas de su marido, pisándole sin ningún miramiento para unirse a su hija. Picadas por la curiosidad, Valerie y Eugenia se apiñaron detrás de ellas.

Al parecer había una especie de juego festivo. Los participantes estaban repartidos por la ladera cubierta de hierba que había frente a la mansión, con sus risas y sus gritos sonando como música por el aire. Estaban demasiado ocupados divirtiéndose para darse cuenta de que se acercaba un coche.

Estirando el cuello para ver por encima del muro de sombreros, el marqués se quedó con la boca abierta.

—¿Qué diablos hacen los sirvientes perdiendo el tiempo cuando se supone que deben estar trabajando? ¿Qué creen que es esto, el día de Navidad? Debería ordenar a Beckwith que los despida a todos.

—Tendrás que cogerle antes —señaló Valerie mientras el mayordomo corría por la ladera persiguiendo a la señora Philpot.

Eugenia se llevó una mano a la boca para sofocar una risita escandalizada.

—¡Mira eso, Val! ¿Quién habría pensado que ese viejo estirado sería capaz de algo así?

Cuando la marquesa se dio la vuelta para reprender a su hija por hablar de un modo tan insolente su mirada se centró en el hombre que estaba rodeando los bordes del jolgorio. Se quedó tan pálida que parecía que después de todo iba a necesitar el amoniaco.

Mientras hacía una pausa en lo alto de la colina, con su imponente figura enmarcada por el deslumbrante cielo azul, se llevó una mano al corazón creyendo por un jubiloso momento que había recuperado a su hijo. Estaba allí bien erguido, con los hombros echados hacia atrás y su pelo dorado reluciente bajo la luz del sol.

Pero entonces se volvió y vio la cicatriz que estropeaba su belleza, recordándole que el Gabriel que había conocido y querido se había ido para siempre.

Samantha sabía que no podría esquivar a Gabriel eternamente. Pero podía obligarle a perseguirla un rato, y eso es lo que hizo, corriendo por detrás de los otros sirvientes mientras continuaban jugando. Puede que estuviese ciego, pero sus pasos eran tan seguros como los de un puma, y por eso le sorprendió que se tropezara con una mata de hierba y se cayera al suelo.

—*¡Gabriel!* —gritó utilizando su nombre de pila sin darse cuenta.

Levantándose la falda, fue corriendo a su lado y se arrodilló en la hierba junto a él, imaginándose ya lo peor. ¿Y si se había roto un tobillo o se había golpeado la cabeza con una piedra?

Atormentada por el recuerdo de su cuerpo manchado de sangre tendido en el suelo de su habitación, apoyó su cabeza en su regazo y le apartó con ternura el pelo de la frente.

—¿Puedes oírme, Gabriel? ¿Estás bien?

—Ahora sí. —Antes de que Samantha pudiera reaccionar a ese ronco murmullo, le rodeó la cintura con los brazos y le hizo rodar sobre la hierba con las gafas torcidas.

No esperaba que fuese tan atrevido, que la tumbara en el suelo allí mismo delante de los sirvientes y de Dios, como si fuera un pastor y ella una pastorcilla dispuesta a todo. Pero lo hizo, enredándose las piernas con su falda mientras los dos se echaban a reír.

Lo siguiente que supo es que estaba tumbada boca arriba con el cálido cuerpo de Gabriel sobre el suyo. Cuando relajó la tensión sus risas se desvanecieron.

Samantha se dio cuenta demasiado tarde de que también los demás se habían quedado en silencio.

Miró por encima del hombro de Gabriel, parpadeando a través de sus gafas torcidas. Sobre ellos había un desconocido, un hombre robusto que llevaba unas medias de rayas verdes y doradas y unos anticuados pantalones hasta la rodilla. Tenía el pelo dorado ligeramente empolvado, lo cual hacía difícil determinar su edad. Unos puños de exquisitos encajes valencianos bordeaban sus gruesas muñecas. Mientras extendía una mano hacia ella, el rubí del enorme sello que llevaba en el dedo corazón brilló como una gota de sangre fresca con la luz del sol.

—Se-ñor —tartamudeó Beckwith. Con la venda torcida sobre un ojo, parecía un pirata rechoncho—. No hemos recibido ningún mensaje. No les esperábamos.

—Eso es evidente —respondió el hombre con un tono imperioso que Samantha reconoció inmediatamente.

Sólo entonces se dio cuenta de que estaba mirando el rostro severo de Theodore Fairchild, marqués de Thornwood, el padre de Gabriel... y su patrón.

Capítulo 15

Querida Cecily,

Puedo asegurarle que mi familia la adorará tanto como yo...

Ignorando la mano extendida del marqués, Samantha se libró de Gabriel y se puso de pie. Gabriel también se levantó rápidamente, adoptando una postura rígida y una expresión de cautela. Los demás sirvientes estaban en pequeños grupos mirando hacia otro lado, como si hubieran preferido estar vaciando orinales o limpiando los establos.

Enderezando sus gafas, Samantha hizo una pequeña reverencia.

—Encantada de conocerle, señor. Soy Samantha Wickersham, la enfermera de su hijo.

—Ya veo que ha mejorado mucho desde nuestra última visita. —Aunque su voz era áspera, habría jurado que vio un destello de humor en los ojos del marqués.

No se atrevía a imaginar el aspecto que debía tener. Con la falda arrugada y manchada de hierba, las mejillas coloradas y el pelo que le caía del moño hasta la mitad de la espalda, probablemente parecía una fulana más que una mujer respetable que alguien contrataría para cuidar a su hijo.

Acurrucadas en la ladera detrás del marqués había cuatro mujeres exquisitamente vestidas, con todos los rizos en su sitio debajo de sus primorosos sombreros y todos los lazos, los volantes y los encajes perfectamente almidonados. Samantha sintió que se le tensaba la boca. Conocía a las de su clase muy bien.

Aunque hicieron que se sintiera peor aún, levantó la barbilla negándose a humillarse ante ellas. Si la familia de Gabriel no hubiera renunciado a su responsabilidad respecto a él no habría sido necesario contratarla. Y si su padre la despedía ahora no habría nadie para cuidarle.

—Puede que encuentre mis métodos poco convencionales, lord Thornwood —dijo—. Pero creo que el sol y el aire fresco pueden mejorar tanto el cuerpo como la disposición.

—Dios sabe que tengo un amplio margen para mejorar ambas cosas —murmuró Gabriel.

Mientras el marqués se volvía hacia su hijo su arrogancia desapareció. No podía mirarle directamente a la cara.

—Hola, hijo. Me alegro de verte con tan buen aspecto.

—Padre —dijo Gabriel con rigidez—. Me gustaría poder decir lo mismo.

Una de las mujeres fue por la hierba hacia ellos haciendo crujir sus enaguas de raso. Aunque su piel era pálida y suave como los encajes antiguos, la edad le había robado parte de su robusta belleza.

Gabriel se quedó tieso, con una expresión de cautela en su cara, mientras ella se ponía de puntillas y le daba un beso en la mejilla intacta.

—Espero que nos perdones por presentarnos así. Pero hacía un día espectacular, perfecto para dar un paseo por el campo.

—No seas ridícula, madre. ¿Cómo iba a esperar que no cumplieras con tu deber cristiano? De vuelta a casa podrías parar en el orfanato o en el asilo para repartir un poco más de consuelo entre los desafortunados.

Aunque Samantha hizo una mueca la madre de Gabriel sólo suspiró, como si ese recibimiento no fuese más de lo que esperaba.

—Vamos, niñas —dijo haciendo un gesto a sus hijas—. Venid a saludar a vuestro hermano.

Las dos rubias esbeltas se quedaron atrás como si temieran que

Gabriel pudiera morder, pero la pequeña de pelo castaño se acercó corriendo y le echó los brazos al cuello, haciendo casi que perdiera el equilibrio.

—¡Oh, Gabe, no podía pasar más tiempo lejos de ti! ¡Te he echado tanto de menos!

Mostrando el primer signo de acercamiento, él le dio una torpe palmadita en el hombro.

—Hola, pequeña. ¿O debería llamarte lady Honoria? A no ser que lleves los tacones de Valerie, has crecido por lo menos cinco centímetros desde la última vez.

—¿Puedes creer que dentro de quince días van a presentarme en la corte? Y no he olvidado tu promesa. —Agarrando del brazo a Gabriel como si temiese que se marchara, se volvió hacia Samantha sonriendo. Tenía uno de los dientes frontales un poco torcido, lo cual le daba aún más encanto—. Desde que era una niña, mi hermano me prometió que bailaría conmigo el primer baile en mi presentación en sociedad.

—Qué galante —dijo Samantha en voz baja captando el breve espasmo de dolor que cruzó la cara de Gabriel.

El marqués se aclaró la garganta.

—No acapares toda la atención de tu hermano, Honoria. ¿Has olvidado que tenemos una sorpresa para él?

Mientras Honoria soltaba a Gabriel de mala gana y volvía con sus hermanas, su padre se dio la vuelta e hizo una seña a los criados de librea que estaban en el pescante del impresionante carruaje aparcado en el camino. Tras bajar de un salto, empezaron a desatar las cuerdas de algo muy grande que estaba envuelto con una lona en el portaequipajes del coche.

Mientras llevaban el pesado bulto a lo alto de la colina, tambaleándose bajo su peso, el padre de Gabriel se frotó las manos con anticipación. Para cuando los criados lo depositaron en la hierba delante de Gabriel, Samantha tenía tanta curiosidad como el resto de los sirvientes.

—En cuanto tu madre y yo lo vimos supimos que era justo lo que necesitabas. —Sonriendo a su mujer, el marqués dio un paso hacia delante y quitó la lona con una floritura majestuosa.

Samantha estrechó los ojos, haciendo un esfuerzo para enfocar el extraño objeto. Cuando por fin lo consiguió casi deseó no haberlo hecho.

—¿Qué es? —le susurró Elsie a Phillip—. ¿Una especie de aparato de tortura?

La señora Philpot miró al horizonte mientras Beckwith se acercaba más a ella, mostrando un repentino interés por las puntas de sus zapatos.

Prevenido por el embarazoso silencio de los criados, Gabriel preguntó bruscamente:

—Bueno, ¿qué diablos es?

Como nadie respondía, puso una rodilla en el suelo y empezó a pasar las manos por el objeto. Mientras sus dedos trazaban el contorno de una rueda de hierro, se le cambió la cara al darse cuenta de lo que era.

Luego se enderezó con un movimiento rígido.

—Una silla de inválido. Me habéis traído una silla de inválido. —Su voz era tan baja y peligrosa que a Samantha se le erizó el vello de la nuca.

Su padre estaba aún sonriendo.

—Una gran idea, ¿verdad? Así no tendrás que preocuparte por tropezarte con nada. Te sientas en ella, te pones una manta sobre el regazo y alguien te lleva empujando donde quieras ir. Alguien como Beckwith o la señorita Wickersham.

Samantha se puso tensa, esperando la inevitable explosión. Pero cuando Gabriel habló por fin su voz cuidadosamente modulada resultó más amenazadora que si hubiese lanzado un grito.

—Puede que no te hayas fijado, padre, pero aún tengo dos piernas perfectamente capaces. Ahora, si me disculpas, creo que voy a utilizarlas.

Haciendo una reverencia, giró sobre sus talones y se fue majestuosamente en dirección contraria a la casa. Aunque no tenía su bastón para orientarse, Samantha no quería humillarle más yendo tras él u ordenando a uno de los criados que le siguiese. Ni siquiera Sam se atrevió a perseguirle. El pequeño collie se tumbó junto a Samantha, siguiendo con su taciturna mirada a Gabriel mientras desaparecía en el bosque.

Como le había advertido Beckwith, había algunos caminos que un hombre debía recorrer solo.

Samantha estaba en la sala donde Beckwith la había entrevistado el primer día escuchando el reloj dorado de la chimenea, que marcaba los minutos de su vida. La desaparición de Gabriel la había obligado a actuar como anfitriona improvisada de su familia. Se había excusado el tiempo suficiente para arreglarse el pelo y ponerse un vestido limpio, un sombrío modelo de bombasí marrón oscuro sin un volante que suavizase sus severas líneas.

La marquesa estaba sentada en el borde de su butaca con los labios fruncidos en un gesto de desaprobación y las manos cruzadas sobre su regazo, mientras el marqués se había desplomado en la suya con su enorme barriga tensando los botones de su chaleco de cachemir. Valerie y Eugenia estaban acurrucadas en un sofá con un aspecto tan miserable que Samantha casi sentía lástima por ellas. Honoria se había encaramado en un banco a sus pies con las rodillas abrazadas al pecho como una niña. La voluminosa silla de ruedas estaba en una esquina, reprochándoles a todos ellos con su sombra siniestra.

Mientras la luz dorada iba remitiendo, sólo un suspiro ocasional y el tintineo amortiguado de una taza de té rompían el angustioso silencio.

Samantha acercó su taza a los labios, haciendo una mueca al darse cuenta de que se había enfriado el té.

Al bajar la taza se encontró a la madre de Gabriel mirándola abiertamente.

—¿Qué tipo de enfermera es usted, señorita Wickersham? No puedo creer que le haya dejado irse de esa manera sin enviar a un criado para que le atienda. ¿Y si se ha caído por un barranco y se ha roto el cuello?

Samantha dejó la taza en el plato intentando negar que estuviera expresando sus propios temores.

—Puedo asegurarle que no es necesario preocuparse, señora. Su hijo es mucho más autosuficiente de lo que puede imaginar.

—Pero han pasado casi tres horas. ¿Por qué no ha vuelto?

—Porque nosotros estamos aún aquí. —Al oír la contundente declaración de su marido, la marquesa se volvió para mirarle. Él se hundió en su butaca aún más.

—Entonces, ¿por qué no volvemos a casa? —dijeron Valerie y Eugenia casi al unísono.

—Por favor, papá —suplicó Valerie—. ¡Nos estamos aburriendo!

Eugenia hizo una bola con su pañuelo de encaje con una expresión optimista.

—Val tiene razón, mamá. Si Gabriel no nos quiere aquí, ¿por qué no respetamos sus deseos y nos vamos? La señorita Wickersham seguirá estando aquí para cuidarle.

—No sé para qué necesita una enfermera —dijo Honoria lanzando a Samantha una mirada apologética—. Si me dejáseis quedarme yo podría cuidar de él.

—¿Y tu presentación en la corte? —le recordó su padre con suavidad—. ¿Y tu primer baile?

Honoria agachó la cabeza, dejando que sus suaves rizos castaños cayeran sobre su perfil pensativo. Aunque fuera más solidaria que sus hermanas, sólo tenía diecisiete años.

—Gabriel me necesita más de lo que yo necesito un ridículo baile.

—No tengo ninguna duda de que cuidarías muy bien a tu hermano —dijo Samantha eligiendo con cuidado sus palabras—, pero estoy segura de que se quedaría más tranquilo sabiendo que has hecho tu debut y has tenido la oportunidad de encontrar un marido que te adorará tanto como él.

Mientras Honoria la miraba con agradecimiento, la madre de Gabriel se levantó y se acercó a una ventana que habían dejado un poco abierta para que entrara la brisa en el congestionado salón.

Se quedó un rato allí mirando la oscuridad cada vez más profunda con sus ojos atormentados por las sombras.

—No sé cómo puede seguir viviendo así. A veces pienso que habría sido mejor que...

—¡Clarissa! —vociferó el marqués incorporándose y dando un golpe con su bastón en el suelo.

Lady Thornwood se dio la vuelta con una nota histérica en su voz.

—¿Por qué no lo reconoces, Theodore? Todos lo pensamos cada vez que le vemos, ¿verdad que sí?

Samantha se puso de pie.

—¿Qué piensan?

La madre de Gabriel se volvió hacia ella con una expresión furiosa.

—Que habría sido mejor que mi hijo hubiese muerto en la cubierta de ese barco. Que su vida hubiese terminado rápidamente. De ese modo no habría tenido que seguir sufriendo. No habría tenido que seguir viviendo esta vida miserable.

—¡Qué oportuno habría sido eso para usted! —Samantha esbozó una amarga sonrisa—. Después de todo, su hijo habría muerto como un héroe. En vez de tener que enfrentarse a un desconocido malhumorado una bonita tarde de primavera, podría haber venido aquí a poner flores en su tumba. Todos podrían haber llorado su trágica pérdida, pero habrían acabado a tiempo para el primer baile de la temporada. Dígame, lady Thornwood, ¿desea terminar con el sufrimiento de Gabriel, o con el suyo?

La marquesa se puso pálida como si Samantha le hubiera dado una bofetada.

—¿Cómo se atreve a hablarme así, criatura presuntuosa?

Samantha se negó a acobardarse.

—No soporta mirarle a la cara, ¿verdad? Porque ya no es el joven apuesto que adoraba. No puede representar el papel de hijo perfecto con su madre. Así que está dispuesta a bajar el telón sobre su cabeza. ¿Por qué cree que no está aquí ahora? —Recorrió la sala con su mirada acusatoria antes de volver a centrarse en la madre de Gabriel—. Porque sabe exactamente qué están pensando cada vez que le miran. Puede que su hijo esté ciego, señora, pero no es tonto.

Mientras Samantha estaba allí apretando sus manos temblorosas, se dio cuenta de que Valerie y Eugenia estaban mirándola horrorizadas. Y a Honoria le temblaba el labio inferior como si estuviera a punto de echarse a llorar.

Samantha se sintió avergonzada. Sin embargo no se arrepentía de sus palabras, sólo del precio que le habían costado.

Se volvió hacia el marqués levantando la barbilla para mirarle a la cara.

—Perdóneme por mi impertinencia, señor. Para mañana tendré el equipaje preparado para marcharme.

Mientras iba hacia la puerta, el marqués se levantó para bloquearle el paso con sus espesas cejas arqueadas en un gesto severo.

—Espere un momento. No la he despedido aún.

Samantha inclinó la cabeza, esperando que le echara la reprimenda que se merecía por hablar con tan poco respeto a su mujer.

—Ni lo haré —dijo—. A juzgar por el impresionante despliegue de temperamento que he presenciado, es posible que sea exactamente lo que ese hijo mío necesita. —Cogiendo su bastón, pasó por delante de Samantha y se dirigió hacia la puerta, dejándola allí sorprendida—. Clarissa, niñas, nos vamos a casa.

Lady Thornwood se quedó boquiabierta.

—No esperarás que me vaya y deje a Gabriel aquí solo. —Lanzó a Samantha una mirada malévola—. Con *ella*.

—Las niñas tienen razón. No volverá mientras nosotros estemos aquí. —Los labios del marqués se curvaron en una sonrisa irónica, que a Samantha le recordó tanto a Gabriel que se quedó un momento sin respiración—. La verdad es que no puedo culparle. ¿Quién quiere tener una bandada de buitres rondando a su alrededor cuando está luchando por su vida? Vamos, chicas. Si nos damos prisa podemos meternos en la cama antes de medianoche.

Valerie y Eugenia se apresuraron a obedecer a su padre, cogiendo bolsos, abanicos, chales y sombreros a su paso. Lanzando a Samantha una última mirada para advertirle que no olvidaría —ni perdonaría— su insolencia, la marquesa pasó a su lado con su enorme pecho sobresaliendo como la proa de un barco de guerra. Honoria se quedó rezagada en la puerta el tiempo suficiente para despedirse de Samantha con tristeza.

Mientras las ruedas de su carruaje iban traqueteando por el camino, Samantha se quedó sola con la odiosa silla como única compañía. La miró deseando arrancar el relleno de sus cojines de crin con sus manos desnudas.

Pero en vez de eso encendió una lámpara y la dejó en la mesa junto a la ventana. Cuando llevaba allí varios minutos, escrutando las sombras con su mirada, se dio cuenta de lo que había hecho. No podía depender de la luz de una lámpara para que Gabriel volviera a casa.

Puede que su madre tuviera razón. Quizá debería enviar a alguien a buscarle. Pero no le parecía justo mandar fuera a los criados para que le trajeran a casa como si fuese un niño obstinado que había huido por una afrenta sin importancia.

¿Y si no quería que le encontraran? ¿Y si estaba cansado de que todo el mundo intentara imponerle sus expectativas? Su familia había dejado claro que sólo quería recuperar a *su* Gabriel, el hombre que iba por la vida con una confianza absoluta, desplegando sus encantos a cada paso.

A pesar de su denuncia apasionada, ¿era realmente mejor que ellos? Había llegado allí pensando que sólo quería ayudarle. Pero estaba empezando a cuestionar sus propios motivos, a preguntarse si su devoción desinteresada podía ocultar un corazón muy egoísta.

Samantha miró la llama de la lámpara. Su luz parpadeante no podría ayudar a Gabriel a volver a casa.

Pero ella sí.

Cogiendo la lámpara, salió por el ventanal a la noche.

Samantha se dirigió al bosque, porque allí era donde Gabriel había desaparecido. La lámpara, que en la casa parecía tan brillante, daba una pálida luz a su alrededor, con el resplandor suficiente para mantener alejadas las sombras. Su llama estaba empequeñecida por la negrura aterciopelada de la noche sin luna y la maraña de ramas que había sobre su cabeza mientras se adentraba en el bosque. No podía imaginar cómo debía ser vivir en esa oscuridad día y noche.

Mientras las ramas se espesaban, cubriendo el cielo por completo, aminoró el paso. La caída de la noche había transformado Fairchild Park en un lugar salvaje lleno de peligros y terrores. Pasó por encima de un árbol caído, asustada por un misterioso crujido y los gritos de las criaturas invisibles de la noche. Estaba empezando a anhelar el fuerte cuerpo de Gabriel en más de un sentido.

—¿Gabriel? —dijo en voz baja para no arriesgarse a que la oyeran los sirvientes desde la casa.

La única respuesta fue otro crujido en la maleza a su espalda. Samantha se paró, y el crujido también. Luego dio un par de pasos tentativos, y el crujido prosiguió. Esperando que sólo fueran sus enaguas almidonadas, las levantó del suelo y dio otro paso. El crujido sonó más fuerte aún. Volvió a detenerse con los dedos paralizados alrededor del asa de la lámpara. El crujido cesó, para ser sustituido por un jadeo feroz tan cercano que Samantha habría jurado que sintió en su nuca el cálido aliento de un depredador invisible.

No había ninguna duda.

Alguien... o algo... estaba siguiéndola.

Reuniendo todo su valor, se dio la vuelta moviendo la lámpara delante de ella.

—¡Muéstrate!

Un par de húmedos ojos marrones salieron de las sombras, seguidos por un cuerpo peludo y una cola que no paraba de moverse.

—¡Sam! —susurró Samantha arrodillándose—. ¡Eres un perro muy malo! —A pesar de la reprimenda, cogió al perro en brazos y le meció contra su corazón palpitante—. No debería regañarte, ¿verdad? —Se puso derecha mientras le acariciaba las suaves orejas—. Supongo que tú también quieres encontrarle.

Mientras se aventuraba aún más en el bosque, llamando a Gabriel a intervalos cada vez más frecuentes, se aferró al pequeño collie negándose a renunciar a su calor reconfortante. Después de andar un largo rato se dio cuenta de que no había manera de volver sobre sus pasos. Cuando estaba empezando a pensar que Gabriel iba a tener que enviar a los criados para que fueran a buscarla, apareció una construcción de piedra y madera en medio de la oscuridad. Parecía una especie de granero o establo abandonado y olvidado hace mucho tiempo.

Puede que Gabriel hubiese conocido ese lugar cuando paseaba por el bosque de niño. Era un sitio en el que podría haber buscado refugio si se hubiera tropezado con él.

Agarrando aún la lámpara y el perro, Samantha abrió la puerta de un codazo dejando la mitad de las bisagras colgando y haciendo una mueca ante su penetrante chirrido.

Al levantar la lámpara extendió un pálido círculo de luz por las viejas vigas de roble, los montones de paja, las bridas podridas y los ganchos oxidados que colgaban de los percheros de madera astillada.

Incapaz de ignorar más tiempo su meneo, Samantha dejó a Sam en el suelo para que pudiera correr y olfatear todo lo que había a su alrededor. Excepto los ratones que hacían crujir la paja, no parecía que hubiera otro ser vivo allí.

—¿Gabriel? —gritó sin querer alterar el extraño silencio—. ¿Estás aquí?

Avanzó un poco más en la penumbra. Casi en el centro del establo, una desvencijada escalera de madera desaparecía hacia arriba en la oscuridad.

Samantha suspiró. No quería jugarse la vida explorando un pajar decrépito, pero no tenía sentido llegar tan lejos para no investigar todas las posibilidades. Aunque Gabriel no estuviese ahora allí, podía descubrir alguna señal de que había estado en algún momento.

Enrollándose la falda sobre el brazo y sujetando la lámpara con cuidado, inició el largo y difícil ascenso por la escalera. Las sombras amenazadoras bailaban delante de ella, haciendo oscilar la luz parpadeante de la lámpara. Cuando por fin llegó arriba y pisó las tablas polvorientas lanzó un suspiro de alivio.

El pajar parecía estar tan desierto como el resto del establo. No había señales de que nadie se hubiera refugiado allí en los últimos veinte años. El cielo nocturno se veía a través de la puerta abierta, sin luna, pero no desprovisto de luz. Un suave manto de estrellas iluminaba su profunda oscuridad.

Samantha se dio la vuelta, estrechando los ojos para escrutar las sombras debajo de las vigas. ¿Era su imaginación o había visto moverse algo? ¿Y si Gabriel se había refugiado allí después de todo? ¿Y si estaba herido y era incapaz de responder a su llamada? Se adentró un poco más en el pajar, estremeciéndose cuando un espeso velo de telarañas le rozó la cabeza.

—¿Hay alguien ahí? —susurró balanceando la lámpara delante de ella.

Las sombras estallaron en movimiento, y Samantha se tambaleó hacia atrás, rodeada por el aleteo frenético de alas correosas y agudos chillidos. Mientras los asustados murciélagos abandonaban su refugio y salían disparados por la puerta abierta del pajar, levantó los brazos instintivamente para protegerse el pelo y los ojos de sus alas.

Entonces se le cayó la lámpara, que tras rodar hasta el borde del pajar aterrizó en el sucio suelo de abajo en una explosión de cristales. El último murciélago desapareció en la noche. Espoleada por el gañido sobresaltado de Sam y el olor acre del aceite de la lámpara que comenzaba a arder, Samantha corrió hacia la escalera pensando sólo en extinguir el fuego antes de que pudiera incendiar la paja y quemar todo el establo.

Cuando había descendido una tercera parte de la escalera pisó un peldaño podrido que al romperse le hizo perder el equilibrio. Se balanceó precariamente, debatiéndose entre la desesperación y la esperanza durante un rato que se le hizo eterno, y luego cayó hacia atrás al vacío.

Oyó el golpe de su cabeza en el suelo, oyó gimotear a Sam mientras le lamía la mejilla y le acariciaba la oreja con su frío y húmedo hocico, oyó el crepitar de las llamas que comenzaban a extenderse por la paja.

—¿Gabriel? —susurró viéndole sonreír bajo la luz del sol justo antes de que su mundo se sumiera en la oscuridad.

Capítulo 16

Querida Cecily,

Aunque diga que soy persistente y persuasivo sigue resistiéndose a mis encantos...

Gabriel estaba sentado junto a la puerta de la torre escuchando el murmullo del arroyo sobre las rocas. El edificio sin techo había sido construido a semejanza del torreón en ruinas de un castillo antiguo. De niño había pasado muchas horas blandiendo una espada de madera para salvarlo de las hordas bárbaras que tenían un gran parecido con sus hermanas pequeñas.

Estaba sentado en un banco de piedra con la espalda apoyada en la pared y sus largas piernas extendidas delante de él. La brisa nocturna le agitaba el pelo, que se le había salido de la coleta y le cubría en parte la cicatriz. Además tenía las botas destrozadas y la manga de su camisa hecha jirones. También tenía un arañazo en el dorso de la mano y un doloroso nudo en la rodilla.

Pero la herida más profunda era la que había sufrido su corazón al oír la conversación entre su madre y Samantha.

Después de vagar por el bosque durante horas utilizando una rama como bastón improvisado, decidió volver a casa. Pensando en entrar sin que le vieran, tanteó su camino alrededor de las paredes hasta que encontró una ventana abierta. Pero sus planes se frustraron cuando la voz de su madre salió por esa ventana.

... habría sido mejor que mi hijo hubiese muerto en la cubierta de ese barco. Que su vida hubiese terminado rápidamente. De ese modo no habría tenido que seguir sufriendo. No habría tenido que seguir viviendo esta vida miserable.

Gabriel se desplomó contra la pared moviendo la cabeza de un lado a otro. Las palabras de su madre no podían hacerle daño. Sólo confirmaban lo que sospechaba desde hacía tiempo.

¡Qué oportuno habría sido eso para usted!

Cuando se estaba apartando de la ventana la voz de Samantha le dejó paralizado. Levantó la cabeza hacia un lado, seducido por la furia y la pasión de sus palabras. Habría dado cualquier cosa por ver la cara de su madre en ese momento. Dudaba que nadie se hubiera atrevido nunca a hablar a Clarissa Fairchild, marquesa de Thornwood, con tanta insolencia.

Porque sabe exactamente qué están pensando cada vez que le miran. Puede que su hijo esté ciego, señora, pero no es tonto.

Cuando Samantha terminó tuvo que hacer un esfuerzo para no entrar en el salón y gritar *¡Bravo!* con una sincera ronda de aplausos.

—Ésa es mi chica —susurró dándose cuenta de repente de que era cierto.

Ése fue el golpe que le dejó tambaleándose. El golpe que le hizo alejarse de la casa para buscar refugio en la fría torre.

Gabriel giró la cara hacia un cielo que no podía ver, con el alegre murmullo del arroyo burlándose de él. Parecía que había malgastado la mayor parte de su juventud adorando el altar de la belleza para acabar enamorándose de una mujer que no había visto nunca.

Entonces se dio cuenta de que ni siquiera le importaba el aspecto de Samantha. Su belleza no tenía nada que ver con una piel cremosa, un hoyuelo en la mejilla o un pelo exuberante de color miel. Aunque no fuese guapa sería irresistible para él. Su belleza irradiaba de su interior: de su inteligencia, de su pasión, de su insistencia para hacer que fuese un hombre mejor de lo que había pensado ser.

Ya no estaba dispuesto a conformarse con menos. Incluso su

querida Cecily había resultado ser sólo un bello sueño que se había desvanecido con la intensa luz del amanecer. Aunque no pudiese ver, en el fondo de su corazón sabía que Samantha estaría allí siempre que la necesitara.

Gabriel buscó a tientas su improvisado bastón. Ya podía volver a casa para aceptar su reprimenda. Sin duda alguna Samantha se enfadaría cuando se enterara de que había escuchado su conversación. Pero puede que su humor se suavizara cuando le confesara que la quería más que a su vida. Mientras se levantaba esbozó una sonrisa. Cuánto le gustaría ver la cara de su madre cuando le informara que tenía intención de casarse con su enfermera.

Cuando estaba a mitad de camino oyó un ladrido familiar que venía del bosque.

—¿Qué diablos...? —consiguió decir antes de que algo pequeño y robusto chocara contra sus piernas y estuviera a punto de tirarle.

Ni siquiera la torpe exuberancia de Sam podía estropear el buen humor de Gabriel.

—Un día de estos me matarás —dijo utilizando la rama para recuperar el equilibrio.

Mientras seguía andando hacia la casa podía oír al perro bailando a su alrededor, ladrando frenéticamente y haciendo que cada paso fuera un riesgo potencial.

—¿Qué intentas hacer, Sam? ¿Despertar a los muertos?

En respuesta, el perro cogió el extremo de la rama y estuvo a punto de arrancársela. Aunque Gabriel tiró hacia atrás el perro no se dio por vencido, y clavó aún más los dientes en la madera con un profundo gruñido.

Con un juramento exasperado, Gabriel se arrodilló en la hierba húmeda. En vez de saltar a sus brazos como esperaba, el collie agarró su manga ya rota con los dientes y empezó a tirar de ella gruñendo y gimoteando.

—Por el amor de Dios, ¿qué ocurre? —Gabriel intentó coger al perro, pero Sam luchaba para escaparse de él temblando y retorciéndose como un loco.

Gabriel frunció el ceño. El pequeño collie odiaba estar fuera cuando anochecía. A esas horas normalmente estaba ya acurrucado en su almohada, roncando felizmente. ¿Por qué decidiría de repente ir solo al bosque después de anochecer?

No lo haría.

Esa pequeña voz en su cabeza sonaba como una verdad absoluta. Sam sólo se atrevería a adentrarse en el bosque por la noche si estuviese acompañando a alguien. Alguien que podría estar buscándole a él. Alguien como Samantha.

Ignorando sus frenéticos movimientos, Gabriel olió la piel del perro. Sin duda alguna tenía el inconfundible olor a limón pegado a su suave pelo. Pero su fresca dulzura estaba casi eclipsada por otro olor más intenso y amargo.

El del humo.

Gabriel se levantó bruscamente olfateando el aire. Cualquier otra persona podría haber atribuido el leve olor a ceniza al humo de una chimenea. Pero había invadido sus pulmones como una oscura niebla.

El perro saltó de sus brazos. Ladrando aún frenéticamente, Sam dio unos pasos hacia el bosque y luego volvió corriendo a los pies de Gabriel, como si le estuviera instando a seguirle.

Gabriel estaba allí parado, entre la casa y el bosque. Necesitaba ayuda, pero Samantha le necesitaba a él, y no había forma de saber cuánto tiempo había perdido intentando interpretar las señales del perro.

Por fin se volvió hacia lo que esperaba que fuese la casa y gritó «*¡Fuego! ¡Fuego!*» con todas sus fuerzas. Casi habría jurado que oyó una puerta abriéndose y una voz femenina asustada, pero no tenía tiempo de quedarse a comprobarlo.

—¡Llévame con ella, Sam! ¡Vamos! —ordenó siguiendo los frenéticos ladridos del perro.

Sin necesidad de que le dijera nada más, Sam se adentró en el bosque. Gabriel fue corriendo detrás de él moviendo su rama como una espada.

Ignorando el roce de las zarzas y los latigazos de las ramas que le golpeaban la cara, Gabriel avanzó por el bosque como una especie de bestia salvaje. Se cayó más de una vez al tropezarse con troncos podridos de árboles y raíces expuestas. Pero se ponía de pie y continuaba andando, deteniéndose cada pocos pasos para escuchar el sonoro ladrido de Sam.

Si se retrasaba mucho el perro volvía saltando a su lado como si quisiera asegurarse de que estaba siguiéndole. Con cada paso que daba aumentaba el olor a humo.

Tras una penosa travesía a través de la maleza se detuvo en una especie de claro. Levantó la cabeza para escuchar, pero sólo oyó los pacíficos sonidos nocturnos del bosque. Venciendo el pánico, se concentró con más fuerza y por fin captó el ladrido del Sam: lejano, pero audible aún. Gabriel fue en esa dirección, decidido a encontrar a Samantha antes de que el perro tuviera que volver sobre sus pasos.

El humo ya no era un olor, sino una presencia palpable, densa y sofocante. Mientras Gabriel lo atravesaba a ciegas su rama chocó contra algo inmóvil y se partió en dos. Después de tirarla, apartó una cortina de hiedra y puso una mano en la rugosa superficie. El muro de piedra estaba tan caliente que la retiró inmediatamente.

Debía haber llegado al viejo establo que estaba en el límite de la finca de los Fairchild. El edificio había sido abandonado mucho antes de que él naciera.

—¡Samantha! —gritó buscando desesperadamente alguna abertura.

Sam estaba ladrando ahora frenéticamente, casi al borde de la histeria. Gabriel siguió el sonido hasta una puerta abierta. El perro entró corriendo en el establo, y Gabriel sabía que no le quedaba más remedio que seguirle. No podía esperar a que alguien de la casa les encontrase. Era la única esperanza de Samantha.

Respirando profundamente, fue a toda prisa detrás del perro. Podía oír el crepitar de las llamas que acariciaban las viejas vigas de madera encima de él. El turbio humo se metía en sus pulmones intentando absorber todo el aire.

—¡Samantha! —gritó esperando que pudiera oírle aún.

Cuando sólo había dado unos pasos oyó un fuerte crujido. Antes de que pudiera levantar una mano, algo pesado le dio un golpe en la sien.

Gabriel empezó a caer en el establo, pero cuando aterrizó estaba de nuevo en la cubierta del *Victory* con la metralla silbando sobre su cabeza y el intenso olor de los cañonazos penetrando en su nariz. La sangre le caía por la cara en los ojos y la boca, y al levantar la cabeza vio a Nelson desplomándose sobre la cubierta con una expresión de desconcierto en su cara.

Gabriel apretó los puños. Había visto morir a Nelson, pero no vería a Samantha.

Reuniendo todo su valor, se puso de pie tambaleándose y levantó una mano para protegerse la cara de las ascuas que caían del pajar. El ladrido de Sam se había convertido en un agudo gemido que parecía casi humano.

Inclinándose o andando a gatas, Gabriel avanzó por el suelo siguiendo el sonido hasta que algo crujió debajo de su bota. Al agacharse y palpar la montura retorcida de las gafas de Samantha su corazón estuvo a punto de detenerse.

Pero entonces sus manos tocaron algo cálido y suave. Cogió el flácido cuerpo de Samantha en sus brazos y se estremeció de alivio al sentir el murmullo de su aliento contra su cara.

—Aguanta un poco, cielo —susurró dándole un ardiente beso en la frente—. Agárrate a mí y todo irá bien.

Llevándola como una niña, volvió corriendo por donde había venido, esperando que Sam le siguiera. Mientras salía por la puerta el establo se derrumbó detrás de ellos, y la ráfaga de calor estuvo a punto de tirarle.

No aminoró el paso hasta que estuvieron lejos de la sofocante nube de humo y cenizas. Cuando Samantha aspiró la primera bocanada de aire fresco empezó a toser con un sonido ronco y agonizante que salía de lo más profundo de su pecho. Arrodillándose en un lecho de hojas húmedas, Gabriel la recostó sobre su regazo. Tenía la mejilla caliente, pero no podía determinar su color. Muriéndose un poco con cada una de sus respiraciones tortuosas, esperó a que se le pasaran los espasmos.

De repente algo frío y húmedo le rozó el brazo. Gabriel tocó el pelo de Sam, y le dio un suave masaje en el cuerpo para intentar calmar su violento temblor.

—Eres el mejor perro del mundo, Sam —dijo rechinando los dientes por la reacción—. En cuanto volvamos a casa te daré todas mis botas. Qué diablos, te compraré unas si quieres.

Cuando Samantha abrió los ojos vio a Gabriel sobre ella con la cara tensa de preocupación. Incluso con la cicatriz y manchado de hollín, era lo más bonito que había visto nunca.

—Te vi —dijo levantando la mano para quitarle una mota de hollín de la mejilla—. Sonriéndome bajo la luz del sol justo antes de que todo se volviera oscuro.

Gabriel intentó sonreír, pero en su boca se reflejó otra emoción. Escondió la cara en su pelo, agarrándola como si no fuera a soltarla nunca. Samantha gimió suavemente por lo bien que se sentía de nuevo en sus brazos.

—¿Estás herida? —Bajando su espalda a su regazo, pasó frenéticamente las manos por sus brazos y sus piernas—. ¿Te has roto algo? ¿Tienes alguna quemadura?

—Creo que no. —Movió la cabeza de un lado a otro y luego hizo una mueca al sentir un dolor punzante en el cuello—. Pero me duele la cabeza.

—A mí también —reconoció él con tono arrepentido.

Por primera vez Samantha vio el corte sangriento que tenía en la sien izquierda.

—¡Oh! —exclamó mientras se le llenaban los ojos de lágrimas al darse cuenta de lo cerca que había estado de perderle—. Estaba buscándote. Los murciélagos me asustaron y se me cayó la lámpara. Ha sido culpa mía.

Los ojos de Gabriel resplandecieron desde las sombras.

—Supongo que tendremos que descontar el coste del establo de tu sueldo. Probablemente tardarás varios años en pagar lo que me debes.

—¿Cómo me has encontrado? —preguntó ella comenzando a respirar con más facilidad.

—He tenido una pequeña ayuda.

Siguiendo su gesto, al levantar la cabeza Samantha vio a Sam acurrucado en un nido de hojas a unos metros de ellos, olfateando aún el aire nerviosamente. Tenía el pelo cubierto de hollín chamuscado en algunas zonas.

—Me dijiste que algún día podría ser mi salvación —dijo Gabriel—. Y tenías razón.

—Pero ¡podrías haberte matado! —Levantando un puño, Samantha le dio un golpecito en el hombro—. ¿No te ha dicho nunca nadie que los ciegos no deben entrar corriendo en edificios en llamas?

—Supongo que ahora vas a regañarme por ser un idiota.

Ella negó furiosamente con la cabeza, ignorando el dolor que sintió al hacerlo.

—Un idiota no. Un héroe. —Se le saltaron las lágrimas de los ojos mientras levantaba la mano para acariciarle la mejilla y la rugosa cicatriz—. Mi héroe.

Tragando saliva, cogió su mano y llevó las puntas de los dedos a sus labios.

—La heroína eres tú, querida mía. Con un capitán la mitad de fiero que tú bajo su mando, Nelson podría haber empujado a Napoleón hasta París.

—¿Por qué dices esa tontería? Me vencieron una escalera podrida y una bandada de murciélagos.

—Yo estaba hablando de un adversario más temible. Mi madre.

Samantha parpadeó al darse cuenta de lo que quería decir.

—¿Lo oíste?

—Todas y cada una de las palabras. Era lo único que podía hacer para no pedir una repetición.

Algo en la expresión de Gabriel estaba dejándola sin aliento de un modo diferente. Le había visto burlarse, irritarse y divertirse a su costa, pero nunca le había visto tan... resuelto.

—Ya sabes que escuchar escondido tras una ventana es de mala educación —señaló—. Aunque estés ciego.

Él movió la cabeza de un lado a otro.

—Sabía que no podría evitar ese reproche para siempre. ¿Te he dicho alguna vez cuánto te admiro?

A ella se le escapó una risa nerviosa.

—Creo que no. Pero tampoco es necesario. Estoy satisfecha con mi propia consideración. No necesito ni deseo que me admiren.

Gabriel le pasó una mano por el pelo.

—¿Y que te adoren? ¿Te gustaría que te adoraran?

El corazón le estaba empezando a retumbar en el pecho. Puede que se hubiese dado demasiada prisa en hablar. Puede que estuviese mortalmente herida después de todo.

—¡Por supuesto que no! Sólo las jóvenes estúpidas con la cabeza llena de ideas románticas anhelan ese tipo de atención.

—¿Y qué anhelas tú... Samantha? —Antes de que pudiera reprenderle por usar su nombre de pila, su cálida mano encontró la curva de su mejilla—. ¿No hay nada que quieras tanto que te duela? —Le rozó con el pulgar sus carnosos labios, que estaban deseando que la besara.

—A ti —susurró con impotencia rodeándole la nuca con la mano y atrayendo su boca hacia la de ella.

A pesar del sabor a lágrimas y hollín fue el beso más dulce que Samantha había disfrutado. Gabriel se entregó por completo. Mientras la abrazaba pasó su lengua por su boca, provocando un fuego más ardiente aún que del que acababan de escapar. Para probar sus llamas, Samantha estaba dispuesta a quemarse.

Luego la tendió sobre el lecho de hojas moviéndose sobre ella como la sombra de un sueño. Samantha cerró los ojos, ansiosa por unirse a él en la oscuridad.

Apartando su boca de la de ella, comenzó a besar la delicada columna de su cuello, inhalando profundamente como si oliera al perfume más exquisito en vez de a limón y humo.

—No puedo creer que haya estado a punto de perderte —dijo con voz ronca rozando con sus labios el pulso que latía a un lado de su garganta.

Ella se aferró a sus anchos hombros, dejándose llevar por un delicioso mar de sensaciones.

—Estoy segura de que Beckwith podría haber contratado a otra enfermera. Incluso podría haber convencido a la viuda Hawkins para que volviera a cuidarte.

Gabriel se estremeció contra su garganta, pero no sabía si era de risa o de espanto.

—Muérdete la lengua, mujer. —Levantó la cabeza con un brillo diabólico en sus ojos—. Mejor aún, déjame hacerlo a mí.

Mientras su boca se inclinaba sobre la suya, Samantha le dio todas las oportunidades. Gabriel extrajo un dulce beso detrás de otro de sus labios hasta que se quedó sin aliento y él acabó jadeando. Apenas se dio cuenta de que sus caderas habían empezado a moverse sobre las suyas en un baile más provocador aún que el que habían compartido en el salón de baile.

Pero no podía ignorar las oleadas de placer que comenzaban a subir desde la parte inferior de su cuerpo. Jadeó en su boca mientras él se restregaba contra el montículo de su entrepierna. Era increíble y emocionante sentir por fin esa parte de él que había visto perfilada con tanta claridad debajo de sus pantalones, saber qué quería hacer con ella.

Sus rodillas se separaron debajo de su falda. Él puso ahí la mano, intentando llegar a ella a través de las gruesas capas de hilo y lana.

Samantha gimió y se retorció bajo sus rudas caricias, sorprendida por su desvergüenza y el intenso deseo de que le tocara la piel desnuda. Cuando apartó la mano se quedó decepcionada. Pero luego sintió que la metía por debajo de su falda. Sus dedos se deslizaron por la lana de su media y su liga hasta la piel sedosa de su muslo con una urgencia que no podía resistir.

Cuando rozó con las puntas de sus dedos los rizos de su entrepierna Samantha hundió la cabeza contra su cuello, invadida por una repentina sensación de vergüenza insoportable.

Su tacto ya no era rudo, sino exquisitamente tierno. Sus dedos acariciaban su piel hinchada como si fueran llamas, disolviendo todos sus recelos en un arrebato de pasión.

Gabriel gruñó.

—Sabía que si lograba llegar debajo de esas faldas recatadas podría demostrar que no estabas hecha de hielo. Derrítete para mí, cielo —susurró pasando la lengua por su oreja mientras introducía su dedo más largo en esa dulce suavidad.

Ella gimió mientras su cuerpo se estremecía con los movimientos de su dedo sin poder controlarlo. Siempre había sabido que tenía la reputación de ser un buen amante, pero no se había dado cuenta de que conocía su cuerpo mejor que ella, que era capaz de centrarse únicamente en su placer excluyendo el suyo.

El coste de su represión fue traicionado por su respiración agitada y la rigidez que sentía contra su muslo.

Luego añadió otro dedo a su exploración, ensanchándola suavemente mientras acariciaba con el pulgar el punto crucial de sus rizos húmedos y la hacía palpitar deliciosamente.

Sus dedos siguieron complaciéndola hasta que acabó retorciéndose y gimiendo, con una necesidad que no sabía que poseía. Una ola de oscuro placer se levantó sobre su cabeza. Mientras rompía, derramando una intensa sensación de éxtasis por todo su cuerpo en una marea incesante, la besó con fuerza para capturar su grito quebrado en su boca.

Su beso se suavizó poco a poco, como si quisiera calmar los deliciosos espasmos que sacudían su cuerpo.

—¡Lo siento! —dijo ella cuando por fin pudo hablar.

Gabriel le apartó un mechón de pelo de la frente.

—¿Por qué?

—No quería ser tan egoísta.

Él se rió entre dientes.

—No seas ridícula. A mí me ha gustado casi tanto como a ti.

—¿De verdad?

Él asintió.

Animada por su confesión, Samantha deslizó una mano entre ellos y acarició la longitud de su constante deseo a través del fino ante de sus pantalones.

—Entonces probablemente te gustará esto aún más.

Gabriel se puso tenso.

—Seguro que sí —dijo entre dientes—, pero me temo que tendré que esperar hasta más tarde.

—¿Por qué?

Le dio un tierno beso en sus labios fruncidos.

—Porque estamos a punto de tener compañía inesperada.

Medio aturdida aún de placer, Samantha se incorporó en sus brazos y oyó algo grande y torpe que se movía por la maleza.

Gabriel consiguió bajarle la falda justo antes de que Beckwith saliera corriendo del bosque con Peter y Phillip detrás de él.

—¡Gracias a Dios que están bien, señor! —exclamó el mayordomo moviendo su lámpara sobre los dos—. Cuando vimos que el establo se había derrumbado nos temimos lo peor.

—¡Por todos los santos, Beckwith! —Gabriel levantó una mano para protegerse—. ¿Puedes apartar esa maldita luz de mis ojos? ¡Me estás cegando!

Un inquietante silencio cayó sobre el claro mientras todos ellos, incluido Gabriel, se daban cuenta de lo que acababa de decir.

Capítulo 17

Querida Cecily,

Si no me permite seducirla, entonces no me deja más remedio que...

—¿Tiene que estar ella aquí? —preguntó la marquesa de Thornwood lanzando a Samantha una mirada fulminante.

Nada le habría gustado más a Samantha que poder escapar del abarrotado estudio. Era una tortura estar allí sentada en el borde de una silla de respaldo recto guardando la compostura cuando tenía el corazón desgarrado, dividido entre la esperanza y la desesperación.

Antes de que pudiera levantarse y excusarse, Gabriel dijo con firmeza:

—Por supuesto que sí. Es mi enfermera, ya lo sabes. —Aunque no podía girar la cabeza hacia ella, el calor de su voz le aseguraba que era mucho más que eso para él.

Estaba sentado delante de una mesa de cartas con la cabeza sujeta a una especie de artefacto de hierro proporcionado por el doctor Richard Gilby, el único médico que se había atrevido a ofrecerle alguna esperanza de que podría recuperar la vista. El hombrecillo de ojos afables y patillas bien recortadas no expresó ninguna queja cuando le sacó de la cama en mitad de la noche el marqués de Thornwood, al que a su vez le había levantado de la cama un Beckwith muy alterado. El médico había cogido varios utensilios que parecían aparatos de tortura medievales más que instrumentos médicos y se había puesto en camino hacia Fairchild Park con el resto de la familia de Gabriel.

Aunque el sol había salido hacía unas horas, Eugenia y Valerie seguían durmiendo en los extremos opuestos de un sofá con brocados. Honoria estaba revoloteando detrás del médico, observando atentamente cada instrumento que sacaba de su maletín. El marqués se paseaba por delante del fuego con el bastón en la mano, mientras su mujer estaba sentada en uno de los orejeros que flanqueaban la chimenea como si fuese un trono, manoseando nerviosamente su pañuelo.

Samantha era incapaz de sostener su mirada de desaprobación. Aunque se había quitado el hollín del pelo y la piel y se había puesto un vestido limpio, no podía hacer nada para eliminar el recuerdo imborrable de las caricias de Gabriel y el inmenso placer que le habían proporcionado.

—¡Ajá! —gritó el médico haciendo saltar a todos.

Sus asentimientos y sus carraspeos estaban empezando a ponerles nerviosos. Aunque era el que más se jugaba, sólo Gabriel parecía dispuesto a esperar hasta que el hombre terminara su reconocimiento para empezar a hacer preguntas. Sam era el único que no parecía preocupado por los procedimientos inusuales. El collie estaba acurrucado en la alfombra de la chimenea royendo una brillante bota de montar.

El marqués dio un golpe con el bastón en el suelo con su cara colorada reluciente de sudor.

—¿Qué ocurre? ¿Ha descubierto algo?

Ignorándole, el doctor Gilby se dio la vuelta y chasqueó los dedos hacia las ventanas.

—Vuelvan a cerrar las cortinas. Inmediatamente.

Beckwith y la señora Philpot se apresuraron a obedecerle, y estuvieron a punto de tropezarse el uno con el otro. Aunque los demás sirvientes no tenían permiso para entrar en la habitación, Samantha había visto a Peter y a Phillip asomarse por las ventanas más de una vez en la última hora.

La penumbra que descendió con las cortinas le dio un agradable respiro. Al menos podría mirar a Gabriel sin tener que ocultar la ansiedad de sus ojos. Ahora que ya no tenía sus gafas para protegerlos se sentía como si todas sus emociones fuesen evidentes.

El doctor Gilby puso una lupa enorme en la parte delantera del soporte de hierro. Mientras sostenía una vela parpadeante enfrente de él, Honoria se puso de puntillas para mirar por encima de su hombro.

—¿Qué ves ahora? —le preguntó a Gabriel.

—¿Sombras en movimiento? ¿Formas? —Gabriel movió la cabeza y estrechó los ojos para intentar concentrarse—. Para ser sincero, no mucho.

—Excelente —dijo el médico dándole la vela a Honoria.

Quitó la pantalla de la lámpara de aceite que tenía junto a su codo y luego acercó rápidamente la lámpara a la cara de Gabriel, que se encogió visiblemente.

—¿Y ahora?

Gabriel volvió la cabeza para no tener que mirar directamente a la lámpara.

—Una bola de fuego tan brillante que apenas puedo mirarla.

Era imposible saber si el profundo suspiro del doctor Gilby presagiaba una buena noticia o un desastre. Soltó el aparato de la cabeza de Gabriel y luego hizo un gesto hacia las ventanas como si fuese un maestro que acababa de dirigir el concierto más importante de su carrera.

—Pueden abrir las cortinas.

Cuando Beckwith y la señora Philpot descorrieron los pesados visillos la luz del sol inundó el salón. Samantha observó sus manos cruzadas sin atreverse a mirar a Gabriel.

El marqués cogió la mano temblorosa de su mujer y la apretó con fuerza. Incluso Eugenia y Valerie se movieron, mirando al médico con unos esperanzadores ojos verdes que eran casi idénticos a los de su hermano.

Pero fue Gabriel quien rompió el tenso silencio.

—¿Por qué este cambio repentino, doctor? Hasta anoche no podía hacer ningún tipo de distinción entre luces y sombras.

Metiendo de nuevo el soporte de hierro en su maletín, el doctor Gilby movió la cabeza de un lado a otro.

—Quizá no lo sepamos nunca. Es posible que con el fuerte golpe que se dio en la cabeza se formara un coágulo de sangre que puede haber tardado meses en disolverse.

Gabriel se tocó con cuidado el corte de la sien.

—Debería haber ordenado a mi mayordomo que me golpeara en la cabeza con uno de mis bastones hace tiempo.

Samantha quería acercarse a él, rodearle con sus brazos y darle un tierno beso en esa herida que se había hecho por ella.

No tenía ningún derecho a tocarle, pero podía hacer la pregunta que estaba flotando en el aire. La pregunta que a todos los demás les daba demasiado miedo plantear.

—¿Volverá a ver?

El médico dio una palmadita a Gabriel en el hombro con sus ojos azules brillantes.

—Pueden pasar varios días o varias semanas antes de que tu mente sea capaz de distinguir más que sombras y formas, hijo, pero tengo razones para pensar que vas a recuperarte totalmente.

Samantha se llevó una mano a la boca para contener un sollozo involuntario.

Soltando un grito de alegría, Honoria se echó al cuello de Gabriel. El resto de la familia se apiñó a su alrededor: Eugenia, Valerie y su madre asfixiándole con sus abrazos perfumados mientras su padre le daba palmaditas cordiales en la espalda. Incluso Sam se levantó para unirse a la fiesta, añadiendo su agudo ladrido al alegre estallido de risas y murmullos.

Al mirar más allá Samantha vio a la señora Philpot en los brazos de Beckwith, con su estrecha espalda temblando de emoción. Mientras el mayordomo mantenía la mirada de Samantha por encima del hombro del ama de llaves, podría haber jurado que vio un destello de simpatía en sus ojos.

Entonces se levantó y salió de la habitación, sabiendo que ya no tenía nada que hacer allí. Subió las escaleras hasta el segundo piso con la barbilla alta y la columna vertebral recta por si acaso alguno de los otros criados estaba mirando. Y cuando por fin llegó al refugio de su alcoba cerró la puerta detrás de ella.

Manteniendo una mano sobre la boca para amortiguar sus sollozos, se deslizó por la puerta doblándose con una punzada de alegría y dolor. Incluso cuando le empezaron a caer las lágrimas sobre el dorso de la mano no podría haber dicho si estaba llorando por Gabriel o por ella.

Samantha estaba sentada en el borde de la cama con su camisón, trenzándose metódicamente el pelo. Eso era lo único que había hecho desde que se había encerrado en su habitación por la mañana: gestos rutinarios. Cuando la señora Philpot envió a Elsie con la bandeja de la cena comió hasta la última cucharada de la rica sopa, aunque lo que le apetecía era tirarla por la ventana. Si podía seguir viviendo un momento cada vez quizá no tuviese que enfrentarse al futuro.

Un futuro sin Gabriel.

Sus dedos vacilaron. El mechón de pelo medio trenzado se le escapó de las manos. No podía negar más tiempo la verdad. Su trabajo allí había terminado. Gabriel ya no la necesitaba. Volvía a estar donde le correspondía: en los brazos amorosos de su familia.

Después de bajar de la cama fue al armario y sacó su desgastada maleta de cuero. Luego la abrió junto a la cama antes de levantar la tapa de su baúl.

Nunca había pensado que se pondría nostálgica con las feas sargas y las medias de lana que había utilizado desde que llegó a Fairchild Park, pero de repente lo que más le apetecía era hundir la cara en ellas y llorar. Apartándolas suavemente, sacó unas enaguas y una camisola limpia y las metió en la maleta con un fino volumen de poemas de Marlowe. Cuando estaba a punto de cerrar el baúl le llamó la atención una esquina de papel de color crema.

Las cartas de Gabriel.

Había intentado enterrarlas profundamente para que no volviesen a salir nunca a la superficie. Pero allí estaban, tan apremiantes e irresistibles como el primer día.

Samantha cogió el paquete atado con el lazo y dejó que el baúl se cerrara. Luego se sentó a un lado de la cama y pasó las puntas de los dedos por el papel, tan desgastado de tanto tocarlo que parecía que iba a deshacerse bajo su tacto. Podía imaginar a Gabriel acariciando el delicado lino con sus fuertes manos, sopesando cada palabra como si fuese oro.

Sabía que más tarde se odiaría, pero no podía resistir la tentación de soltar el lazo del paquete. Mientras estaba desdoblando la primera carta y levantándola a la luz de la vela que ardía en la mesilla de noche sonó un golpe en la puerta.

Samantha se levantó con un gesto de culpabilidad. Después de escrutar frenéticamente la habitación metió la maleta debajo de la cama de una patada. Y cuando estaba a medio camino de la puerta se acordó de las cartas que tenía en la mano.

Entonces llamaron de nuevo a la puerta con un toque de impaciencia inconfundible.

—¡Un momento, por favor! —gritó antes de volver corriendo a la cama y meter las cartas debajo del colchón.

Al abrir la puerta vio a Gabriel, que estaba allí vestido únicamente con una bata de seda verde. Antes de que pudiera decir nada se acercó a ella. Rodeándole la cara con las manos, introdujo la lengua en su boca y la besó con una intensa ternura que la dejó sin aliento. Para cuando separó sus labios de los de ella estaba mareada de deseo.

—Buenas noches, señor —susurró tambaleándose aún.

Apartándola a un lado, Gabriel entró en la habitación. Cerró la puerta de golpe detrás de él y se apoyó en ella.

—¿Qué ocurre? —Samantha lanzó una mirada preocupada a la puerta—. ¿Te persigue una horda de bárbaros?

—Peor. Es mi familia. —Se pasó una mano por el pelo revuelto—. Se han instalado en la mansión como una bandada de palomas. Pensaba que no iba a esquivarles nunca. ¿Sabes lo difícil que es escabullirse de alguien que no puedes ver?

Alegrándose de que tampoco pudiera ver sus ojos hinchados y las marcas de las lágrimas en sus mejillas, dijo animadamente:

—Según el doctor Gilby, no tendrás que preocuparte mucho más por eso.

Él movió la cabeza como si no pudiese comprender del todo su buena suerte.

—Es asombroso, ¿verdad? Pero ¿quieres saber qué es lo más asombroso de todo? —Volvió a acercarse a ella y le agarró su fina muñeca—. Cuando el doctor Gilby me dijo que me recuperaría totalmente me di cuenta de que lo que más deseaba ver en el mundo era tu dulce cara.

Samantha miró hacia otro lado.

—Me temo que puedo decepcionarte profundamente.

—Eso es imposible. —Todo rastro de humor desapareció de su voz, dejándola curiosamente sombría—. Tú nunca podrías decepcionarme.

Mordiéndose el labio, Samantha se soltó la muñeca y se puso fuera de su alcance. Le daba menos miedo que pudiera volver a besarla que lo que podría hacer ella si lo hacía.

—¿A qué debo el honor de esta visita tan poco convencional?

Gabriel se apoyó en la puerta y se cruzó de brazos, haciendo que se estremeciera con su mirada lasciva.

—No se haga la inocente conmigo, señorita Wickersham. No soy el primer lord que entra furtivamente en la alcoba de su criada más irresistible.

—¿No fue usted, señor, quien me dijo que no tenía la costumbre de dedicar sus atenciones a las empleadas a su servicio?

Apartándose de la puerta, Gabriel avanzó hacia el sonido de su voz con la elegancia de una pantera.

—¿Para qué necesito la fuerza cuando la seducción es mucho más eficaz? Y mucho más —sus labios acariciaron la palabra— placentera.

Samantha empezó a retroceder, temiendo que este Gabriel tan juguetón fuese más peligroso aún para su corazón. Pero al mismo tiempo no podía resistir la tentación de participar en el juego.

—Deberías saber que no soy el tipo de mujer que se deja seducir con chucherías caras, unas cuantas palabras floridas o algunas promesas extravagantes hechas en el calor del momento. Ni mi cuerpo ni mi corazón se ganan con tanta facilidad.

Mientras la sombra de Gabriel caía sobre ella, la parte posterior de sus rodillas chocó contra la cama. Él puso una mano sobre su pecho para que se tumbara en ella. Antes de que pudiera protestar la siguió hacia abajo y le rodeó la mejilla con una de sus grandes manos.

—Ahora mismo no tengo ninguna chuchería, pero ¿qué te parece si te prometo hacerte mi esposa y amarte el resto de nuestros días?

Capítulo 18

Querida Cecily,

Cada minuto parece una eternidad mientras espero tu respuesta...

—¿Te has vuelto loco? —Samantha empujó a Gabriel con la fuerza suficiente para que se cayera al suelo.

Una vez allí se incorporó con expresión desconcertada.

—No se me había ocurrido que era mucho más seguro pedirlo por carta.

Saltando de la cama, Samantha empezó a pasearse por la pequeña habitación, reflejando con sus pasos frenéticos el tumulto de su corazón.

—Puede que el golpe no te haya afectado sólo a la vista. Puede que te haya afectado también a la memoria. Porque pareces haber olvidado que eres un conde, un miembro de la nobleza, mientras que yo soy una simple sirvienta.

—Samantha, tú eres...

Ella se dio la vuelta para mirarle.

—¡Señorita Wickersham!

En sus bellos labios se dibujó una medio sonrisa que la enfureció aún más.

—Señorita Wickersham, eres la mujer que adoro y con la que tengo intención de casarme.

Ella lanzó las manos al aire.

—Lo tuyo no tiene remedio, ¿verdad? Estás recuperando la vista sólo para perder el juicio.

—¿No te das cuenta de que no te queda otra opción?

—¿Por qué dices eso?

—Porque ya te has comprometido. ¿Lo has olvidado?

Por el gesto desafiante de su boca sabía que no podría olvidar con qué desvergüenza había vibrado bajo su mano, las oleadas de placer que habían sacudido todo su cuerpo. Se llevaría ese recuerdo a la tumba.

—Te libero de cualquier obligación. No hay ninguna razón para que pases el resto de tu vida pagando por una estúpida indiscreción.

Él arqueó una ceja.

—¿Eso fue para ti lo que pasó anoche? ¿Una indiscreción?

Incapaz de pensar una negativa convincente, Samantha continuó paseando.

—Estoy segura de que tu madre se habría quedado horrorizada si hubiera sabido que pediste en matrimonio a la hija de ese barón. ¿Qué diría si le contaras que tienes intención de casarte con tu enfermera?

Gabriel agarró el dobladillo de su camisón mientras pasaba por delante de él y la sentó sobre su regazo. Luego la rodeó con sus brazos haciendo imposible cualquier idea de escapar.

—¿Por qué no vienes conmigo ahora y lo averiguamos?

Al retorcerse sólo consiguió que la abrazara con más fuerza.

—¡Le daría un ataque a la pobre mujer! Con esa noticia la matarías. Y a mí también —añadió con seriedad.

Él se rió.

—No es tan ogro como parece. De hecho, cuando nos conocimos, vi que había una notable similitud con tu...

Samantha puso una mano sobre su boca.

—¡No lo digas! ¡No te atrevas a decirlo!

Riéndose aún, Gabriel apartó la mano de sus labios.

—Estoy seguro de que llegarás a quererla. —Su voz se suavizó mientras el destello de maldad desaparecía de sus ojos, dejándolos con un tierno brillo—. Después de todo va a ser la abuela de tus hijos.

Las palabras de Gabriel se clavaron como un cuchillo en el corazón de Samantha, haciendo que vislumbrara un futuro que nunca podría compartir. Parpadeó para contener las lágrimas. Es posible que no tuviera mañana, pero podía tener esa noche.

—Estaba equivocada —susurró.

Él frunció el ceño.

—¿En qué?

—Soy el tipo de mujer que se deja seducir con palabras floridas y promesas extravagantes. —Envolviéndole la mejilla con la mano, levantó la cara a su altura.

Mientras Gabriel sentía la suavidad de los labios de Samantha debajo de los suyos fue como si una luz hubiera iluminado su alma. Rodeando con un brazo sus caderas, la levantó a la estrecha cama de hierro y la tendió entre las sábanas arrugadas.

Sabía que debía esperar hasta que estuvieran casados. Pero había esperado tanto tiempo ese momento que parecía más que una vida.

—Espera —dijo ella parándole casi el corazón—. Voy a apagar la vela.

Él esperó a que volviera a sus brazos antes de murmurar:

—De todas formas no necesito la vela. Sólo te necesito a ti.

Buscando el dobladillo de su camisón, Gabriel se lo quitó por encima de la cabeza. En ese momento se sintió como un desposado. Saber que Samantha estaba desnuda debajo de él, que podía pasar toda la noche explorando los exquisitos tesoros de su cuerpo, hizo que se le quedara la boca seca y que sus manos temblaran de deseo.

Hacía mucho tiempo que no tenía a una mujer desnuda en sus brazos. Incluso antes de Trafalgar había pasado varios meses de celibato voluntario pensando en Cecily. Mientras los demás marineros del *Victory* satisfacían sus necesidades carnales con prostitutas durante sus breves estancias en tierra, él permanecía a bordo del barco releyendo las cartas de Cecily. Su cuerpo ardía por desahogarse, pero había dejado que se consumiera mientras soñaba con el día en el que se reuniría con ella. Aunque hubiera sabido que ese día no llegaría nunca, habría estado dispuesto a esperar ese momento. A Samantha.

Gabriel se desató el cinturón de la bata y la dejó caer sobre sus hombros, desesperado por sentir su piel. Besándola como si cada beso fuese el último, se deslizó hábilmente debajo de su cuerpo, gimiendo cuando su pecho se encontró con la dulce blandura de sus senos, cuando su miembro hinchado rozó los suaves rizos de su entrepierna. Quería hundirse en ella inmediatamente, disfrutar de todo el placer que le había sido negado durante esos largos meses.

Pero Samantha no era una prostituta. Se merecía más que un polvo rápido. Se agarró a sus hombros y lanzó un gemido de protesta cuando apartó su boca de la suya y la puso de costado. Apenas había sitio para los dos en la estrecha cama, pero eso le venía bien a Gabriel. De ese modo le resultaba más fácil poner una pierna sobre su muslo y acurrucarse bajo su cuello mientras le rodeaba un pecho con la mano. Su pezón estaba ya tan maduro como una baya suculenta rogándole que lo tomara en su boca.

Y eso es lo que hizo para complacerla: acariciarlo, lamerlo y succionarlo con los labios, la lengua y los dientes hasta que ella empezó a arquearse debajo de él mientras le tiraba del pelo. Una exultación familiar le recorrió las venas. No necesitaba la vista para eso. Hacer el amor a una mujer en la oscuridad siempre había sido para él tan natural como respirar.

—Puedo sentirlo —susurró ella entre jadeos sonando desconcertada y escandalizada a la vez.

—Eso espero —respondió él levantando la cabeza de su pecho a regañadientes—. No quisiera hacerte perder el tiempo.

—No. Quiero decir...

Gabriel tenía la sensación de que si pudiese ver su cara en ese momento habría estado teñida con un rubor adorable.

—... *ahí abajo* —concluyó Samantha.

Él movió la cabeza mientras se le escapaba una risa de impotencia.

—Puedo prometerte que vas a sentir mucho más *ahí abajo* antes de que acabe contigo.

Como si fuese a cumplir su promesa, deslizó una mano por la

piel satinada de su abdomen. Ella se estremeció bajo su tacto, pero él prolongó el placer y el tormento tomándose su tiempo para explorar la suave curva de su vientre y los huecos de sus caderas.

Para cuando sus dedos rozaron la suavidad de su vello púbico, bastó con un empujoncito de su muslo para que separase las piernas y le permitiera acceder a lo que había entre ellas.

—Haces que me sienta lasciva —confesó suspirando de placer—. Como si pudiese hacer cualquier cosa por ti... contigo.

Gabriel no pensaba que pudiera excitarse más, pero mientras una serie de imágenes eróticas vertiginosas pasaban por su mente se dio cuenta de que estaba equivocado.

—Estaré encantado de darte toda una vida para comprobarlo.

—¿Y si no tuviésemos toda una vida? —Le abrazó con una fiereza sorprendente—. ¿Y si sólo tuviésemos este momento?

—Entonces no perdería ninguna oportunidad para hacer esto —dijo buscando su boca para darle un tierno beso—. O esto. —Bajó los labios a su pecho y pasó la lengua alrededor del pezón hinchado—. O esto. —Su voz se convirtió en un gemido mientras deslizaba los dedos entre sus rizos, acariciando la suave piel de abajo.

Ella gimió con sus caricias en una ronca canción de bienvenida. Su cuerpo estaba ya preparado para recibirle, abriéndose como una flor bajo el beso del sol. Entonces pasó el pulgar sobre el capullo que se escondía entre esos pétalos aterciopelados. Quería que ardiera para él, que anhelara ese momento en el que le tomaría dentro de ella y la haría suya.

—Por favor, Gabriel... —Se arqueó contra su mano susurrándole al oído—: No puedo esperar más.

Mientras separaba los muslos comenzó a acariciarle su miembro palpitante, haciéndole la invitación que ningún hombre podía resistir.

Mientras sus dedos le rodeaban como lazos de terciopelo, él apretó los dientes en un arrebato de éxtasis.

—Bueno, si me lo pides así.

Entonces se puso encima de ella con su erección sobre sus rizos húmedos, situados a las puertas del cielo.

—Gabriel, hay algo que tengo que decirte. —Se aferró a su espalda con una nota de pánico en su voz.

Sus dedos buscaron sus labios y los hicieron callar con una tierna caricia.

—Está bien, Samantha. No tengo que saber nada más. Sé que no has sido totalmente sincera conmigo. Una mujer como tú no solicitaría un trabajo como éste si no estuviese huyendo de su pasado. Pero no me importa. No me importa si ha habido otro hombre antes que yo. No me importa si ha habido una docena de hombres. Lo único que me importa es que ahora mismo estás en mis brazos.

Para demostrar que era un hombre de palabra, Gabriel echó las caderas hacia atrás y penetró en su interior. A través de un velo de placer oyó un grito quebrado y sintió algo frágil e irremplazable que cedía ante la insistente demanda de su cuerpo.

Entonces se quedó inmóvil dentro de ella con miedo a moverse y a respirar.

—¿Samantha?

—¿Mmmm? —respondió con un ronco chillido.

Gabriel intentó quedarse quieto mientras ella le abrazaba en un arrebato de placer.

—¿Qué ibas a decirme?

Oyó cómo tragaba saliva.

—Que no lo había hecho nunca.

Él se derrumbó sobre su cuello reprimiendo un juramento.

—¿Quieres que pare? —Incluso mientras lo decía no sabía si podría hacerlo.

Ella movió la cabeza violentamente.

—No. —Enredando sus dedos en su pelo, volvió a acercar su boca a sus labios—. Nunca.

Mientras sus lenguas se envolvían en una deliciosa danza se arqueó contra él, y ese simple movimiento le dejó extasiado. Gabriel siempre se había enorgullecido de su sofisticación. Le sorprendió comprobar que aún era lo bastante bárbaro para querer golpearse el pecho y lanzar un grito de triunfo, todo porque era el primer hombre que la había tomado, el único. Empezó a deslizarse hacia dentro y hacia fuera con unos movimientos largos y profundos diseñados especialmente para transformar sus quejidos de dolor en gemidos de placer.

Con Samantha para compartirla con él, la oscuridad ya no era un enemigo, sino un amante. Todo era textura y sensación, fricción y contraste. Ella era suave. Él era áspero. Ella daba. Él recibía.

Pensando que se merecía una indulgencia por el dolor que le había causado, algo que hiciese que mereciera la pena, Gabriel puso una mano entre ellos. Sin dejar de acariciarla con la lengua y con el pene, la tocó con suavidad hasta que se convulsionó a su alrededor con un grito ronco que fue casi su perdición.

Levantándole los brazos sobre la cabeza y entrelazando sus dedos hasta que sus manos y sus corazones quedaron unidos, susurró apasionadamente:

—Agárrate a mí, cielo. No me sueltes nunca.

Samantha obedeció, envolviendo sus delgadas piernas a su alrededor. Entonces no pudo aguantar más, no pudo resistir el ritmo frenético que le golpeaba la sangre como tambores tribales. Gabriel la penetró con fuerza una y otra vez hasta que acabaron los dos ebrios de placer, hasta que sintió esos intensos temblores que comenzaban a surgir de sus entrañas una vez más.

Mientras sentía una poderosa sacudida y se derramaba en un cálido torrente, Gabriel le cubrió la boca con la suya temiendo que sus gritos despertaran a toda la casa.

Samantha se despertó en brazos de Gabriel. La cama era tan estrecha que sólo podían estar de lado con la espalda contra su pecho, como dos cucharas en un cajón.

Al mirar hacia la ventana se alegró al comprobar que el cielo estaba aún oscuro, sin ninguna luz que anunciara el amanecer. Le habría gustado quedarse allí para siempre con el musculoso brazo de Gabriel alrededor de su cintura, su aliento moviéndole el pelo y su trasero desnudo acurrucado en sus caderas. Podía sentir su corazón latiendo contra su espalda en una dulce nana.

Hasta esa noche sólo tenía una vaga idea de lo que sucedía entre un hombre y una mujer en la alcoba. Pero no estaba preparada para la realidad. Por primera vez comprendió que un acto aparentemente simple llevara a las mujeres a buscarse la ruina y a los hombres a arriesgarlo todo. Comprendió por qué se escribían sonetos, se libraban duelos y se perdían vidas, todo por la magia que se producía cuando un hombre y una mujer se unían en las sombras de la noche.

Había una nueva ternura entre sus muslos, un nuevo dolor que añadir al de su corazón. Sin embargo era un dolor dulce y un precio muy pequeño por el milagro de tener a Gabriel dentro de ella.

Como si pudiera captar la dirección de sus pensamientos, Gabriel se movió y estrechó el brazo alrededor de su cintura mientras la envolvía aún más con su cuerpo.

Algo empujó la suavidad de sus nalgas. Algo duro e insistente. Samantha no pudo resistir la tentación de dar a su trasero un meneo experimental.

Gabriel lanzó un gruñido somnoliento antes de murmurar:

—Cielo, no tientes al dragón si no quieres que te coma viva. —Le apartó el pelo revuelto del cuello y le rozó la nuca con los labios con una ternura que le hizo estremecerse de deseo—. Antes no debería haber sido tan brusco contigo. Necesitas tiempo para recuperarte.

Sabiendo que eso era un lujo que no tenía, se arqueó contra él apoyando sus nalgas contra su erección.

—Sólo te necesito a ti.

Gabriel gimió en su oreja.

—Eso no es justo. Sabes que es lo único que nunca podría negarte.

Pero podía negarse a sí mismo mientras la complacía. Con una mano empezó a rozar sus pezones alternando el índice y el pulgar mientras deslizaba la otra entre sus piernas y acariciaba la piel hinchada con exquisito cuidado. Poco después Samantha sintió que se derretía en un intenso arrebato de placer. Tuvo que morder la almohada para no gritar en voz alta.

Sólo entonces cubrió con sus manos la suavidad de sus pechos y se deslizó dentro de ella por detrás. Samantha quería moverse contra él, animarle a moverse, pero él la retuvo hasta que su cuerpo empezó a vibrar a su alrededor, haciendo resonar con su latido insistente el ritmo de su corazón.

—Por favor... —gimió a punto de desmayarse en sus brazos—. Gabriel, por favor...

Su súplica incoherente recibió la atención que merecía. Nunca había soñado que fuese posible sentir tanta pasión y tanta ternura a la vez. Para cuando acabó con ella no podría haber dicho dónde terminaba su cuerpo y dónde comenzaba el suyo. Sólo sabía que se sentía como si se le estuviese rompiendo el corazón y que tenía las mejillas llenas de lágrimas.

—Estás llorando —dijo él obligándola a tumbarse.

Ella contuvo un sollozo.

—No.

Le tocó la mejilla con un dedo y luego se lo llevó a los labios para demostrar que estaba mintiendo.

—Es lo que siempre había sospechado —dijo con tono serio—. No tienes por qué ocultar más tiempo la verdad.

Respirando agitadamente, Samantha parpadeó.

Él puso una mano sobre su corazón.

—Debajo de esa fachada práctica late el corazón de una auténtica romántica. No te preocupes, señorita Wickersham. Tu secreto está a salvo conmigo. —La miró de reojo, con el corte diabólico de su cicatriz haciendo que pareciese un libertino—. Siempre que me compense, por supuesto.

—Puedes contar con eso. —Acercando su boca a la de ella, Samantha selló su promesa con un beso ardiente.

Samantha se puso la última horquilla en el pelo para asegurar su grueso moño en la nuca. Llevaba la misma falda marrón y la misma chaqueta que el día que llegó a Fairchild Park. A un observador casual le habría parecido que era exactamente la misma mujer. Ese observador no se habría fijado en el color sonrosado de sus mejillas, en las marcas de la barba en su cuello, en sus labios aún hinchados por los besos de su amante.

Mientras se ponía su sombrero de paja se volvió hacia la cama.

Gabriel estaba tumbado boca abajo en la luz perlada del amanecer, ocupando con su impresionante cuerpo casi todo el colchón. Tenía la cabeza apoyada sobre sus brazos, con la rodilla derecha levantada hacia un lado, arrastrando casi la sábana de sus estrechas caderas. Un espeso mechón de pelo oscuro le cubría la cara.

Su gigante dorado.

Sus manos deseaban tocarle una vez más, pero sabía que no podía arriesgarse a despertarle. En un vano intento de vencer la tentación se puso un par de guantes negros.

No tenía más remedio que dejar el baúl. Ya había sacado la maleta medio hecha de debajo de la cama. Sólo le quedaba una cosa por hacer.

Se acercó a la cama midiendo cada paso como si fuese el último. Mientras se arrodillaba a unos centímetros de su cara, Gabriel se movió y murmuró algo en sueños. Samantha contuvo el aliento, pensando por un momento que abriría los ojos, que en vez de mirar a través de ella miraría en las profundidades de su alma.

En vez de eso lanzó un profundo suspiro y se dio la vuelta, tanteando con su mano las sábanas revueltas como si estuviese buscando algo.

Deslizando la mano bajo el colchón, Samantha cogió el montón de cartas que había metido allí la noche anterior. Sin molestarse en atarlas con el lazo, las metió en la maleta y luego ajustó las correas.

Después sacó un papel doblado del bolsillo de su falda, y le tembló un poco la mano mientras lo dejaba en la almohada junto a la cabeza de Gabriel.

Lo siguiente que supo es que estaba en la puerta con la maleta en la mano.

Se permitió echar una última mirada a Gabriel. Pensaba expiar sus pecados viniendo aquí, pero parecía que sólo había acumulado un pecado tras otro, cada uno más imperdonable que el anterior. Pero quizá el mayor de todos había sido enamorarse tan profundamente de él.

Apartando la vista de la cama, salió de la habitación cerrando con cuidado la puerta detrás de ella.

Capítulo 19

Querida Cecily,

Llevo sus cartas y todas mis esperanzas para nuestro futuro junto a mi corazón...

—¡Beckwith!

Cuando ese grito familiar resonó por los pasillos de Fairchild Park, todos los sirvientes de la mansión se pusieron firmes. Sus miradas aturdidas se clavaron en el techo mientras sonaba un golpe ensordecedor seguido de una retahíla de juramentos lo bastante fuertes como para levantar la capa dorada de los zócalos.

Se oyeron unos pasos bajando atropelladamente las escaleras y luego un agudo chillido seguido de otro juramento.

—¡Si te apartaras de mi camino no te pisaría la maldita cola!

Unas uñas repiquetearon en el suelo de mármol mientras Sam se retiraba rápidamente.

Beckwith intercambió una mirada ansiosa con la señora Philpot antes de decir:

—Estoy en el comedor, señor.

Gabriel entró en el comedor hecho una furia con el ceño fruncido. Sólo llevaba una bata, y estaba blandiendo su bastón como si fuese un arma.

—¿Has visto a Samantha? Cuando me he despertado esta mañana se había ido.

Alguien soltó un jadeo escandalizado. Gabriel se volvió despacio, dándose cuenta demasiado tarde de que no estaban solos.

Olfateó el aire abriendo bien sus fosas nasales.

—Sólo puedo oler a bacón y a café recién hecho. ¿Quién más está aquí?

—Oh, casi nadie —dijo Beckwith tartamudeando—. Sólo la señora Philpot. Elsie. Su madre. Su padre. Y... —se aclaró la garganta con incomodidad— sus hermanas.

—¿Cómo? ¿No está Willie el guarda? ¿Qué ocurre? ¿No ha podido librarse de su trabajo el tiempo suficiente para desayunar con el resto de la familia? —Gabriel movió la cabeza de un lado a otro—. No importa. La única persona que me interesa es Samantha. ¿La has visto?

Beckwith frunció el ceño.

—Ahora que lo dice, creo que no. Lo cual me sorprende, porque son casi las diez y la señorita Wickersham es normalmente muy activa. Está muy entregada a su trabajo.

Mirando a Gabriel de arriba abajo desde sus pies desnudos hasta su pelo despeinado, su padre se rió entre dientes.

—Sí, ya se ve.

Eugenia, Valerie y Honoria se echaron a reír.

—¡Niñas! —exclamó su madre lanzándoles una mirada furiosa—. Podéis levantaros de la mesa. Dejadnos solos.

Mientras empezaban a arrastrar las sillas de mala gana intervino Gabriel:

—Deja que se queden. Ya no son unas niñas. No es necesario que las mandes a su habitación cada vez que hay una especie de drama familiar.

—¿Ves? —susurró Honoria dando un codazo a Valerie mientras volvían a sentarse—. Te dije que era el mejor hermano mayor del mundo.

—Iré a ver si puedo encontrar a la señorita Wickersham, señor —dijo la señora Philpot—. Quizá la haya visto alguno de los otros criados.

—Gracias —respondió Gabriel.

Mientras el ama de llaves salía de la habitación, el marqués se reclinó en su silla y entrelazó sus manos sobre su voluminosa barriga con un melancólico suspiro.

—Recuerdo que cuando era un poco más joven que Gabriel, había una atractiva doncella...

—¡Theodore! —Su mujer le miró airadamente.

Él se acercó para darle una palmadita en la mano.

—Eso fue mucho antes de conocerte, querida. Cuando puse los ojos en ti no volví a desviarlos. Sólo estaba intentando decir que eso les ocurre a los mejores hombres. No es ninguna vergüenza flirtear con las criadas.

Gabriel se volvió hacia su padre.

—¡Yo no estoy flirteando con Samantha! La quiero y tengo intención de casarme con ella.

Sus padres se quedaron boquiabiertos.

—¿Voy a buscar el amoniaco? —susurró Eugenia—. Parece que mamá va a desmayarse.

—¿Con una plebeya? —preguntó Valerie horrorizada—. ¿Vas a casarte con una vulgar plebeya?

—Puedo asegurarte que la señorita Wickersham no tiene nada de vulgar —dijo Gabriel.

—¡Es lo más romántico que he oído en mi vida! —exclamó Honoria con sus ojos marrones resplandecientes—. Puedo verte cabalgando en tu caballo blanco para rescatarla de una vida de pobreza.

Gabriel resopló.

—Si alguien ha rescatado a alguien aquí, es ella.

—Hijo mío —dijo su padre—, no es necesario que tomes ninguna decision precipitada. Anoche te enteraste de que ibas a recuperar la vista. Puedo comprender que estuvieras abrumado por la emoción. Que te dejaras arrastrar a los brazos de esa...

—¿Sí? —preguntó Gabriel con una expresión amenazadora.

—Encantadora muchacha —concluyó su padre alegremente—. Pero eso no significa que tengas que precipitarte a un matrimonio con unas perspectivas tan inoportunas. Cuando recuperes la vista y vuelvas a Londres puedes ponerle un piso cerca de tu casa para que sea tu amante si quieres.

La cara de Gabriel se oscureció, pero antes de que pudiera responder la señora Philpot volvió a entrar en el comedor.

—Lo siento, señor, pero no hay ni rastro de ella en ninguna parte. Nadie la ha visto. Pero he encontrado esta nota en su habitación. —Su voz se convirtió casi en un susurro, haciendo que todos se preguntaran qué más había encontrado—. Sobre su almohada.

—Léela —ordenó Gabriel buscando a tientas la silla vacía más cercana.

Mientras se sentaba, la señora Philpot le dio la nota a Beckwith.

El mayordomo desdobló a regañadientes el papel con sus rechonchas manos temblando un poco.

—Querido lord Sheffield —leyó—, siempre le dije que llegaría un día en el que ya no me necesitaría. Aunque sé que es un hombre de honor, no espero que cumpla con las promesas hechas en el calor de... —Beckwith vaciló, lanzando a Gabriel una mirada angustiada.

—Sigue —dijo Gabriel con sus ojos sombríos.

—No espero que cumpla con las promesas hechas en el calor de la pasión. Esos fuegos arden con demasida intensidad, cegando incluso a quienes deberían ver. Pronto recuperará la vista y su vida. Una vida de la que no puedo formar parte. Le ruego que no me juzgue con demasiada dureza. Espero que en un rinconcito de su corazón pueda recordarme con cariño. Siempre suya... Samantha.

Mientras Beckwith doblaba la nota, la señora Philpot se acercó más a él buscando su manga con los dedos temblorosos. A Honoria le caían las lágrimas por las mejillas, e incluso Eugenia tuvo que pasarse el pañuelo por la punta de la nariz.

—Tenías razón —dijo su madre con suavidad dejando la taza de té sobre la mesa—. Es una muchacha muy especial.

Su padre suspiró.

—Lo siento, hijo, pero sin duda alguna es lo mejor.

Sin decir una palabra, Gabriel se levantó y fue hacia la puerta moviendo su bastón por delante.

—¿Adónde vas? —le preguntó su padre francamente desconcertado.

Entonces se dio la vuelta para mirarles con la cara tensa de determinación.

—Voy a buscarla, eso es lo que voy a hacer.

Su padre intercambió una mirada de preocupación con su madre antes de hacer la pregunta que todos tenían en mente.

—¿Y si no quiere que la encuentren?

Samantha entró en el dormitorio del ático de la gran casa de campo sin molestarse en cerrar la puerta detrás de ella. Aunque olía a cerrado y las sombras cubrían la espaciosa habitación, no se atrevía a descorrer las cortinas y abrir las ventanas. El sol de la mañana sólo le haría daño en los ojos.

Apoyó la maleta en la cama dejando caer los hombros de cansancio. Después de arrastrarla a lo largo de varios viajes en coches abarrotados de gente, parecía que llevaba en ella piedras en vez de algunas prendas de ropa interior, un paquete de viejas cartas y un fino volumen de poesía. De no haber sido por las cartas podría haberla tirado a la acequia más cercana en su largo paseo desde el pueblo. El alegre gorjeo de los pájaros que anidaban en los setos que bordeaban el camino parecía burlarse de ella.

Aún llevaba la ropa con la que tres días antes había salido de Fairchild Park al amanecer. El dobladillo de su falda estaba cubierto de polvo, y en la chaqueta tenía una mancha de leche que el hijo de una asistenta le había escupido en un viaje especialmente movido de Hornsey a South Mims.

Samantha sabía que debería estar riéndose de esas cosas, pero un entumecimiento misericordioso había descendido sobre su alma. Incluso mientras se preguntaba si volvería a sentir algo alguna vez, tuvo que reconocer que el entumecimiento era preferible al dolor que le había desgarrado el corazón cuando dejó a Gabriel durmiendo en su cama.

Se sentó en el taburete delante del tocador. Había dejado esa habitación siendo una niña, pero quien la miraba desde las sombras del espejo era una mujer. Por su expresión sombría nadie habría pensado que sus ojos podían brillar de felicidad o que tenía hoyuelos en las mejillas al sonreír.

Le dolían los brazos de agotamiento mientras los levantaba para quitarse las horquillas del moño. Cuando su flácido pelo cayó sobre sus hombros parpadeó con los ojos somnolientos, unos ojos del color del mar bajo un cielo de verano.

En las escaleras sonaron los pasos de su madre, tan enérgicos y familiares que Samantha sintió un arrebato de nostalgia inesperado por la época en la que ella podía aliviarle cualquier dolor, por intenso que fuera, con un fuerte abrazo y una taza de té caliente.

—A mí me parece —dijo su madre mientras subía por las escaleras—, que cuando a una le da permiso su madre para viajar al extranjero con una amiga rica, al menos podría enviarle una carta para que sepa que sigue viva y no se está pudriendo en una sucia cárcel francesa. Tampoco debería entrar en casa a hurtadillas como los ladrones en vez de anunciar su vuelta. No me habría enterado de que estabas en casa si tu hermana no...

Samantha se dio la vuelta en el taburete.

Su madre se quedó en la puerta horrorizada con una mano sobre el corazón.

—¡Dios mío, Cecily! ¿Qué has hecho con tu precioso pelo?

Capítulo 20

Querido lord Sheffield,

Aunque afirma que sólo es polvo bajo mis delicados pies, para mí es como polvo de estrellas en un cielo nocturno, siempre en mis sueños pero fuera de mi alcance...

—No ha podido desvanecerse en el aire. ¡Es imposible!

—Eso diría yo, señor. Pero es exactamente lo que parece haber ocurrido. Cuando su coche llegó a Londres esa tarde se perdió la pista de la señorita Wickersham. Mis hombres han estado buscando durante más de dos meses y no han podido encontrar ni rastro de ella. Es como si no hubiera existido nunca.

—Claro que ha existido. —Gabriel cerró los ojos un momento y recordó a Samantha en sus brazos, más real que cualquier cosa que había tocado en su vida.

¿Y si no tuviésemos toda una vida? ¿Y si sólo tuviésemos este momento?

Esa enigmática pregunta le había perseguido desde que había sido lo bastante estúpido como para dejar que se fuera de sus brazos y de su cama.

Abrió los ojos para observar al hombre pequeño y atildado que estaba sentado al otro lado de la mesa. La niebla que había en ellos desaparecía un poco más cada día. En poco tiempo podría salir él mismo a buscar a Samantha. Pero hasta entonces no le quedaba más remedio que confiar en ese hombre. Danville Steerforth era uno de los mejores detectives del país. Él y sus compañeros con sus vistosos chalecos rojos y sus chaquetas azules eran famosos tanto por su habilidad como por su discreción.

Al hombre no parecía impresionarle la cicatriz de Gabriel. Probablemente había visto cosas mucho peores en su trabajo.

—El registro de Chelsea puerta por puerta no ha servido de nada —le informó Steerforth retorciendo su bigote de color caramelo—. ¿Está seguro de que no dejó ninguna otra pista de su procedencia o de dónde ha podido ir?

Pasando el dedo por un abridor de cartas con mango de bronce, Gabriel negó con la cabeza.

—He registrado una docena de veces el baúl que dejó en su habitación. Pero sólo he encontrado unas cuantas prendas de vestir indescriptibles y un frasco de colonia de limón.

No mencionó que al abrir el armario descubrió que había dejado sus regalos, que en realidad no había visto hasta ese momento. Mientras tocaba suavemente el delicado vestido de muselina, la estola de cachemir y las zapatillas rosas que sólo servían para bailar, resonaron en su mente los tristes acordes de «Barbara Allen». Tampoco reveló que la fragancia familiar de su perfume había hecho que se tambaleara de deseo.

—¿Y sus cartas de referencia? ¿Han aparecido?

—Me temo que no. Parece que mi mayordomo se las devolvió el mismo día que fue contratada.

Steerforth suspiró.

—Es una lástima. Incluso un simple nombre podría habernos dado alguna pista.

Gabriel rastreó en su memoria. En el fondo de su mente había un detalle insignificante que no podía recordar.

—En la primera comida que compartimos mencionó que había trabajado con una familia. ¿Los Caruthers? ¿Los Carmichael? —Chasqueó los dedos—. ¡Los Carstairs! ¡Eso es! Dijo que había trabajado durante dos años como institutriz para lord y lady Carstairs.

Steerforth se puso de pie sonriéndole.

—¡Excelente, señor! Organizaré una entrevista con la familia inmediatamente.

—Espere —dijo Gabriel mientras el hombre recogía su sombrero y su bastón. Con su vista un poco mejor cada día, no podía soportar la idea de quedarse allí sentado mientras otros buscaban a Samantha—. Quizá sea mejor que realice yo mismo esa entrevista.

Si Steerforth estaba decepcionado porque le usurparan el control de la investigación, lo disimuló bien.

—Como quiera. Si encuentra alguna pista que podamos seguir, póngase en contacto conmigo inmediatamente.

—Puede contar con ello —le aseguró Gabriel.

Steerforth vaciló en la puerta dando vueltas a su sombrero de fieltro.

—Perdóneme si soy inoportuno, lord Sheffield, pero nunca me ha dicho por qué está tan desesperado por encontrar a esa mujer. ¿Le robó mientras estuvo a su servicio? ¿Se llevó algo irremplazable?

—Sí, señor Steerforth. —Gabriel esbozó una triste sonrisa mientras miraba los ojos comprensivos del hombre—. Mi corazón.

Cecily Samantha March estaba sentada en la terraza de Carstairs Hall tomando el té con su mejor amiga y aliada, Estelle, la única hija de lord y lady Carstairs. El cálido sol de junio le acariciaba la cara mientras una brisa balsámica le movía los cortos rizos de color miel.

Aunque llevaba dos meses dándose aceite mineral en el pelo, para disgusto de su madre no había conseguido librarse completamente del tinte de henna. Decidiendo que no podía soportar más que Samantha Wickersham la mirara desde el espejo, Cecily acabó cortándoselo en un arrebato de ira. Estelle le había asegurado que de todos modos el pelo corto hacía furor en Londres. Cecily pensaba que le sentaba bien, que le hacía parecer más madura, no como la niña estúpida que había sido.

Por supuesto, su madre lloró al ver lo que había hecho, y también su padre parecía que iba a deshacerse en lágrimas. Pero ninguno de los dos había tenido valor para regañarla. Su madre ordenó a una de las criadas que recogiera el pelo y lo echara al fuego. Cecily se sentó y observó cómo se quemaba.

—¿No ha empezado tu familia a preguntarse por qué pasas tanto tiempo aquí? —preguntó Estelle cogiendo un bollito de la bandeja que había sobre la mesa.

—Estoy segura de que se alegran de librarse de mí. Me temo que ahora mismo no soy una buena compañía.

—Tonterías. Siempre has sido una compañía maravillosa. Hasta cuando estás triste y con el corazón partido. —Estelle untó el bollito con crema y se lo metió en la boca.

Al menos cuando estaba con Estelle, Cecily no tenía que fingir que todo iba bien. No tenía que reírse de los chistes de su hermano ni mostrar interés por las labores de su hermana. No tenía que tranquilizar a su madre diciéndole que estaba bien leyendo en su habitación hasta las tantas o evitar los ojos desconcertados de su padre. Sabía por las miradas de preocupación que intercambiaban que su actuación no estaba siendo demasiado convincente. Había perfeccionado dus dotes dramáticas en las funciones de teatro que ella y sus hermanos representaban para sus padres cuando eran pequeños, pero parecía que le habían abandonado el día que dejó el papel de enfermera de Gabriel.

Estelle lamió un poco de crema de la esquina de su boca.

—Me da miedo que a tus padres les parezca raro que pasemos tanto tiempo juntas cuando se supone que hemos pasado la mitad de la primavera recorriendo Italia con mis padres.

—¡Chsss! —Cecily dio un golpecito a Estelle por debajo de la mesa para recordarle que lord y lady Carstairs estaban sentados al otro lado de las ventanas arqueadas del salón disfrutando de su té.

Con su agudo ingenio, sus rizos oscuros y sus ojos saltarines, Estelle era la única amiga en la que Cecily podía haber confiado para llevar a cabo un plan tan arriesgado. Pero la discreción nunca había sido su fuerte.

—Es una suerte que volviese a casa unos días antes que tú y tu familia —murmuró Cecily esperando que Estelle captara la indirecta y también bajara la voz.

Estelle se inclinó hacia delante.

—No podíamos hacer otra cosa con ese Napoleón amenazando con bloquear toda Inglaterra. Mamá no quería que nos quedáramos estancados en Italia y perdiésemos toda la temporada. Le daba miedo que se fijase en mí un conde italiano, apasionado pero sin dinero, en lugar de un rechoncho vizconde inglés que siempre se preocupará más por sus perros de caza que por mí.

Cecily movió la cabeza de un lado a otro.

—Eso hace que odie más a ese pequeño tirano. ¿Y si tu familia hubiera vuelto a casa antes que yo? Mis padres se habrían puesto frenéticos. Me alegro de que nuestras familias no pertenezcan al mismo círculo social. Si hablaran de nuestro viaje sería un desastre.

—Prometí enviar un mensaje a Fairchild Park en cuanto pusiéramos pie en suelo inglés. Eso te habría dado tiempo suficiente para buscar una nueva excusa.

—¿Como qué? —preguntó Cecily tomando un sorbo de té—. Tal vez podría haber enviado una nota a mi madre: «Lo siento mucho, mamá, pero me he fugado para ofrecer mis servicios como enfermera a un conde ciego que casualmente es uno de los mayores granujas del mundo».

—Antiguo granuja —le recordó Estelle arqueando una ceja—. ¿No te prometió que dejaría de seducir mujeres y de romper corazones cuando os conocisteis?

—Eso dijo. Y si no hubiese sido tan estúpida le habría creído. Pero en vez de eso le reté a alistarse en la Marina Real para que pudiera demostrar que era digno de mi amor. —Movió la cabeza asqueada por lo ingenua y lo egoísta que había sido—. Si me hubiera fugado a Gretna Green con él cuando me lo pidió no le habrían herido, no habría perdido la vista.

—Y tú no habrías ido nunca a Fairchild Park.

—Cuando oí los rumores de que estaba viviendo solo en esa casa como una especie de animal herido pensé que podría ayudarle —dijo Cecily observando a un par de pavos reales que se pavoneaban por el césped ondulado.

—¿Lo hiciste?

Le salvó de contestar un golpe estridente en la puerta principal. Entonces miró a Estelle con el ceño fruncido.

—¿Esperan tus padres a alguien?

—Sólo a ti. —Estelle parpadeó al sol de media tarde.

—Es una hora muy rara para una visita sorpresa, ¿no?

Ambas levantaron la cabeza hacia el salón justo a tiempo para oír al mayordomo entonar:

—El conde de Sheffield.

Cecily se quedó pálida. Aunque su primer impulso fue esconderse debajo de la mesa, probablemente se habría quedado paralizada si Estelle no la hubiera agarrado por la muñeca y la hubiera llevado detrás de un rododendro que había justo al otro lado de una de las ventanas.

—¿Qué diablos está haciendo aquí? —susurró Estelle.

Cecily movió la cabeza frenéticamente, sintiéndose como si el corazón fuera a salírsele del pecho.

—¡No lo sé!

Se agacharon detrás del arbusto casi sin atreverse a respirar mientras se hacían las presentaciones y se intercambiaban los cumplidos.

—Espero que perdonen esta intromisión. —Cuando la voz ronca y profunda de Gabriel salió por la ventana Cecily sintió que su cuerpo se estremecía de deseo. Sólo tenía que cerrar los ojos para que estuviese detrás de ella, encima de ella, dentro de ella.

—¡No sea ridículo! —le regañó la madre de Estelle—. Estamos encantados de conocer a un héroe tan famoso. Todo Londres está entusiasmado con la noticia de su asombrosa recuperación. ¿Es cierto que ha recuperado totalmente la vista?

—Todavía veo algunas sombras cuando empieza a oscurecer, pero cada vez es más llevadero. Mi médico cree que a mi mente le está costando un poco adaptarse a los progresos que han hecho mis ojos.

Cecily apretó sus ojos, incapaz de resistir la tentación de rezar una breve pero ferviente oración para dar gracias al cielo.

—Pero no he venido aquí hoy para hablar de mí —estaba diciendo Gabriel—. Esperaba que pudieran ayudarme con una cuestión personal. Estoy buscando a una mujer que ha estado recientemente a mi servicio y hace tiempo al suyo: la señorita Samantha Wickersham.

—¡Te está buscando a ti! —susurró Estelle dándole a Cecily un codazo tan fuerte que le hizo gruñir.

—No —respondió con tono serio—. Está buscándola a *ella*. ¿No te acuerdas? Fue idea tuya que le diésemos una carta de referencia de tus padres. Fuiste tú quien falsificó la firma de tu padre.

—Pero suponiendo que si intentaba ponerse en contacto con ellos aún estarían en Roma.

—Bueno, pues no es así.

—¿Samantha Wickersham? —estaba diciendo lord Carstairs—. No recuerdo ese nombre. ¿Era una criada?

—No exactamente —respondió Gabriel—. Según la carta de referencia que le proporcionó, fue la institutriz de sus hijos. Durante dos años.

Lady Carstairs parecía estar más desconcertada aún que su marido.

—No me acuerdo ni de ella ni de esa carta. Eso habría sido hace varios años, pero estoy segura de que aún recordaríamos su nombre.

—Su empleo tendría que haber sido bastante reciente —señaló Gabriel con un tono cada vez más cauteloso—. La señorita Wickersham es una mujer joven, probablemente menor de veinticinco años.

—Eso es imposible. Nuestro hijo Edmund está en Cambridge ahora mismo, y nuestra hija... Un momento. Estelle, querida —dijo su madre hacia las ventanas abiertas—, ¿sigues estando ahí fuera?

Estelle miró a Cecily horrorizada.

—¡Vete! —Cecily le dio un empujón—. Antes de que vengan a buscarte.

Estelle salió tambaleándose de detrás del arbusto. Se alisó la muselina blanca de su falda y lanzó una última mirada de pánico a Cecily antes de responder alegremente:

—Sí, mamá. Estoy aquí.

Mientras Estelle desaparecía en la casa, Cecily atravesó el arbusto y se sentó con la espalda pegada a la pared de ladrillos debajo de la ventana. Cerró bien los ojos para resistir la tentación de mirar a Gabriel. Era una tortura estar tan cerca de él y a la vez tan lejos.

—Ésta es nuestra Estelle —estaba diciendo lord Carstairs con una inconfundible nota de orgullo en su voz—. Como puede ver, dejó de necesitar una institutriz hace varios años.

—Tiene la edad perfecta para empezar a llenar la guardería con sus propios bebés —añadió su mujer con una risa nerviosa—. Cuando le encontremos el marido perfecto, por supuesto.

Reprimiendo un gruñido, Cecily golpeó la parte posterior de su cabeza contra la pared. Cuando pensaba que las cosas no podían ir peor, lady Carstairs estaba intentando casar a su mejor amiga con el único hombre al que amaría en toda su vida.

Mientras Gabriel murmuraba un saludo intentó no imaginarle inclinándose sobre la mano de Estelle, intentó no imaginar esos hábiles labios rozando su pálida suavidad. A diferencia de Cecily, Estelle no solía hacer frente al sol sin guantes y sombrero.

—¿Dónde está tu amiga? —preguntó lady Carstairs—. ¿No estábais las dos tomando el té?

Cecily abrió los ojos de par en par. Si alguien mencionaba su nombre descubrirían que era una mentirosa y una impostora.

—No hay ninguna razón para que no tomemos todos el té con lord Sheffield —propuso el padre de Estelle—. ¿Por qué no vas a buscar a...?

De repente a Estelle le dio un violento ataque de tos, y Cecily se desplomó contra la pared aliviada. Después de varias rondas de murmullos preocupados y palmaditas en la espalda, Estelle consiguió recuperarse.

—¡Lo siento mucho! Me he debido atragantar con el bollito.

—¿Con qué bollito? —preguntó Gabriel.

—El que he comido antes —respondió ella desafiándole a contradecirla con el tono frío de su voz—. Y me temo que tendrá que perdonar a mi amiga. Es muy tímida. Se fue corriendo como un conejo cuando oyó que llamaban a la puerta.

—Está bien —le aseguró Gabriel—. En realidad no tengo tiempo para más presentaciones. Y aunque aprecio su hospitalidad, me temo que tengo que declinar su invitación.

—Sentimos no haber podido ayudarle, Sheffield —dijo lord Carstairs haciendo chirriar su silla al levantarse—. Parece que ha sido víctima de una persona sin escrúpulos. Si aún tiene esa carta falsificada en su poder, le aconsejo que la entregue a las autoridades inmediatamente. Quizá puedan encontrar a esa mujer y ponerla en manos de la justicia.

—No es necesario recurrir a las autoridades. —La determinación en la voz de Gabriel hizo que Cecily se estremeciera—. Si está ahí fuera en alguna parte, la encontraré.

Cuando Estelle salió de la casa poco después de que Gabriel se marchara, Cecily estaba sentada en la colina que daba al pequeño estanque. Una pata se deslizaba por la serena superficie del estanque con siete patitos de plumas marrones y verdes detrás de ella.

—No se me ocurrió que podría descubrirme por las cartas de referencia —dijo mientras Estelle se sentaba en la hierba junto a ella poniendo su falda como una campana a su alrededor—. Ni siquiera las vio. —Miró a Estelle angustiada—. No comprendo por qué sigue buscándome a mí, a *ella*. Pensaba que en cuanto recuperara la vista volvería a la vida que tenía antes de conocernos.

Cecily abrazó una rodilla contra su pecho, incapaz de reprimir más la pregunta que se había prometido no hacer nunca.

—¿Cómo es?

—Debo confesar que es muy atractivo. Siempre he pensado que estabas exagerando sus encantos, cegada por el amor y todas esas tonterías, pero tengo que reconocer que es un ejemplar magnífico de masculinidad. ¡Y adoro esa cicatriz! Le da un aura de misterio. —Estelle se estremeció—. Parece una especie de pirata que podría llevarte sobre su hombro y poner en peligro tu vida.

Cecily apartó la cara, pero no antes de que Estelle viera el rubor de sus mejillas.

—Cecily Samantha March, él no es el único al que le has ocultado algo, ¿verdad?

—No sé qué quieres decir.

—Yo creo que sí. ¿Es cierto? ¿Habéis sido...? —Mirando por encima de su hombro, Estelle susurró—: *¿Amantes?*

—Sólo una noche —confesó Cecily.

—¿Sólo una vez?

—No. *Sólo una noche* —repitió Cecily pronunciando cuidadosamente cada palabra.

Estelle se quedó boquiabierta, horrorizada y encantada a la vez.

—No puedo creer que hayas hecho eso. ¡Con él! Eres muy liberal. La mayoría de las mujeres esperan a estar casadas antes de tener un amante. —Se acercó un poco más abanicándose con la mano—. Tengo que saberlo. ¿Es tan hábil como parece?

Cecily cerró los ojos mientras las *habilidades* de Gabriel volvían a su memoria y un intenso deseo le recorría las venas.

—Más aún.

—¡Madre mía! —Estelle se tumbó en la hierba con los brazos extendidos fingiendo que se desmayaba. Pero se incorporó enseguida y miró a Cecily con expresión preocupada—. Dios mío, no estarás... embarazada, ¿verdad?

—¡Ojalá lo estuviera! —confesó Cecily sin pensarlo—. ¿No demuestra eso que soy una persona terrible? Estaría dispuesta a romper el corazón de mi familia, sufrir la censura de la sociedad y arriesgarlo todo si pudiera tener un trocito de él para llevarlo siempre conmigo. —Hundió la cara en la rodilla, incapaz de soportar más tiempo el peso de la mirada compasiva de su amiga.

Estelle le acarició el pelo.

—Aún no es demasiado tarde. ¿Por qué no vas a verle, le explicas la verdad y le pides perdón?

—No podría. —Levantó la cabeza y miró a Estelle a través de una nube de lágrimas—. ¿No comprendes lo que hice? Estuvo a punto de morir por mí. Le abandoné cuando más me necesitaba. Luego, para intentar expiar esos pecados, entré en su casa con engaños y jugué con sus recuerdos y sus afectos. —Lanzó un violento sollozo—. ¿Cómo podría perdonarme por eso? ¿Cómo podría mirarme sin odio?

Mientras Estelle la abrazaba para que pudiera llorar las lágrimas que había estado conteniendo durante dos meses, a Cecily se le ocurrió otra terrible idea. Ahora que Gabriel sabía que Samantha le había mentido, ¿cuánto tiempo pasaría antes de que empezara a preguntarse si la noche que pasó en sus brazos había sido también una mentira?

Capítulo 21

Querida Cecily,

Una palabra de sus labios y no me separaré de usted...

El desconocido se abría paso por las concurridas calles de Londres con una expresión tan amenazadora y unas zancadas tan enérgicas que hasta los mendigos y los rateros corrían para apartarse de su camino. No parecía importarle el penetrante viento de octubre que azotaba la capa de su abrigo de lana mientras las frías gotas de lluvia caían del ala curvada de su sombrero.

No era la rugosa cicatriz que le desfiguraba la cara lo que hacía que los transeúntes abrazaran a sus hijos y se apartaran a un lado. Era la expresión de sus ojos. Su mirada ardiente escrutaba todas las caras que pasaban, provocando en todo el mundo un escalofrío.

A Gabriel no se le escapaba esa ironía. Por fin podía ver, pero le seguían negando la visión que más deseaba. Cada amanecer, por impresionantes que fueran sus rosas y sus dorados, sólo iluminaba el oscuro camino que tenía por delante. Cada puesta de sol predecía la larga y solitaria noche que le esperaba.

Caminaba majestuosamente entre las sombras, consciente de que comenzaba a oscurecer un poco antes cada día. El año estaba envejeciendo, igual que él. Muy pronto no sería la lluvia la que caería sobre sus mejillas, sino la nieve.

A pesar de la generosa cantidad que Gabriel les había ofrecido para seguir buscando a Samantha, Steerforth y sus hombres se dieron por vencidos. Después de eso Gabriel comenzó a recorrer las calles él mismo, regresando a su casa de Grosvenor Square por la noche sólo cuando estaba demasiado agotado para dar otro paso. Había visitado todos los hospitales de Londres, pero nadie recordaba a una antigua institutriz llamada Wickersham que había atendido a los soldados y los marineros heridos.

Sólo había algo que temía más que no encontrar a Samantha. ¿Y si no era capaz de reconocerla?

El primer mes de su búsqueda arrastró a Beckwith con él. El tímido mayordomo se lo había pasado tan mal acurrucado en la esquina de una sórdida taberna como interrogando a los vendedores ambulantes de Covent Garden. Finalmente Gabriel se apiadó de él y le mandó de vuelta a Fairchild Park.

Ahora, como los hombres que había contratado para buscarla, estaba obligado a confiar en descripciones que variaban dependiendo de a quién preguntara. Lo único que sabía era que estaba buscando a una mujer delgada de estatura mediana con el pelo castaño, unos rasgos delicados y unos ojos normalmente cubiertos por unas gafas muy poco atractivas. Algunos criados insistían en que eran verdes, mientras que otros juraban que eran marrones. Sólo Honoria creía que eran azules.

Sabía que era una locura, pero Gabriel tenía que pensar que si se encontraba cara a cara con Samantha algo en su alma la reconocería.

Bajó por una calle mal iluminada que conducía a los muelles. Cada vez que exploraba los barrios bajos de Whitechapel o Billingsgate le daba más miedo encontrar a Samantha que no encontrarla. La idea de que pudiera estar vagando por un callejón oscuro embarazada le volvía loco. Le habría gustado empezar a derribar puertas y agarrar a la gente por el cuello hasta que alguien pudiera demostrar que no era un producto de su imaginación.

Su determinación para encontrarla no se había tambaleado, pero las dudas que tenía desde su visita a casa de los Carstairs seguían atormentándole. Se acordaba de la tarde lluviosa que le había leído *Speed the Plough*. Había representado todos los papeles con una gran convicción. ¿Y si también había representado el papel de mujer enamorada? Pero si había sido así, ¿cómo podía haberse entregado a él tan generosamente? ¿Cómo podía haberle dado su inocencia sin pedir nada a cambio?

Mientras cruzaba un callejón oscuro le llegó a la nariz una fragancia evasiva. Parándose en seco, cerró los ojos y respiró profundamente, abrazando la oscuridad en vez de huir de ella. Allí estaba otra vez ese olor inconfundible a limón sobre la mezcla de aromas de las salchichas quemadas y la cerveza derramada.

Abriendo los ojos, escrutó las figuras sombrías que había a su alrededor. Una mujer con una capa acababa de pasar por delante de él al otro lado del callejón. A través de la lluvia podría haber jurado que vio un mechón de pelo castaño rojizo saliendo de su capucha.

Corriendo detrás de ella, Gabriel la agarró por el codo y le obligó a darse la vuelta. Cuando se le cayó la capucha hacia atrás vio una sonrisa desdentada y un par de pechos flácidos que amenazaban con salírsele de su amplio escote. Gabriel retrocedió al notar el fuerte olor a ginebra de su aliento.

—Eh, no es necesario ser tan brusco con una dama. A no ser que le guste de esa manera. —Aleteó sus escasas pestañas con un gesto grotesco—. Por unos cuantos chelines más podría estar dispuesta a averiguarlo.

Gabriel bajó la mano sin poder resistir el impulso de limpiársela en su abrigo.

—Perdóneme, señora. La he confundido con otra persona.

—¡No tenga tanta prisa! —dijo ella mientras él se daba la vuelta y comenzaba a alejarse rápidamente, tropezándose con un deshollinador malhumorado en su intento de escapar—. A un tipo tan guapo como usted podría hacérselo gratis. Sé que no tengo demasiados dientes, pero algunos caballeros dicen que así es más dulce.

Cansado hasta el alma, Gabriel atravesó las sombras del callejón decidido a buscar refugio en el carruaje que había dejado aparcado a la vuelta de la esquina.

Levantándose el cuello del abrigo para protegerse de una fría ráfaga de viento y lluvia, cruzó la concurrida calle esquivando un coche lleno de bellezas sonrientes y un farolero de cara colorada que iba corriendo de una farola a otra, encendiendo el aceite con un breve beso de su antorcha.

Gabriel no se habría fijado en la andrajosa figura acurrucada en la acera debajo de una de esas farolas si no hubiera oído decir al hombre:

—¡Una limosna, por favor! ¡Medio penique para ayudar a los que no pueden valerse por sí mismos!

—¿Por qué no va al asilo y nos ayuda a todos? —gruñó un caballero pasando por encima de él.

Sin perder su alegre sonrisa, el hombre acercó su platillo a una mujer de nariz afilada a la que seguían una doncella, un criado y un paje africano cargado con un montón de paquetes.

—¿Podría darme medio penique para un plato caliente de sopa, señora?

—No necesita un plato caliente de sopa. Lo que necesita es un trabajo —le informó apartándose de él—. Así no tendría tiempo de acosar a los cristianos decentes.

Moviendo la cabeza de un lado a otro, Gabriel sacó un soberano de su bolsillo y lo echó al platillo del hombre al pasar.

—Gracias, teniente.

Ese tono suave y culto hizo que Gabriel se detuviera y se diese la vuelta.

Cuando el hombre levantó la mano en un saludo fue imposible no fijarse en su temblor incontrolable y en el brillo de inteligencia en sus ojos marrones claros.

—Martin Worth, señor. Servimos juntos a bordo del *Victory*. Probablemente no se acordará de mí. Sólo era un guardia marina.

Al mirar mejor Gabriel se dio cuenta de que lo que parecían harapos era en realidad un uniforme naval hecho jirones. La descolorida chaqueta azul caía colgando sobre un pecho casi esquelético. Los sucios pantalones blancos estaban recogidos sobre las piernas de Worth, o lo que quedaba de ellas. Ya no necesitaba ni calcetines ni botas.

Mientras Gabriel levantaba despacio la mano para devolver el saludo, una tos seca que salió del pecho de Worth estuvo a punto de doblarle. Era evidente que la humedad se le había metido ya en los pulmones. No sobreviviría al próximo invierno.

Algunos hombres no han vuelto aún de esta guerra. Y algunos no volverán nunca. Otros han perdido los brazos y las piernas. Están mendigando en las cunetas con sus uniformes y su orgullo hecho jirones. Les insultan, les pisotean, y la única esperanza que les queda es que un desconocido con una pizca de caridad cristiana en su alma les eche una moneda en sus platillos.

Mientras esa voz resonaba en su memoria, Gabriel movió la cabeza sin poder creérselo. Había estado buscando a Samantha durante meses, pero fue allí, en la esquina de una calle cualquiera, mirando a un desconocido a los ojos, donde por fin la encontró.

—Tiene razón, guardia marina Worth. No me acordaba de usted —confesó quitándose el abrigo y arrodillándose para ponérselo sobre sus escuálidos hombros—. Pero ahora sí.

Worth le miró totalmente desconcertado mientras él hacía señas al otro lado de la calle y lanzaba un agudo silbido para que el cochero acercase el carruaje.

—No puedo creer que me hayas convencido para venir aquí —susurró Cecily mientras ella y Estelle bajaban por las pulidas escaleras que conducían al concurrido salón de baile de la mansión de Mayfair de lady Apsley—. Si en nuestra parroquia no hubiera un nuevo coadjutor no habría permitido que me arrastraras a Londres.

—¿Soltero? —preguntó Estelle.

—Me temo que sí. Aunque si mi madre tiene algo que decir al respecto no será por mucho tiempo.

—Por tu tono deduzco que no te parece un buen partido.

—Al contrario. Tiene todo lo que mi familia cree que debería desear en un marido. Es aburrido, impasible, aficionado a dar largas disertaciones sobre las maravillas de criar ovejas de cara negra y curar salchichas. Les encantaría que pasara el resto de mis días zurciendo sus calcetines y criando a sus rechonchos hijos —suspiró—. Quizá debería dejar que me cortejara. No merezco nada más.

Ni siquiera los guantes que llevaba Cecily hasta el codo pudieron suavizar el impacto de las uñas de Estelle al clavarse en su brazo.

—¡Ni se te ocurra pensar algo así!

—¿Por qué no? ¿Cómo preferirías que pasara lo que me queda de vida? ¿Llorando sobre tu hombro? ¿Soñando con un hombre que no puedo tener?

—No puedo predecir cómo vas a pasar el resto de tu vida —dijo Estelle mientras llegaban al pie de las escaleras y comenzaban a abrirse paso entre los invitados—, pero sé cómo vas a pasar esta noche. Sonriendo. Saludando. Bailando. Y charlando con jóvenes a quienes no les importa nada las ovejas o las salchichas curadas.

—¿Y qué estamos celebrando hoy? ¿Ha ganado el caballo de lord Apsley otra carrera en Newmarket? —Cecily sabía tan bien como Estelle que los anfitriones más famosos de Londres aprovechaban cualquier excusa para animar los largos y aburridos meses entre una temporada y otra.

Estelle se encogió de hombros.

—Lo único que sé es que tiene algo que ver con que Napoleón siga amenazando con bloquearnos. Lady Apsley ha decidido organizar un baile en honor de algunos de los oficiales que embarcan mañana para salvarnos de los horrores de una vida sin encaje belga e higos turcos. ¿Por qué no consideras esta noche un sacrificio para apoyar una causa tan noble?

—Se te ha olvidado —dijo Cecily alegremente para ocultar el repentino dolor de su corazón—, que yo ya he cumplido con el rey y con la patria.

—Es verdad. —Estelle suspiró con tristeza—. Eres una chica con suerte. ¡Mira! —exclamó al ver a un criado de librea entre la multitud con una bandeja de plata llena de copas de ponche—. Como todavía no se ha fijado en nosotras ningún caballero, supongo que tendremos que ir a buscar nuestro ponche. Espera aquí. Ahora vuelvo.

Cecily contuvo una protesta mientras Estelle desaparecía entre la multitud con la cola de su vestido blanco de muselina resplandeciendo detrás de ella.

Luego miró alrededor del abarrotado salón de baile con una sonrisa forzada en sus labios. Estelle había insistido en que se pusiera un lazo a juego con su vestido de color melocotón entre sus rizos sedosos.

Aunque el baile no había comenzado aún, un cuarteto de cuerda estaba ensayando al fondo del salón. Cuando un joven soldado acababa de fijarse en Cecily, un violinista empezó a tocar las tristes notas de «Barbara Allen».

Cecily cerró los ojos, recordando con toda claridad otro salón de baile, otro hombre.

Cuando los abrió el joven soldado se dirigía hacia ella entre la multitud. Entonces se dio la vuelta pensando sólo en escapar.

Había sido un error dejar que Estelle la convenciera para ir allí. Miró a su alrededor, pero no vio a su amiga por ninguna parte. Tendría que buscar su carruaje y pedirle al cochero que la llevara a casa de los Carstairs inmediatamente. Luego podría volver a buscar a Estelle.

Al ver por encima de su hombro que el soldado aún la perseguía, fue corriendo hacia las escaleras y pisó a alguien sin darse cuenta.

—¡Ten cuidado, jovencita! —dijo una señora mayor frunciendo el ceño.

—Lo siento —murmuró empujando al pasar a un hombre rechoncho con la nariz colorada.

Por fin consiguió salir de la multitud, temblando casi de alivio al encontrarse al pie de las escaleras. Sólo unos pasos más y sería libre.

Sintiéndose ya como si le hubieran quitado un peso de encima, al mirar hacia lo alto de las escaleras se encontró mirando directamente a unos ojos verdes como la espuma del mar.

Capítulo 22

Querido Gabriel,

(¡Ya está! ¡Lo he dicho! ¡Espero que esté satisfecho!)

Gabriel Fairchild estaba en lo alto de las escaleras con su uniforme de gala de oficial de la Marina Real. Llevaba una levita azul oscura con botones de bronce y un ribete blanco alrededor de las solapas. Un sencillo lazo azul había sustituido a su pañuelo de volantes. Su chaleco, su camisa y sus pantalones eran de un blanco deslumbrante, mientras que un par de impecables botas negras rodeaban sus pantorrillas. Seguía llevando el pelo largo recogido en una coleta con una cinta de cuero.

Su llegada fue recibida con una oleada de murmullos y miradas de admiración. Como Estelle había predicho, la cicatriz le daba un toque de misterio y le hacía parecer aún más una figura heroica. Sólo Cecily sabía hasta qué punto era un héroe. No estaría al pie de esas escaleras si no hubiera arriesgado su vida para salvar la de ella.

Su corazón se tambaleó al verle así. Esperaba que continuara con la vida frívola que tenía antes de que se conocieran en la fiesta de lady Langley. Pero ese Gabriel era completamente diferente: más sombrío pero de algún modo más irresistible.

Una parte de ella casi quería que la reconociera como Samantha en lugar de Cecily. Prefería ver odio en sus ojos a que la mirara como si tuviera menos importancia que una desconocida.

Se quedó paralizada mientras él comenzaba a bajar las escaleras. Pero sus elegantes pasos le llevaron justo por delante de ella como si hubiera vuelto a quedarse ciego otra vez.

Abrió los ojos de par en par. No había ninguna duda. Le acababan de atravesar el corazón de una estocada. Miró hacia abajo a su vestido, sorprendida al comprobar que no estaba manchado de sangre.

—Disculpe, señorita.

Al darse la vuelta Cecily se encontró mirando la cara ansiosa del joven soldado.

—Sé que no nos han presentado aún debidamente, pero me estaba preguntando si le gustaría bailar conmigo.

Cecily podía ver a Gabriel por el rabillo del ojo saludando a su anfitriona, sonriendo mientras acercaba su mano a sus labios. Una peligrosa sensación de desafío le recorrió las venas.

—Será un placer —le informó al joven poniendo su mano enguantada sobre la de él.

Afortunadamente, las enérgicas notas de la danza campestre hacían que fuera imposible hablar. Incluso mientras se unían a la alegre cola de bailarines era plenamente consciente de cada paso que daba Gabriel, cada mano que besaba, cada mirada ávida que le lanzaban las mujeres más atrevidas. No era difícil seguir su camino. Le sacaba la cabeza y los hombros a la mayoría de los hombres de la sala.

En todo ese tiempo no pareció dirigirle ninguna mirada... ningún pensamiento.

Le perdió de vista justo cuando los músicos empezaban a tocar las primeras notas de un minué pasado de moda. Después de guiarles a través de una intrincada serie de figuras, la música cambió de tono señalando un cambio de pareja. Encantada de librarse del joven soldado de manos sudorosas, Cecily se volvió airosamente.

De repente se encontró cara a cara con Gabriel. Tragó saliva, esperando en cierto modo que se diera la vuelta y la dejara plantada delante de todo el mundo.

—Señorita March —murmuró demostrando que era más consciente de su presencia de lo que había fingido.

—Lord Sheffield —respondió ella mientras giraban con cautela.

Incluso a través del guante podía sentir el calor de la mano que apretaba la suya. Intentó no recordar con cuánta ternura la había tocado hacía tiempo, el sorprendente placer que le habían dado sus manos.

Su mayor temor era que pudiera reconocer su voz. Para modular los tonos severos de Samantha Wickersham se había inspirado en una tía soltera. Pero sabía que su voz natural se le había escapado en más de una ocasión, como cuando gritó su nombre extasiada.

—Es agradable verle con tan buen aspecto —dijo adoptando deliberadamente una cadencia velada. No le resultó difícil, porque se sentía como si se estuviera ahogando en su intenso aroma masculino—. Oí rumores sobre la milagrosa recuperación de su vista. Me alegra ver que eran ciertos.

Él la observó con los ojos encapotados.

—Puede que sea el destino el que nos haya reunido esta noche. Nunca he tenido la oportunidad de darle las gracias.

—¿Por qué?

—Por venir a visitarme al hospital cuando estaba herido.

Cecily sintió que se le tambaleaba el corazón mientras él daba otra vuelta al estoque. Por primera vez se compadecía de los franceses. Era mejor no tenerle como enemigo.

Inclinando su cara, le lanzó una sonrisa deslumbrante.

—No tiene que darme las gracias. Sólo estaba cumpliendo con mi deber cristiano.

Sus ojos se ensombrecieron. Parecía que por fin había conseguido que reaccionara de algún modo. Pero su triunfo fue efímero. Antes de que él pudiera responder los músicos terminaron su canción. La última nota del minué quedó flotando en el aire entre ellos.

Gabriel se inclinó sobre su mano, rozándole los nudillos con sus labios en un beso superficial.

—Ha sido un placer volver a verla, señorita March, aunque sólo sea para recordar qué poco la conocía realmente.

Mientras el cuarteto comenzaba a tocar un vals austriaco, los demás bailarines empezaron a abandonar la pista para charlar y tomar un refrigerio. Nada como un vals para despejar rápidamente un salón de baile. Nadie quería que la gente sospechara que sabía los pasos de ese baile tan escandaloso.

Mientras Gabriel se ponía derecho Cecily tuvo que vencer un arrebato de pánico. En unos segundos le daría la espalda y saldría de su vida para siempre. Ya habían atraído varias miradas de curiosidad. Estelle estaba observándoles desde el otro lado del salón con la cara casi tan blanca como su vestido.

¿Qué más podía perder?, pensó Cecily. ¿Su buen nombre? ¿Su reputación? Aunque la sociedad no lo supiese, estaba ya perdida para cualquier otro hombre.

Antes de que Gabriel pudiera alejarse de ella puso la mano sobre su brazo.

—¿No le han dicho nunca que es de mala educación que un caballero abandone a una dama que quiere bailar?

Él la miró con una expresión burlona y cautelosa a la vez.

—Que no se diga que Gabriel Fairchild ha negado algo a una dama.

Con esas palabras familiares deslizó un brazo alrededor de su cintura y la atrajo hacia él. Mientras empezaban a bailar Cecily cerró los ojos, reconociendo en ese momento que estaba dispuesta a correr cualquier riesgo, a pagar cualquier precio, por estar de nuevo en sus brazos.

—Debo confesar que me ha sorprendido encontrarla aquí esta noche —dijo Gabriel mientras giraban por la pista desierta moviendo sus cuerpos con un ritmo perfecto—. Pensaba que a estas alturas se habría casado con un terrateniente o un hacendado. Sé que aprecia la respetabilidad en un hombre por encima de todo.

Ella le lanzó una sonrisa con un pequeño hoyuelo.

—¿Como usted apreciaba en una mujer que fuera fácil de seducir?

—Ésa es una cualidad que sin duda alguna usted no ha poseído nunca —murmuró mirando por encima de su cabeza.

—A diferencia de las mujeres que están comiéndoselo con los ojos esta noche. ¿Quiere que me aparte para que una de ellas ocupe mi lugar en sus brazos?

—Agradezco su generosidad, pero me temo que no tengo tiempo para esas frivolidades. Mañana por la tarde embarco en el *Defiance*.

Cecily se tropezó con sus propios pies. Si él no la hubiera agarrado con fuerza podría haberse caído. Haciendo un esfuerzo para seguir moviendo los pies al ritmo de la música, le miró sin poder creérselo.

—¿Va a regresar al mar? ¿Ha perdido el juicio?

—Su inquietud es conmovedora, señorita March, pero llega con un poco de retraso. No es necesario que su cabecita se preocupe por mi destino.

—Pero ¡la última vez que se fue casi no vuelve! ¡Estuvo a punto de morir! Le costó la vista, la salud...

—Soy perfectamente consciente de lo que me costó —dijo Gabriel en voz baja. Mientras observaba su cara desapareció de sus ojos el último rastro de burla.

Cecily quería tocarle desesperadamente, rodearle la mejilla con su mano. Pero las promesas y los sueños rotos hacían que la distancia que había entre ellos fuera insalvable.

Bajó la vista a su solapa.

—¿Por qué se siente obligado a representar de nuevo el papel de héroe? Después de haber estado a punto de sacrificar su vida por el rey y por la patria no creo que tenga que demostrar nada más.

—Puede que a usted no, pero a otra persona sí.

—¡Ah! Debería haber imaginado que había una mujer implicada. —Aunque sabía que no podía esperar que pasara el resto de su vida suspirando por una mujer que no había existido nunca, sintió una profunda punzada de celos en su estómago. Era angustioso imaginarle en brazos de otra mujer, en la cama de otra mujer, haciendo lo que le había hecho a ella.

—Siempre ha estado dispuesto a sacrificarlo todo por amor, ¿verdad?

Cuando cesó la música se quedaron parados en medio de la pista de baile. Cecily podía ver las miradas de reojo y oír los murmullos curiosos.

Esta vez sólo había compasión en la mirada de Gabriel.

—Ni siquiera sabía lo que era el amor hasta que conocí y perdí a Samantha. Perdóneme por hablar con tanta brusquedad, señorita March, pero usted no le llega ni a la suela de los zapatos.

Después de hacerle una breve reverencia se dio la vuelta y fue hacia las escaleras mientras todo el mundo le miraba.

Cecily se quedó allí un largo rato antes de susurrar:

—No. Supongo que no.

Gabriel entró en su casa de Londres, alegrándose de que los sirvientes estuvieran ya en la cama, y se dirigió al salón. Uno de los criados había dejado la chimenea encendida para aminorar un poco el frío de noviembre.

Quitándose el abrigo húmedo, Gabriel se sirvió un generoso chorro de whisky de la botella de cristal del aparador. Mientras el licor ardiente bajaba por su garganta se acordó de otra noche oscura en la que bebió demasiado whisky y pensó en acabar con su vida. Esa noche Samantha le sacó de la oscuridad como un ángel, dándole una razón y voluntad para vivir. Fue la primera vez que probó sus labios y estrechó su cálido cuerpo contra el suyo.

Bebió el resto del whisky de un solo trago. Un dragón esculpido le sonreía desde el pedestal de una mesa de cristal. La estancia había sido decorada al estilo chino, pero esa noche las colgaduras de seda carmesí, los muebles lacados y las pagodas en miniatura parecían más ridículas que exóticas.

No quería reconocer que ver de nuevo a Cecily podía haberle puesto de tan mal humor. Pensaba que era inmune a sus encantos. Pero al verla allí al pie de las escaleras sola y perdida como una niña sintió una sacudida inesperada.

Estaba más delgada de lo que recordaba. Al principio le sorprendió su pelo corto, pero de un modo extraño le sentaba bien. Le daba un toque maduro a su belleza y hacía que su elegante cuello pareciese más largo y sus luminosos ojos azules más grandes. La inexplicable tristeza que había vislumbrado en sus profundidades era lo que más le había impresionado.

Gabriel se sirvió otra copa de whisky. Probablemente había sido un estúpido al pensar que no le afectaría volver a verla. En el mar había pasado un montón de noches sólo con su recuerdo y sus promesas escritas para reconfortarle. Promesas que esa noche había destruido con un comentario sarcástico y una sonrisa burlona.

Se pasó una mano por el pelo. El whisky sólo estaba avivando la fiebre que corría por sus venas. Antes habría buscado alivio para esa fiebre en los brazos de una cortesana o una bailarina. Ahora lo único que tenía para consolarse eran los fantasmas de las dos mujeres a las que había amado.

De repente sonó en la puerta principal un golpe que le sobresaltó.

—¿Quién diablos será a estas horas? —murmuró mientras iba hacia la entrada.

Al abrir la puerta vio allí a una mujer con una capa con capucha. Por un engañoso instante la esperanza latió con fuerza en su corazón. Entonces se quitó la capucha, revelando unos rizos cortos de color miel y un par de cautos ojos azules.

Buscó en la calle detrás de ella, pero no había ningún carruaje. Era como si hubiera surgido de la nada en medio de la niebla.

Gabriel sintió en su pulso una advertencia. Debería echarla y cerrar la puerta en su preciosa cara. Pero el diablo que tenía dentro le incitó a apoyarse en el marco de la puerta, cruzarse de brazos y mirarla de arriba abajo con insolencia.

—Buenas noches, señorita March —dijo con voz cansada—. ¿Ha venido para otro baile?

Ella le miró con una expresión cautelosa y esperanzada a la vez.

—Me estaba preguntando si podría hablar un momento con usted.

Gabriel se apartó. Mientras pasaba a su lado contuvo el aliento, intentando deliberadamente no inhalar el aroma floral de su pelo y de su piel. La acompañó al salón recordando todas las veces que había soñado con estar solo con ella; un sueño que se había hecho realidad demasiado tarde.

—¿Quiere darme su capa? —preguntó intentando no fijarse en lo bien que le sentaba el terciopelo verde esmeralda al brillo aterciopelado de su piel.

Sus finos dedos jugaron con la cinta de seda de su cuello.

—No, gracias. Tengo un poco de frío. —Se sentó en el borde de una silla de seda china mirando nerviosamente un par de dragones de hierro fundido para la chimenea.

—No se preocupe. No muerden —le aseguró Gabriel.

—Es un gran alivio. —Miró alrededor de la habitación observando su exuberante decadencia—. Por un momento he pensado que estaba en un fumadero de opio.

—Tengo muchos vicios, pero ése no es uno de ellos. ¿Le apetece beber algo?

Ella se quitó los guantes y cruzó las manos sobre su regazo.

—Sí, gracias.

—Me temo que aquí sólo tengo whisky. Si quiere puedo despertar a uno de los criados para que traiga un poco de sherry.

—¡No! —Intentó suavizar su arrebato de pánico con una trémula sonrisa—. No es necesario que les moleste. Un whisky estará bien.

Gabriel sirvió una copa para cada uno y observó su cara atentamente mientras tomaba el primer sorbo. Sus ojos comenzaron a humedecerse y tosió un poco. Como había sospechado, probablemente era la primera vez que lo había probado. Esperaba que dejase la copa a un lado educadamente, pero la acercó de nuevo a sus labios y bebió el resto del whisky de un solo trago.

Él abrió bien los ojos. Fuese lo que fuese lo que había venido a decirle, parecía que exigía una buena dosis de valor.

—¿Quiere otra copa o le traigo la botella entera?

Ella rechazó su oferta. El licor había intensificado el color de sus mejillas y el peligroso brillo de sus ojos.

—No, gracias. Debería ser suficiente.

Gabriel se sentó en el extremo del ancho diván, apoyó los codos sobre las rodillas y removió el whisky en su copa. No estaba de humor para intercambiar bromas y comentarios intrascendentes.

Tras un incómodo momento de silencio Cecily dijo:

—Soy consciente de que puede encontrar mi visita muy poco convencional, pero tenía que verle antes de que embarcase mañana.

—¿A qué viene tanta urgencia? A lo largo de este año podía haberme visto en cualquier momento simplemente pasando por Fairchild Park.

Ella bajó la vista jugueteando con sus guantes.

—No estaba segura de cómo sería recibida. No podría haberle culpado si me hubiese echado a los perros.

—No sea ridícula. Habría sido mucho más eficaz ordenar a mi guarda que le disparara.

Ella le miró de reojo para ver si estaba bromeando. Gabriel ni siquiera parpadeó.

Cecily respiró profundamente.

—He venido aquí esta noche para decirle que me gustaría aceptar su proposición.

—¿Disculpe? —Se inclinó hacia delante pensando que no había oído bien.

—Hace tiempo me pidió que me convirtiera en su esposa. —Levantó la barbilla para sostener su mirada—. Me gustaría aceptar esa oferta.

Él la miró durante un minuto sin poder creérselo y luego se echó a reír. Las violentas carcajadas que sacudían todo su cuerpo le obligaron a levantarse y apoyarse en la chimenea para recobrar el aliento. No se había reído así desde que Samantha había desaparecido de su vida.

—Tendrá que perdonarme, señorita March —dijo secándose los ojos—. Se me había olvidado que tenía un sentido del humor tan perverso.

Ella se levantó para hacerle frente.

—No estaba hablando en broma.

Gabriel se puso serio de repente y dejó su copa de whisky sobre la chimenea.

—Bueno, pues es una lástima, porque pensaba que había dejado claro que ya no tiene ningún derecho sobre mi corazón.

—Creo que sus palabras exactas fueron: «Ni siquiera sabía lo que era el amor hasta que conocí *y perdí* a Samantha».

Él estrechó los ojos intentando odiarla.

Ella comenzó a pasearse de un lado a otro, arrastrando el dobladillo de su capa por la alfombra oriental.

—No hay nada que nos impida casarnos esta noche. Podemos fugarnos a Gretna Green como me pidió hace tiempo.

Gabriel le dio la espalda y miró las llamas de la chimenea, incapaz de soportar más la visión de su cara adorable y traicionera.

Entonces le envolvió su aroma floral, el mismo que había perfumado las cartas que había llevado junto a su corazón durante esos largos y solitarios meses en el mar. Luego sintió que su mano le rozaba la manga.

—Antes me quería —dijo ella en voz baja—. ¿Puede negar que ya no me quiere?

Él se dio la vuelta para mirarla.

—Claro que la quiero, pero no como esposa.

Ella se alejó un poco de él, pero Gabriel la siguió y la hizo retroceder hacia el centro de la habitación un paso cada vez.

—Me temo que ya no necesito una esposa, señorita March, pero estaría dispuesto a convertirla en mi amante. Podría instalarla en un bonito alojamiento cerca de aquí y disfrutar en su cama cuando mi barco llegue a puerto. —Gabriel sabía que estaba siendo injusto, pero no podía detenerse. Toda la amargura que había acumulado en su corazón desde Trafalgar estaba fluyendo en un virulento arrebato—. No debe preocuparse por sus necesidades materiales. Puedo ser un hombre muy generoso, sobre todo si me mantienen satisfecho. Tampoco debe sentirse culpable por aceptar mi largueza. Puedo asegurarle que se ganará todas las chucherías que quiera, todos los pendientes de diamantes y los collares de rubíes, o en su espalda —bajó su mirada a sus labios temblorosos—, o en sus rodillas.

Gabriel se inclinó sobre ella esperando que le diera una bofetada en la mejilla, le acusara de ser un bastardo y se fuera corriendo hacia la puerta.

Pero en vez de eso levantó la mano y se desató la cinta del cuello, haciendo que la capa se deslizara por sus hombros y se cayera al suelo.

Capítulo 23

Querida Cecily,

No estaré satisfecho hasta que se encuentre en mis brazos para siempre...

Cecily estaba delante de él frente a la luz del fuego. Sólo llevaba una camisola de seda, unas medias con ligas, unas zapatillas de color melocotón atadas con lazos alrededor de sus finos tobillos y una expresión desafiante. Estaba exquisita, superando cualquier cosa que pudiese haber imaginado con sus caderas redondas, su esbelta cintura y sus pechos firmes. La delicada camisola era tan fina que podía haber sido tejida por mariposas. La sombra de las puntas de sus pechos y la coyuntura de sus muslos hicieron que se le quedara la boca seca y su cuerpo se pusiera tenso.

La rodeó despacio observando el elegante arco de su pantorrilla, la suave curva de sus nalgas.

Mientras volvía a ponerse delante de ella se miraron directamente a los ojos.

—Aunque las zapatillas son preciosas, debo decir que su atuendo nupcial es un poco ligero.

—Quizá para una novia —replicó tan altiva como una reina a pesar de la escasez de su ropa—, pero no para una amante.

Gabriel movió la cabeza de un lado a otro, intentando asimilar aún el desarrollo de los acontecimientos. Nunca había esperado que le pusiera las cartas sobre la mesa, sobre todo de un modo tan sorprendente.

Observó su cara, fascinado por las emociones que vio en sus bellos ojos azules.

—No ha venido aquí para casarse conmigo, ¿verdad, señorita March? Ha venido aquí para seducirme.

—Pensé que si no podía conseguir una cosa conseguiría la otra.

—Pues estaba equivocada —dijo él con tono categórico. Tras recoger su capa se la puso alrededor de los hombros. Luego fue hacia la puerta, decidido a acompañarla a la salida antes de que su resolución pudiera debilitarse aún más—. Ya le he dicho que mi corazón pertenece ahora a otra mujer.

—Ella no está aquí esta noche —dijo Cecily con suavidad—. Pero yo sí.

Gabriel se detuvo y se apretó la frente con las puntas de los dedos.

—Debo advertirle, señorita March, que está tentando al destino y a mi paciencia. ¿Sabe cuánto tiempo voy a estar en el mar cuando zarpe mañana? Allí las noches son muy frías y solitarias. La mayoría de los hombres bajo mi mando van a pasar esta noche en celo como bestias. Y no serán muy exigentes para elegir pareja. Les servirá cualquier mujer que esté dispuesta.

—Entonces imagine que soy cualquier mujer.

Gabriel se dio la vuelta despacio.

Ella dejó caer la capa y se deslizó hacia él como una visión de una de sus fantasías más atrevidas.

—Mejor aún, reconozca que soy la mujer que merece pagar por romperle el corazón. ¿No es eso lo que ha querido desde que me fui corriendo del hospital ese día? ¿Castigarme?

Incapaz de resistir más tiempo la tentación, Gabriel le rodeó el cuello con la mano, acariciando con el pulgar el pulso que latía violentamente en su base. Por supuesto que la castigaría, pero no con dolor, sino con placer. Un placer que nunca había sentido. Un placer que nunca volvería a sentir. Un placer que la perseguiría a lo largo de todas las noches y todos los amantes que vendrían.

Bajó la cabeza, pero antes de que sus labios pudieran rozar la suavidad de los suyos ella apartó la cara.

—¡No! No quiero que me bese. De todos modos no lo haría en serio.

Él frunció el ceño, sorprendido por su vehemencia.

—La mayoría de las mujeres necesitan que las besen un rato antes de permitir que un hombre pase a... otras cuestiones más placenteras.

—Yo no soy como la mayoría de las mujeres.

Gabriel se pasó una mano por el pelo.

—Estoy empezando a darme cuenta de eso.

—Tengo otras dos necesidades.

—¿De veras?

—No deje que el fuego se apague y no cierre los ojos. —Le miró con una expresión acusatoria—. ¿Me promete que no cerrará los ojos?

—Le doy mi palabra de caballero —respondió sintiéndose muy poco caballeroso en ese momento.

Sus necesidades no exigían un gran sacrificio por su parte. Estaba tan hermosa con la luz del fuego que no quería ni parpadear. Uno de sus mayores pesares era que su ceguera le había impedido ver a Samantha de ese modo.

Mientras Gabriel iba hacia la chimenea Cecily se quedó en medio del salón intentando no temblar con su fina camisola y sus medias. Con la camisa tensa sobre sus anchos hombros, él cogió un tronco lo bastante grande para que ardiera toda la noche y lo metió entre las llamas. Después de limpiarse el polvo de las manos se dio la vuelta, mirándola con avidez a través de las sombras.

Estar delante de Gabriel con su camisola mientras él estaba completamente vestido era una sensación increíblemente perversa. Cecily se sentía como una especie de esclava cuya vida dependía de su capacidad para complacer a su amo.

Utilizando esa capacidad, se quitó la camisola por encima de la cabeza y la echó a un lado, quedándose sólo en medias y zapatillas. Gabriel lanzó un sonido gutural desde lo más profundo de su garganta. Luego fue hacia ella, cubriendo con sus firmes pasos el espacio que había entre ellos.

—Nunca la querré —le advirtió mientras la tendía debajo de él en el diván.

—No me importa —susurró furiosamente mirándole a los ojos.

Y era cierto. Lo único que quería era una oportunidad más para amarle antes de que zarpase al día siguiente.

Él se levantó un poco para quitarse el chaleco y el lazo del cuello. Entonces ella empezó a soltar los botones de su camisa, extendiendo la tela para apoyar las manos sobre su pecho y pasar las puntas de los dedos por el vello dorado que encontró allí.

Mientras la sombra de Gabriel caía sobre ella giró la mejilla hacia un lado para evitar la tentación de sus labios.

—Cuando dijo que no quería que la besara —dijo él con un ronco murmullo—, supuse que se refería a los labios.

Luego deslizó su boca abierta por su cuello, haciendo que se le pusiera la carne de gallina y apretara los ojos para contener un intenso arrebato de deseo.

—No cierre los ojos —le ordenó con una voz áspera que contrastaba con sus suaves caricias—. Yo también tengo algunas necesidades.

Cecily obedeció justo a tiempo para ver cómo bajaba la boca a su pecho. Su pezón se encogió con el roce de su lengua, aceptando su beso y los temblores de placer que se extendían por su vientre. Él pasó de un pecho a otro hasta que los dos acabaron ardiendo de deseo.

Sólo entonces deslizó su hábil boca más abajo, besando con suavidad la sensible zona de sus costillas, la curva de su cadera, la franja temblorosa de piel sobre el triángulo de rizos de su entrepierna. Para cuando se arrodilló en el suelo y arrastró sus caderas hasta el borde del diván estaba ya tan aturdida que sólo gimió una débil protesta.

Sus grandes y cálidas manos separaron sus muslos, dejándola totalmente vulnerable para él, totalmente expuesta a su ávida mirada. Uno de los troncos se movió en la chimenea e iluminó la habitación con una lluvia de chispas. En ese momento Cecily casi se arrepintió de sus exigencias. Pero le aterraba que Gabriel reconociera el sabor de sus besos, el ritmo de su cuerpo moviéndose contra él en la oscuridad.

—Siempre has sido muy hermosa —susurró mirándola como si fuese una especie de tesoro sagrado.

Mientras bajaba la cabeza, con su pelo oscuro saliéndose de su coleta, ella no pudo evitar que sus ojos se cerraran.

—Abre los ojos, Cecily. —Cuando los abrió le encontró mirando su cuerpo con una expresión feroz, pero no cruel—. Quiero que veas.

Apenas tuvo tiempo de fijarse en algunos detalles incongruentes, como que una media se le había resbalado hasta el tobillo y aún llevaba puestas las zapatillas, antes de que Gabriel acercara la boca a la suya y le diera un beso prohibido. Su quejido se fundió en un gemido. Luego sólo sintió el calor abrasador de su boca, las deliciosas caricias de su lengua y una exquisita sensación de éxtasis.

Mientras esas oleadas de placer se elevaban sobre su cabeza, haciendo que su cuerpo se estremeciera y los dedos de sus pies se curvaran en sus zapatillas, gritó su nombre con una voz ronca que apenas reconocía como suya.

A través de una neblina deliciosa vio cómo se abría la solapa delantera de los pantalones. Entonces se quedó sin aliento al ver cuánto la deseaba. Arrodillado aún entre sus piernas, le separó bien los muslos y entró dentro de ella.

Gabriel oyó el jadeo de Cecily, vio que ponía los ojos en blanco no de dolor, sino de placer. Mientras su tenso cuerpo intentaba contenerle tuvo que apretar los dientes al sentir una punzada de decepción. Debería agradecer que no fuera inocente. Eso significaba que no tenía que reprimir nada; era lo bastante mujer para aceptar cualquier cosa que pudiera darle. Rodeándole los hombros con sus brazos, la levantó hacia arriba para ponerla a horcajadas.

Cecily envolvió los brazos y las piernas alrededor de Gabriel, empalada en la rigidez de su cuerpo.

Te quiero, te quiero, te quiero. Esas palabras pasaban por su mente como una canción incesante. Temiendo que pudiera decirlas en voz alta, hundió la cara en su garganta, notando el calor salado de su piel sudorosa.

Menos mal que le había negado sus labios. Habría notado esas palabras en sus besos, al igual que habría notado las lágrimas de impotencia que le caían por las mejillas. Frotó la cara contra él para secárselas con su pelo.

Gabriel volvió a arrodillarse en el suelo y la bajó hasta que acabó sobre su regazo, sentada sobre esa parte de él que estaba dentro de ella.

—Mírame, Cecily —dijo.

Temblando de emoción, le miró a los ojos y vio en ellos un reflejo de la tierna locura que se había apoderado de su alma. Luego él comenzó a moverse dentro de ella y ella sobre él, y los dos se movieron como uno con las llamas de la chimenea acariciando su piel dorada. Mientras tanto Gabriel no rompió su promesa, no cerró los ojos ni apartó su mirada de la suya.

Cumplió su palabra hasta que el ritmo frenético de sus embestidas les llevó más allá del éxtasis a una dulce inconsciencia. Sólo entonces, con los brazos a su alrededor y su cuerpo encrespado a la entrada de su vientre, echó la cabeza hacia atrás y cerró los ojos. Sólo entonces salió de su garganta el nombre de una mujer.

Cecily se derrumbó sobre él, ebria de triunfo y placer. En el momento en el que Gabriel se rindió a la oscuridad, fue su nombre, no el de Samantha, el que estaba en sus labios y en su corazón.

Gabriel se despertó con Cecily en sus brazos. Sus rizos despeinados le hacían cosquillas en la barbilla, y sus suaves respiraciones le movían el vello del pecho. Había pasado muchas noches solitarias imaginando ese momento sin darse cuenta de lo agridulce que sería cuando por fin llegara.

Mientras se le escapaba un suave ronquido le pasó los dedos por el pelo. No le extrañaba que durmiese tan profundamente. Su cuerpo debía estar agotado de sus ávidas atenciones. Había cumplido su promesa de no perder ni un momento de su última noche en tierra firme. Había utilizado el joven cuerpo de Cecily para satisfacer sus deseos más oscuros y sus fantasías más dulces a lo largo de toda la noche. El tronco que había echado al fuego estaba ya consumiéndose. Pero no había ninguna razón para no añadir otro. El brillo apagado del amanecer se filtraba por un resquicio de las gruesas cortinas de terciopelo.

Al agacharse para taparla con su capa de terciopelo se dio cuenta de que había sido un estúpido. Se había engañado al pensar que esa noche había sido una venganza, que podía castigarla con placer, hacerle el amor sin amarla y luego dejar que se fuera. Pero eso iba a ser mucho más difícil de lo que había pensado. Le rozó el pelo con los labios preguntándose si era posible querer a dos mujeres al mismo tiempo.

Ella se movió y levantó la cabeza, parpadeando con sus somnolientos ojos azules.

—¿Cuántos pendientes de diamantes me he ganado hasta ahora?

—Tu peso en oro. —Le acarició con suavidad la mejilla, sintiendo una aguda punzada de arrepentimiento—. No debería haber dicho algo tan mezquino. Sólo estaba intentando asustarte.

—No funcionó.

—Gracias a Dios —susurró agarrándola con más fuerza.

Pero Cecily se libró de él llevándose la capa con ella. La seductora suavidad de sus pechos se deslizó por su cuerpo. Para cuando rozaron su virilidad estaba ya excitado. Otra vez.

Enredando sus dedos en su pelo, le levantó la cabeza para que le mirara mientras respiraba agitadamente.

—¿Qué diablos crees que estás haciendo?

—Intentar conseguir un collar de rubíes —murmuró ella sonriendo con dulzura antes de bajar la cabeza para envolverle con sus sensuales labios.

Cuando Gabriel volvió a despertarse un rayo de sol entraba por el hueco de las cortinas y Cecily se había ido.

Se incorporó y recorrió el salón con sus ojos nublados. El fuego se había apagado, dejando un frío penetrante en el aire. Salvo por la copa de whisky medio vacía en la chimenea y su ropa esparcida por el suelo, todo estaba como cuando había vuelto a casa la noche anterior. No había ni camisola arrugada, ni capa de terciopelo, ni Cecily.

Si no hubiera sido por el sabor persistente de sus labios podría haber pensado que esa noche sólo había sido un sueño provocado por el alcohol.

—Otra vez no —murmuró bajando las piernas del diván y tapándose la cara con las manos.

¿Qué se suponía que debía hacer? ¿Salir y peinar las calles de Londres para buscarla? ¿Volverse loco preguntándose por qué le había amado con tanta ternura y luego le había dejado sin mirar atrás? Al menos Samantha se había molestado en dejar una nota antes de salir de su vida para siempre.

—Maldita sea —levantó la cabeza sintiendo que el frío se metía en su corazón—. Malditas sean las dos.

Capítulo 24

Querido Gabriel,

No hay ningún lugar donde prefiera estar que no sean sus brazos...

Cecily estaba mirando por la ventanilla del carruaje los prados y los setos que pasaban, consciente de que cada vuelta que daban las ruedas del vehículo la alejaban más de Londres. Y de Gabriel.

Teniendo en cuenta que el último viaje a Middlesex lo había hecho en un coche público con un niño escupiéndole leche y un corpulento herrero pisándole el pie, debería haber agradecido los lujos extravagantes del carruaje de los Carstairs. Pero le importaban tan poco los cojines de terciopelo y los accesorios de bronce como la expresión preocupada de su amiga.

La exuberancia natural de Estelle contrastaba con el velo de tristeza que la rodeaba. Mientras el carruaje pasaba por un puente de piedra parecía que las nubes bajas iban a comenzar a echar los primeros copos de nieve de la temporada.

—Sigo sin poder creer que te atrevieras a proponerle matrimonio —dijo Estelle mirándola con admiración.

—No se lo propuse. Estaba aceptando su proposición, pero desgraciadamente se había retractado.

—¿Y si hubiera accedido a fugarse a Gretna Green? ¿Cuándo pensabas decirle que eras su añorada Samantha?

—No lo sé. Pero estoy segura de que algún día habría surgido el momento oportuno. Tras el nacimiento de nuestro tercer hijo, quizá, o al celebrar nuestro quincuagésimo aniversario como marido y mujer. —Cecily cerró los ojos un instante, atormentada por las risas infantiles que nunca oiría y los días felices en brazos de su marido que nunca llegarían.

Estelle movió la cabeza de un lado a otro.

—No puedo creer que vuelva al mar.

—¿Por qué es tan difícil de creer? —preguntó Cecily amargamente—. Quiere ser un héroe para su querida Samantha. La última vez que embarcó estuvo a punto de costarle la vista. Me pregunto qué le costará esta vez. ¿Un ojo? ¿Un brazo? ¿La vida?

Apoyó la cara en la ventanilla mientras luchaba contra la desesperación. Había animado a Gabriel a ser un héroe cuando ella era una auténtica cobarde. Al principio había huido de su amor por miedo a confiar en la firmeza de su corazón. Luego huyó del hospital porque no podía hacer frente a las consecuencias de su cobardía. Había huido de sus brazos en Fairchild Park y ahora estaba huyendo de nuevo.

Sólo que esta vez tendría que seguir huyendo el resto de su vida, aunque eso significara no llegar nunca a ninguna parte.

—Ya basta —susurró Cecily.

—¿Disculpa?

Cecily se sentó en el borde de su asiento.

—Tenemos que dar la vuelta.

—¿Cómo? —preguntó Estelle intentando seguirla.

—¡Dile al cochero que dé la vuelta! ¡Ahora mismo! —Demasiado impaciente para esperar a que su amiga reaccionara, Cecily cogió la vara de la esquina y empezó a golpear el panel forrado de seda en la parte delantera del coche.

El vehículo se detuvo balanceándose. Cuando se abrió el panel apareció la cara desconcertada del cochero con la nariz roja de frío.

—¿Qué ocurre, señorita?

—Tengo que regresar a Londres. ¡Dé la vuelta inmediatamente!

El cochero lanzó a Estelle una mirada cautelosa, como si le preguntara si debería llevar a su amiga derecha a un manicomio.

—Haga lo que dice —ordenó Estelle con los ojos brillantes de emoción—. Diga lo que diga.

Él se dirigió a Cecily de mala gana.

—¿A dónde, señorita?

—A los muelles de Greenwich. ¡Y dese prisa! ¡La vida de un hombre puede depender de ello!

Cuando el carruaje se puso en marcha Cecily se cayó hacia atrás en el asiento. Necesitando desesperadamente un hilo de esperanza para agarrarse, estrechó la mano de Estelle con una trémula sonrisa en sus labios.

—Y también la vida de una mujer.

El teniente Gabriel Fairchild estaba delante del espejo en el estudio de su casa de Londres con su uniforme. Mientras se ajustaba el lazo azul oscuro en el cuello el corte de su cicatriz inclinó hacia abajo la esquina de su boca, una boca que parecía que no había sonreído nunca.

No era una cara que a un enemigo le gustaría ver al otro lado de un fusil, una espada o un cañón. Era la cara de un hombre nacido para la guerra, no para el amor. Nadie habría imaginado que esos labios severos, esas manos poderosas, habían pasado la noche anterior haciendo que una mujer se estremeciera una y otra vez.

—¿Señor?

Al oír unas ruedas de hierro rodando por la alfombra Gabriel se dio la vuelta. Nadie habría reconocido al hombre que estaba sentado en la silla de ruedas como el mendigo demacrado que había encontrado bajo la lluvia hacía casi un mes y medio. Sus labios habían perdido su tono azulado, y su pecho y sus mejillas habían engordado. Con una caligrafía excelente y cabeza para los números, Martin Worth había resultado ser el mejor secretario que Gabriel había tenido nunca. Confiaba plenamente en el antiguo guardia marina para que administrase su casa mientras él estaba en el mar.

Gabriel se apresuró a rechazar la efusiva gratitud de Martin. Si no hubiera sido por un capricho del destino podía haber sido él quien estuviese allí sentado con la mitad de sus piernas, condenado a pasar el resto de su vida en una silla de ruedas.

Apartándose un brillante mechón de pelo de los ojos, Martin dijo:

—Aquí hay alguien que quiere verle, señor. —Antes de que a Gabriel le diera un vuelco el corazón añadió—: El señor Beckwith y la señora Philpot.

Gabriel frunció el ceño, incapaz de imaginar qué recado urgente podría haber sacado a los fieles criados de Fairchild Park. Después de recorrer los barrios bajos de la ciudad con Gabriel para buscar a Samantha, Beckwith juró que no volvería a pisar Londres.

—Gracias, Martin. Hágales pasar.

Un criado sacó a Martin mientras Beckwith y la señora Philpot entraban corriendo en el estudio. Después de saludarle afectuosamente se sentaron en un sofá con brocados, haciendo un gran esfuerzo para mantener una distancia respetable entre ellos. Gabriel se quedó delante de la chimenea.

La señora Philpot se quitó los guantes.

—No sabíamos si debíamos molestarle por este asunto...

—... pero usted nos dijo que le mantuviéramos informado si encontrábamos algo raro en la habitación de la señorita Wickersham —concluyó Beckwith.

La señorita Wickersham.

Ese nombre se clavó como una aguja en el corazón de Gabriel. Juntó las manos detrás de su espalda sintiendo cómo se le tensaba la mandíbula.

—Iba a decirles que podían quemar sus cosas. Es evidente que no tiene ninguna intención de volver a buscarlas.

Beckwith y la señora Philpot intercambiaron una mirada consternada.

—Si eso es lo que desea, señor —dijo Beckwith con tono vacilante—, pero creo que antes debería echar un vistazo a esto. —Sacó un papel doblado del bolsillo de su chaleco—. Lo encontraron Hannah y Elsie cuando estaban dando la vuelta al colchón en la habitación de la señorita Wickersham.

Gabriel intentó no recordar la noche que había compartido ese colchón tan estrecho con ella, que les había obligado a plegar sus cálidos cuerpos como dos cucharas en un cajón.

Miró el papel que tenía Beckwith en la mano sin ganas de examinarlo.

—No creo que me dejara otra nota. La primera era bastante elocuente. No necesitaba ningún adorno.

Beckwith movió la cabeza de un lado a otro.

—Por eso nos pareció tan raro, señor. No es una carta para usted. Es una carta suya.

Frunciendo más el ceño, Gabriel aceptó la carta doblada de manos de Beckwith. En el papel de color marfil había aún trocitos de cera antigua. Estaba más desgastada aún que las cartas que él había llevado junto a su corazón. Parecía que había sido acariciada a menudo y con cariño por unos dedos suaves.

Gabriel la desdobló y reconoció sobresaltado su propia letra, sus atrevidas palabras.

Querida Cecily,

Ésta será la última misiva que recibirá durante mucho tiempo. Aunque no pueda enviarlas, debe saber que le escribiré palabras de amor en mi corazón todas las noches que estemos separados para poder leérselas cuando volvamos a reunirnos.

Ahora que he seguido su consejo y he puesto mi vana e inútil vida al servicio de Su Majestad, espero que no se ría y me acuse de embarcarme sólo para demostrar a mi sastre lo elegante que puedo estar con uniforme.

Durante los largos meses en los que estaremos separados intentaré convertirme en un hombre digno de sus afectos. Nunca he ocultado mi afición al juego. Ahora estoy jugando para ganar el premio más preciado de todos: su corazón y su mano en matrimonio. Le ruego que me espere y sepa que volveré en cuanto pueda. Llevo sus cartas y todas mis esperanzas para nuestro futuro junto a mi corazón.

Siempre suyo

Gabriel

Gabriel bajó despacio la carta, sorprendido al descubrir que le temblaban las manos.

—¿De dónde han sacado esto? ¿Lo han encontrado en algún lugar de esta casa?

Ambos parpadearon como si hubiera perdido el juicio.

—No, señor —dijo la señora Philpot lanzando a Beckwith una mirada preocupada—. Lo encontramos exactamente donde le hemos dicho. Debajo del colchón de la señorita Wickersham.

—Pero ¿cómo es posible que estuviera en su poder? No comprendo...

Pero de repente lo comprendió.

Todo.

Cerrando los ojos para contener una oleada de emociones, susurró:

—No hay mayor ciego que el que no quiere ver.

Cuando los abrió todo en su vida estaba claro de repente.

Metiendo la carta dentro de su chaqueta, junto a su corazón, miró a Beckwith furiosamente.

—Dime, Beckwith, ¿cuándo vas a convertir a la señora Philpot en una mujer honesta?

Aunque les daba miedo mirarse, los dos criados comenzaron a ruborizarse y tartamudear.

Beckwith sacó un pañuelo del bolsillo de su chaleco y se secó la frente.

—¿Lo sabe?

—¿Desde cuándo? —preguntó la señora Philpot haciendo una bola con sus guantes.

Gabriel puso los ojos en blanco.

—Desde que tenía unos doce años y les vi besándose entre los manzanos. Estuve a punto de caerme del árbol y romperme el cuello.

—¿Podemos mantener nuestros puestos? —preguntó Beckwith atreviéndose a coger la mano temblorosa de la señora Philpot.

Gabriel sopesó un momento la pregunta.

—Sólo si se casan inmediatamente. No puedo tenerles viviendo en pecado bajo mi techo corrompiendo la moral de mis hijos.

—Pero señor... usted no tiene hijos —señaló la señora Philpot.

—Si me disculpan, voy a remediar eso. —Gabriel fue hacia la puerta decidido a no perder ni un minuto más.

—¿Adónde va? —dijo Beckwith detrás de él más desconcertado que de costumbre.

Gabriel se dio la vuelta sonriéndoles.

—Tengo que coger un barco.

Cecily estaba fuera del coche incluso antes de que dejara de moverse.

—¡Corre, Cecily! ¡Corre como el viento! —gritó Estelle mientras se levantaba la falda y bajaba por la estrecha calle que conducía a los muelles. Estaba nevando con más fuerza, pero ella apenas sentía las punzadas de los copos. Había dejado la capa en el carruaje pensando que podría moverse mejor sin sus pliegues.

Mientras sus pies volaban sobre las tablas del muelle vio los mástiles de los barcos que estaban esperando para zarpar y rezó para que el *Defiance* estuviera entre ellos.

Pasó corriendo por delante de un grupo de hombres que estaban descargando la mercancía de un carguero. Al rodear un montón de cajas se chocó contra un marinero con un pecho enorme.

—¡Ten cuidado, muchacha! —vociferó cogiéndole el codo para sujetarla. Sus ojos azules no eran desagradables.

Cecily se agarró a su brazo casi a punto de llorar.

—¡El *Defiance*, por favor! ¿Puede decirme dónde puedo encontrarlo?

—Naturalmente. —Al sonreír mostró una boca llena de dientes dorados y negros—. Ahí está, llevando a la batalla los colores de Su Majestad.

Con el corazón acelerado ya, Cecily se volvió despacio para mirar hacia donde estaba señalando. Un barco a toda vela se deslizaba hacia el horizonte con sus majestuosos mástiles casi ocultos por las ráfagas de nieve.

—Gracias, señor —murmuró mientras el marinero se quitaba la gorra en un gesto de cortesía, se echaba una caja grande al hombro y se iba.

Ella se desplomó en un barril con los pies y el corazón entumecidos mientras veía cómo el *Defiance* —y todas sus esperanzas para su futuro— desaparecían en el horizonte.

—¿Busca a alguien, señorita March?

Al darse la vuelta Cecily vio a Gabriel en el muelle unos pasos detrás de ella con el pelo suelto movido por el viento. Su corazón dio un salto de alegría. Era lo único que podía hacer para no correr a sus brazos.

Él arqueó una oscura ceja.

—¿O prefiere que la llame *señorita Wickersham*?

Capítulo 25

Querida Cecily,

Mis brazos siempre estarán abiertos para usted, al igual que mi corazón...

Mientras Cecily miraba los fríos ojos verdes de Gabriel su cuerpo se estremeció. Entonces le dio la espalda y se abrazó para contener un escalofrío.

—Si quieres puedes llamarme Cecily, ahora que ya no estoy a tu servicio.

Oyó sus pasos acercándose a ella. Luego le puso la chaqueta sobre los hombros, envolviéndola con su calor perfumado de enebro.

—Espero que no me pidas una carta de referencia.

—Pues no lo sé. —Cecily se encogió de hombros—. Yo creo que cumplí con mis obligaciones con un entusiasmo admirable.

—Puede que sea cierto, pero no quiero que lo hagas para nadie más.

Al oír el tono posesivo de su voz Cecily se dio la vuelta para mirarle con el corazón acelerado.

—¿Cómo sabías que estaría aquí?

—No lo sabía. Vine para informar a mis compañeros que había renunciado a mi cargo. Puedes quedarte con la chaqueta. No la necesitaré.

Ella se arropó con la prenda con miedo a preguntar y esperar nada.

—Pero me alegro de haberte encontrado, porque creo que tengo algo que te pertenece. —Gabriel metió la mano en su chaqueta, rozándole los pechos con el dorso de los dedos al sacar un papel doblado.

Cecily cogió el pliego familiar de color marfil levantando sus ojos desconcertados.

—¿De dónde has sacado esto?

—Lo encontraron los criados debajo de tu colchón en Fairchild Park. Beckwith y la señora Philpot me lo han traído esta mañana. Cuando te di mis cartas para que las guardaras no sospeché que tú también escondías algo.

—Se debió caer de la cinta la noche que viniste a mi habitación. Supongo que no debería haberlas llevado a Fairchild Park, pero no podía soportar la idea de dejarlas. —Movió la cabeza sin poder creérselo—. No tenía ni idea. Pensaba que había metido la pata al entregarme la última noche.

—Ya lo creo que te entregaste —con una mirada de complicidad en sus ojos y un timbre oscuro en su voz, de repente todo lo que había habido entre ellos esa noche estaba allí de nuevo—. Y yo estaba dispuesto a aprovecharme de tu generosidad. Pero no fue la última noche cuando se estropeó tu absurda mascarada.

Cecily levantó la barbilla con aire desafiante.

—Yo no creo que fuese tan absurda. Te engañé, ¿verdad? El único problema es que también me engañé a mí misma. Pensé que podía expiar todo lo que había hecho ayudándote a adaptarte a tu ceguera. —Le miró sin intentar ocultar el deseo en sus ojos—. Pero lo cierto es que me habría arriesgado a cualquier cosa, incluso a que me odiaras, por estar cerca de ti.

Un viejo dolor ensombreció los ojos de Gabriel.

—Si tanto deseabas estar cerca de mí, ¿por qué te fuiste corriendo del hospital? ¿Tan abominable te parecí?

Ella levantó una mano y le tocó suavemente la cicatriz.

—No huí de ti porque me horrorizara verte. Huí porque me horrorizaba lo que te había obligado a hacer, todo por una fantasía infantil. Quería que conquistaras mi corazón luchando contra un dragón. No me di cuenta de que en el mundo real suelen ganar los dragones. Me horrorizaba lo que te había costado. Me culpaba por tu cicatriz y tu ceguera. No creía que pudieras perdonarme.

—¿Por qué? ¿Por querer que fuera un hombre mejor?

—Por no querer lo suficiente al hombre que eras. —Dejó caer su mano—. Volví al hospital al día siguiente. Pero ya te habías ido.

Gabriel miró su cabeza inclinada y la suave caída de sus rizos dorados. En ese momento era Cecily, la joven a la que había amado. Y Samantha, la mujer que le había amado a él.

—Tenías razón —dijo—. No te quería. Tú lo dijiste. No te conocía realmente. Sólo eras un sueño.

Al oír esas palabras Cecily sintió que el corazón se le partía en dos como un bloque de hielo. Volvió la cara para que no viera sus lágrimas.

Pero Gabriel levantó su barbilla y le obligó a mirarle.

—Pero ahora te conozco. Sé lo valiente y obstinada que eres. Sé que eres más inteligente que yo. Sé que roncas como un osito. Sé que tienes mal genio y una lengua afilada y que puedes dar algunas de las mejores refutaciones que he oído nunca. Sé que haces el amor como un ángel y que sin ti mi vida es un infierno. —Le rodeó la mejilla con la mano con un brillo de ternura en sus ojos—. Antes sólo eras un sueño. Ahora eres un sueño hecho realidad.

Mientras acercaba los labios a los suyos Cecily sintió que una dulzura vertiginosa le recorría las venas. Luego puso sus brazos a su alrededor y respondió a su beso con un ardor que los dejó temblando.

Gabriel se apartó.

—Sólo tengo una pregunta más.

Ella recuperó su cautela.

—¿Sí?

Él la miró con el ceño fruncido.

—¿Es verdad que has visto a muchos hombres sin camisa?

Cecily se rió a través de sus lágrimas.

—Sólo a ti.

—Bien. Vamos a mantenerlo así, ¿vale?

Luego la cogió en sus brazos como una niña.

Mientras los largos pasos de Gabriel les llevaban hacia la calle Cecily apoyó la cabeza en su hombro, sintiéndose como si hubiera llegado por fin a casa.

—Antes de continuar debo insistir en que aclares tus intenciones. ¿Me estás ofreciendo un puesto como enfermera o como amante?

Él besó con ternura su nariz, sus mejillas y sus labios entreabiertos.

—Te estoy ofreciendo un puesto como esposa, amante, condesa y madre de mis hijos.

Cecily suspiró acurrucándose aún más en sus brazos.

—Entonces acepto. Pero espero que me regales alguna chuchería extravagante de vez en cuando.

Gabriel la miró utilizando su cicatriz diabólicamente.

—Sólo si te las ganas.

De repente se puso tensa en sus brazos y abrió los ojos horrorizada.

—¡Oh, no! Acabo de darme cuenta de algo. ¿Qué va a decir tu madre?

Gabriel sonrió mientras la nieve caía sobre ellos.

—¿Por qué no vamos a averiguarlo? —Se puso serio—. Esto no es un sueño, ¿verdad? ¿Seguirás estando aquí cuando me despierte por la mañana?

Cecily le acarició la mejilla cariñosamente, sonriéndole a través de un velo de lágrimas de alegría.

—Todos los días, mi amor. El resto de nuestras vidas.

Epílogo

15 de diciembre de 1809

Querido lord Sheffield,

En nuestro tercer aniversario como marido y mujer me siento obligada a decirte que sigues siendo tan impertinente, insufrible y arrogante como siempre, quizá aún más ahora que andas pavoneándote por la mansión con tu hija sobre tu hombro. A pesar de mi desacuerdo y el de mi más fiel aliada, tu querida madre, insististe en llamarla «Samantha», asegurándote de que ella y el perro fueran corriendo al oír su nombre. Durante un tiempo no sabías a cuál de los dos encontrarías babeando y mordiendo tus botas. Sus modales en la mesa son muy parecidos a los que tenía su padre hace tiempo. Rechaza la cuchara y el tenedor y lanza la papilla a su alrededor con un entusiasmo que hace que Beckwith y la señora Beckwith se estremezcan de horror.

También te escribo para informarte que gracias a tus esmeradas y frecuentes atenciones estoy de nuevo embarazada. Puede que esta vez te dé un hijo con ojos verdes y rizos dorados que dará órdenes a los empleados con la arrogancia propia de un Fairchild.

Tu adorada,

Cecily

16 de diciembre de 1809

Querida lady Sheffield,

Debo señalar que nuestro pequeño querubín también tiene muchos rasgos en común con su madre. Normalmente le gusta fingir que es otra persona (o cosa), ya sea un hada o un sapo. También tiene una tendencia a desaparecer cuando más se la necesita. Ayer mismo, mientras estaba esperando a que mi nuevo valet, *Phillip, me atara el pañuelo para ir a la iglesia, la encontré dormida en mi vestidor debajo de un montón de sombreros.*

Así que ahora tienes la intención de darme un hijo, ¿eh? Sin duda alguna será tan molesto y tan insoportable como su madre y su hermana.

Hace tiempo me preguntaste si te seguiría queriendo cuando tus labios estén fruncidos por la edad y tus ojos apagados. Puedo asegurarte que te seguiré queriendo cuando sólo me queden fuerzas (y pocos dientes) para mordisquear esos labios. Te querré cuando tus huesos estén lo bastante afilados para clavarse en mi cuerpo. Te querré cuando la luz de mis ojos se apague para siempre y tu dulce cara sea lo último que vea. Porque soy y siempre seré...

Tu fiel esposo,

Gabriel